| 浙江文化艺术发展基金资助项目 |

绝密交通线

钱林森　城光 著

红旗出版社

缅怀

中央红色交通线上那些忠诚勇敢

默默奉献的交通员们

序

近几年来，由福建省人大常委会原副主任袁锦贵领衔策划、以钱林森为编剧的电视剧创作团队，深挖有着鲜明地域特色的红色革命文化资源，创作了一系列旨在赓续红色基因和革命传统的思想精深、艺术精湛、制作精良的优秀作品。其中的“三绝”——《绝命后卫师》《绝境铸剑》《绝密使命》这三部电视剧，经中央广播电视总台在黄金时段播出后，以其生动感人的艺术形象，在屏幕上刮起了一股红色旋风，得到广大观众和党史界、艺术界专业人士的高度评价，被誉为学习党史的荧屏好教材。

这三部电视剧覆盖广、观众多、影响大，编剧钱林森也因此备受瞩目、名声大振；但也须承认，观赏电视剧，大多是一次性的、稍纵即逝的，它不像小说，只要一册在手，便可以反复阅读、细嚼慢咽。这便有了出版热播剧同名小说的文化现象，本书就是如此。

由红旗出版社出版的长篇小说《绝密交通线》，是钱林森以电视剧《绝密使命》为基础重新创作的。小说描述了土地革命时期，曾经有一条史称“沪港粤闽赣”的红色绝密交通线。在白色恐怖时期，国民党反动派调动优势兵力，对中央苏区施行了“不给赤区粒米勺水之接济，片纸只鸟之通过”的严密封锁。这条绝密交通线的建立，不仅解开了中共中央和中央苏区“脑袋躯体分离”的困局，同时也为中央苏区军民五次反“围剿”战役提供了必需的物资保障、情报输送和人员护送，更创造了护送200多位从上海向苏区秘密转移的中央领导人和重要人员毫发无损到达目的地的奇迹。

无数个交通大站、中站和小站，连接成近3000公里的交通线，而每个大站、中站、小站，都是由周恩来同志直接布局的；每位站长，都是从全国全党的优秀党员干部中精挑细选出来的。这条交通线从1930年10月建成，到1934年红军长征前撤离，交通员们为苏区采购运输了600多吨包括食盐、药品、布匹在内的苏区紧缺物资，护送了包括周恩来、刘少奇、邓小平、陈云、叶剑英、董必武、邓颖超等在内的200多位党的领导人和重要干部。这一奇迹的背后，是无数交通员为完成一次次艰巨凶险的任务而舍生忘死地付出。他们都是默默无闻的，不忘初心、牢记使命的人民英雄。

电视剧《绝密使命》侧重以视听方式重现当年交通线上的一幕幕惊心动魄的英雄事迹，而小说《绝密交通线》侧重以文学语言讲述交通员们赤胆忠心的心路历程。对于作者而言，在文字思维与视听思维之间转换，殊为不易；而电视剧和小说这两种不同的艺术表达，培根铸魂，所求一致，都是想呈现和重温那段鲜为人知的悲壮历史，还原和塑造那一个个有着崇高理想信仰却默默无闻的英雄交通员群像，为建党100周年献上一幅精彩画卷。如今，小说与电视剧结缘互补，相映生辉，对于人们学史明理、学史增信、学史崇德、学史力行，功莫大焉！

无论是电视连续剧，还是长篇小说，钱林森都是以翔实的史料为基础，以过目难忘的细节和跌宕起伏的情节取胜。他珍视革命文化资源，认真学习，深刻领悟，真正践行了“传承红色基因、讲好中国故事”。文艺创作的方法有一百条、一千条，最根本、最牢靠的一条就是深入生活、扎根人民。他遍览革命史籍，走访红色根据地，以当年红色交通员的事迹为蓝本，塑造了潘雨青、邹叔宝、赖西诺、孙同阶、卢清泉、余良廷等有着真实生活原型、经艺术加工而成的英雄人物形象。从这个意义上说，剧中或是小说中人物的英雄壮举，是可信可敬可学的，也是一定能够感动观众和读者的。

这部小说的吸引人之处，还在于透过对交通线组织和个人那种表面平淡无奇的日常生活描述，呈现其种种瞒天过海、明修栈道暗度陈仓，甚至“装聋作哑”“装疯卖傻”的令人拍案叫绝的斗争智慧。这种于无声处听惊雷的美学风貌与艺术格调，无论是电视剧《绝密使命》还是小说《绝密交通线》，都因此大大增加了吸引力和感染力。这一点，对于红色革命历史题材的审美表达，尤为重要，有着普遍的借鉴意义。

权且充序。

仲呈祥

2021年11月于北戴河

目 录

第一章

三千公里绝密交通线

1

客栈个把月没开张了。这天，余良廷和往日一样，起了个大早去码头上拉客。到太阳偏西的时候，总算等来了六位要在青溪住店过夜的年轻人。他心想个把月不开张，这一来就是六位住客，今天可算是吉星高照了。可当他高高兴兴地把六个年轻住客带进他的永丰客栈后，很快就发现这几位住客有点奇怪，有男有女却只要了一间房，互相之间也很少说话，吃完晚饭把碗筷一推房门一关，便再无声息了。

余良廷纳闷得很，等客人熟睡后悄悄起来，轻轻摸到客房门前。刚趴在门缝前想窥探一下，门就吱呀开了，一条黑影严严实实地堵在他面前。

“你想干什么?”年轻人的口气带着点敌意。

余良廷就像做贼被抓了现行似的，尴尬极了：“哦，我忘了告诉你们便桶就在里面的角落里，怕你们起夜找不到，就来知会一声。”

“知道了。”挡在他面前的年轻人并不想听他解释，冷得让人打哆嗦的目光分明是在赶客栈老板。

余良廷就回到楼下房里睡了。

半夜，余良廷被一阵激烈的枪声惊醒。枪声持续时间很短促，就像炸了一小截鞭炮一样，他刚从床上坐起就停了。他出了房间奔到堂前朝院子里一看，吓得差点摔一跟斗。院子周围站满了荷枪实弹的国民党军人，那六个年轻住客都横七竖八地倒在血泊中。一个身穿黑色中山装的男人比老娘们缝衣服还仔细地在一个个尸体身上搜索着。

余良廷感觉这一切不像是真的，更像是半夜做了个噩梦。这一刻，他真希望这就是一个噩梦。

带队执行这次行动的就是那个穿中山装的男人。他叫曹瑞瑛，是国民党调查科汕头站的副站长。曹瑞瑛原本是想抓活的，可没想到他们进镇子时引起了一片狗吠声，惊起了警惕性极高的六个青年，他们抓起行李就想夺门而出，正好撞上了冲进永丰客栈来抓捕他们的官兵。参加行动的官兵是曹瑞瑛从当地驻军79团临时借来的，他们一见几个黑影冲上来，就下意识地抢在对方开枪之前先下手为强，二三十条枪一阵齐射就把对方全打死了。然后才发现这些人其实没有枪，完全可以抓活的。

曹瑞瑛进院子的时候心里是很撮火的，可他知道怪这些小兵油子也只是白费唾沫于事无补，便咽下了刚顶到喉咙口的一句臭骂，心想如果能从尸体身上找到点有价值的线索，那也算有所斩获了，所以他在六具尸体身上的搜查足足花了一个多小时。

曹瑞瑛终于还是搜到了点有价值的东西。那是一块大烟。共产党队伍里的人，还都是二十岁上下的年轻人，居然带着烟膏，可不就是“此地无银”吗？

曹瑞瑛眼睛一亮，双手用力一掰，烟膏里面果然大有名堂。

他重新合上那块烟膏，急急赶回军营后，才小心翼翼地重新掰开烟膏，从里面取出一个蜡封的小纸卷，展开一看，却是一张没写一个字的白纸。一张白纸裹在烟膏里随身携带，就一定不会是白纸了，曹瑞瑛脸上浮现出一种成就感十足的笑容。

汕头站站长吕文超一听说行动有所收获，就急急忙忙从外地赶了回来。

曹瑞瑛把从尸体身上搜到的情报交到吕文超手上时，那已经不是一张白纸而是一份写满文字的情报。尽管这份情报被巧妙地隐藏在一块烟膏里，且用了特殊的墨水写就，却还是没能逃过曹瑞瑛作为职业特务如猎狗一样的嗅觉。他把用隐形墨水写的纸条放进清水里，纸条很快显出了字迹。那是一封中共中央派遣六名年轻干部和技术人员到苏区的介绍信，上面列着六个人的名单。不过这六个人已经永远到不了苏区了。

吕文超看见这份名单，眼睛立即放出光来："这份名单说明中共正企图从我们辖区寻找通往赤区的通道?"

曹瑞瑛听了连连点头，并给他的上司喂了一句最中听的话："更意味着我们这家在整个调查科系统一直被人看不起的汕头小站，从此有了用武之地!"

曹瑞瑛的这句话就像一针鸡血注在了吕文超的身上，他的精神顿时亢奋起来："看来，汕头站出人头地的机会来了!"

"我们总算等到了和共产党较量的机会。"曹瑞瑛说话时把指关节捏得嘎嘎作响。

吕文超叫来许秘书，让他给南京总部致电，为曹副站长请功。曹瑞瑛却拦住了他："瑞瑛岂敢贪天之功为己有，汕头站的所有成绩首先应该归功吕站长。"这几句字面上显得虚伪和拍马屁的话，被曹瑞瑛说得一点也没有矫情的感觉。吕文超也正好借坡下驴，拍拍曹瑞瑛的肩膀表示尊重他本人的意愿，刚才要给下属请功的事也就说过算了。

比起吕文超对中共只是基于国共两党的政治选边，曹瑞瑛对共产党的敌对就多了一层家仇了。

前几年，共产党发动的农民暴动，一帮穷人被鼓动起来闹革命，"革"了他父亲曹仁贵的命。尽管他老子手上确有两条人命，可在曹瑞瑛心里，父亲就是父亲，父亲害死两条人命是那两个穷鬼命中该死，不能记作是父亲的血债。可父亲却因此被共产党煽动起来的穷人群殴致死了，他便和共产党结下了不共戴天之仇。

2

永丰客栈里，军警抬走最后一具尸体后，曹瑞瑛留下了手下一个叫“黑子”的特务对客栈老板余良廷进行盘问。

好在永丰客栈在青溪也算是开了有些年头了，驻军官兵中也有人早就认识这个绰号叫“余疙瘩”的小老板。但即便如此，出事那天，余良廷还是被黑子从深夜盘问到天放亮。

盘问中，余良廷一口咬定自己只是开客栈的，有人住店当然是求之不得，谁知道他们会是共产党呢？揽了这么一档晦气生意，怕是连这个养家糊口的小客栈都要关门歇业了。

黑子听不出余疙瘩的话里面有什么破绽，天擦亮就抬屁股走了。

军警特务们一走，余良廷把前门一关，就从后门溜了出去，一路小跑着去了青溪船老大潘雨青的家里。一进门就把潘雨青拉到一角，压着嗓子把昨天深夜发生的血案原原本本地告诉潘雨青。

潘雨青也听到深夜那阵短促的枪声，可不知道那是在永丰客栈发生的事，更不知道什么人被打死了。余良廷一说，潘雨青问的第一句话就是：你为什么要来告诉我？

“军警说那六个小伙子、姑娘是他们从汕头就开始追踪，一路跟到青溪的家里人。”

“家里人”的说法，正是他们之间的一种默契。潘雨青一听，意识到出大事了。他判断，这六名男女青年一定是上级组织派往苏区的，途经汕头、大埔，不知哪个环节出了问题，才遭到国民党军警的一路追杀。

潘雨青也不知道这六个人是什么身份，他们是否有什么重要任务，更不知道这个突如其来的事件会对组织造成多大的影响。但他肯定，他有责任立刻走一趟闽西，向组织报告这件事。

潘雨青的妻子谢秋莲看着丈夫和余疙瘩压着嗓子说话，就想到了昨天晚上听到的那阵枪声。那阵枪声后她就再没有睡着，生怕这事会和自己的丈夫有什么关联。果然，余良廷一来，就把对那阵枪声的恐惧带进了她的家门。

看着丈夫和余良廷在低声说话，她一个人站在里屋暗影中紧张得大气都不敢出。余良廷走后，谢秋莲才慢慢地从里屋走出来。

潘雨青看到妻子满脸的惊恐，就问妻子是不是听见他们说的话了。谢秋莲点了点头。潘雨青就按着妻子的肩膀说："无论你听见什么，都一只耳朵进，一只耳朵出，别往心里记，更别往外说！"

谢秋莲连忙说："青哥，你放心，我会把听到的话都烂在肚子里的。"可是她担心的是丈夫哪天早上扛着船桨去跑船，晚上就再也回不来。

潘雨青装着若无其事的样子，让妻子赶紧做点吃的，吃完了他就要赶路。妻子一听，脱口就问丈夫要去哪里。潘雨青瞪了妻子一眼却没有回答。谢秋莲立刻意识到了什么，忙说："对不起青哥，我忘了你给我立过规矩的，不该问的不问。"

妻子这么一说，潘雨青就微笑着坐下，吃着妻子给他准备的早饭，和颜悦色地对妻子说："别担心我，两三天就回来了。"仍然没有说出他要去的地方，就出门走了。

潘雨青要去的是闽西龙岩，距青溪整整二百多里地。潘雨青日夜兼程，一口气从粤东赶到闽西的时候，已经是第三天清晨了。

一个来自白区，且身上没有任何组织介绍信之类的身份证明，还口口声声说要见李书记的人，红军警卫营营长自然是对他作了再三盘问。可潘雨青说来说去就死咬着一句话："见到李书记就什么都清楚了。"

潘雨青说的李书记当然就是闽西特委书记李叔岩。

当年，李叔岩在粤东领导过土地革命，在大埔县发动了埔北暴动，潘雨青就是李叔岩当时发展的共产党员。"四一二"反革命政变后，从城市开始的白色恐怖很快笼罩了所有白区县乡。为了保存组织实力，李叔岩就指示潘雨青隐藏自己的党员身份，在当地蛰伏下来，随时等待组织的召唤。潘雨青就以摇船渡客为业行走于韩、汀两江水路，要不是他认为有必要向上级报告那个突发事件，他是不会在没有组织召唤的情况下擅自跑到闽西龙岩来的。

直到下午，红军警卫营营长才向李叔岩作了报告。

李叔岩正在陪红四军的首长开会，一听潘雨青来了就吃了一惊。当年他指示潘雨青他们原地蛰伏的时候，强调过组织纪律，没有上级召唤不许和组织发生任何联系，可潘雨青突然从二百多里之外赶来找他，必定是有什么重要的情报。李叔岩便跟着警卫营营长匆匆走向警卫室。

李叔岩前脚刚跨进门槛，潘雨青就站起激动地叫了一声："李书记，您总算来了。"

李叔岩没有立即迎上前去和他握手。他上下打量了一下眼前这个潘雨青，突然问：

"你从哪里来？"

潘雨青立刻会意这是他们早前约好的暗号：

"我从老家来。"

"家里的三叔四婶都好吗？"

"三叔病了，衣食起居全靠着四婶照顾着。"

"那你为什么不留在家里帮着照顾三叔？"

"我离家是为了给三叔求药。"

"求什么药？"

"求一副泻火化淤的救命药！"

李叔岩这才上前紧紧握住潘雨青的手问："大老远地跑这儿来，出什么大事了？"

潘雨青就把青溪发生的事报告给了李叔岩。

听了潘雨青的报告，李叔岩算是坐实了自己的猜想和担心。中央苏区给上海的党中央打过一份报告，中央苏区在报告中使用了很迫切的语言，请求中央尽快向苏区派遣急需的干部和技术人员。这六位青年知识分子，正是苏区盼星星盼月亮地盼着的同志，可他们并没有在预定的时间报到。李叔岩就担心从上海到苏区这几千里的行程中，大部分是在白区，很可能发生了什么意外。

他们果然在青溪出事了。

李叔岩说："这个消息对急需干部和技术人员的苏区打击不轻啊！红四军的首长们这会儿都在龙岩，我立即向首长们汇报。只能亡羊补牢了啊。这条交通线还会继续，但这样的悲剧决不能再发生了。"

3

上海的金秋，大街上落叶满地。一个身穿毛领大衣、戴金丝玳瑁眼镜的男人，怀里抱着个用金丝绒裹着的物件，神情自若不紧不慢地朝前走着。

他是中共中央交通局一号——凌风。

凌风刚要拐进慕尔鸣路，就被几个在大街上晃悠的暗探盯上了。

凭着在白色恐怖下担任党的隐蔽战线领导工作的经验和敏锐，凌风及时觉察到了暗中那几道如芒刺背的目光。然而他却故意放慢了脚步。那几条“尾巴”上前拦住了他。凌风早已备有对答腹稿，对暗探的盘问有问必答，滴水不漏，话里话外还有意透露他和上海最有势力的青帮相交甚笃的关系。暗探果然有所顾忌，见问不出什么就挥了挥手放行了。

摆脱了暗探，凌风大摇大摆地走进了慕尔鸣咖啡馆。他来这里是要见一位由中央首长亲自将其从江苏省委秘书长的职位上紧急调派过来的同志——华山。

华山接到秘密指示后，一路马不停蹄，终于在约定时间赶到。他走进慕尔鸣咖啡馆二楼的包厢，一眼就扫到靠窗座位的茶几上摆着个瓷水牛。他走上前去，也从怀里掏出一件同样的瓷水牛，和桌上那件摆在一起，两件瓷水牛分不出彼此。

凌风慢慢放下手上遮着脸的报纸，透过玳瑁眼镜的镜片打量着眼前这位第一次见面的“陌生”男子，问：“从老家来的?”

华山从容地应答：“是的，三叔公病了，让我到大上海来找找良医。”

“三叔公是什么病，很重吗?”

“病倒不重，咳嗽，可三个多月总不见好起来。”

暗语对上，凌风就站起来和华山紧紧地握了握手。然后两人就像一对古董玩家一样地喝着咖啡开始闲聊。

凌风开宗明义地向华山传达了中央的决定：鉴于当前的形势和赣闽苏区发展的迫切需要，建立一条上海和苏区的秘密交通线已经刻不容缓。

凌风告诉华山，中央和苏区的联系已中断了三个多月了，潜伏敌人内部的人员即便是得到重要情报也送不出去，苏区时刻面临蒋介石再次发动围剿的严重压力。建立交通线迫在眉睫。

“中央能给我多少时间?”华山问。

“三个月。”凌风说这三个字时用的是没有商量余地的口气。

华山不免急了起来：“这几乎是个不可能完成的任务。”

凌风说：“你要是完成不了，中央会考虑换人!”

这一军将得华山毫无退路，但他还是想把客观困难在领导面前捋一捋：“上海经香港再到瑞金，距离长达好几千里，绝大部分还是在白区。国民党对苏区的封锁也是一天比一天严密，要想在这几千里沿线建立起一环扣一环的绝密交通线，三个月时间有点脱离实际。”

“华山同志，”凌风正了正色说，“一个共产党员接受党的任务，只有去克服一切困难完成使命的责任和义务，没有难字当头讨价还价的借口和权利。”

华山还想解释，可凌风不容他打断：“你觉得三个月时间太短，可党中央和苏区的联系不畅，随时都有可能造成无可估量的损失甚至严重危机。三个月对党而言不是太短，而是太长了!”

经凌风这么一说，华山感觉到建立这条交通线的紧迫性远远超乎自己的想象。可使命的重大和现实的困难，真的让他没有百分百的把握，一时间不知道该如何对这位刚认识的顶头上司表态。

凌风写了个地址，站起来，甩出一句话：“再给你一个晚上考虑，要是想清楚了明天去这个地方，否则你就从哪儿来回哪儿去吧!”说完就拂袖而去了。

华山展开那张字条，上面写着“静安寺11号”。

凌风虽然给了华山一晚上的考虑时间，但他深知华山必定会接下这个重任。果然，第二天一早，华山就敲开了静安寺11号的门。

华山一进门，就看见桌上一份明显是为他准备的烧饼油条，也不客气，抓起来就吃，边吃边问凌风：“你是从哪儿知道我喜欢吃烧饼油条的?”

凌风笑了笑说：“要不是把你的性情喜好摸透，敢在这么事关党的生死存亡的重要岗位上用你吗?”

华山彻底服了。他向凌风表态："我想了一整夜。任务虽然艰巨，但我有信心完成，也必须完成，请组织相信我。"

华山和凌风在静安寺11号待了整整一天，对交通线建立的细节进行了详细的研究和规划。直到屋外华灯初上、两人筋疲力尽时，凌风才把华山领进一间小小的密室，指着早布置好的一面党旗说："华山同志，交通战线的信条是'保密重于生命，责任重于泰山，忠诚于党，生死不顾'，出征前，你在党旗下宣誓吧。"

华山庄重地站在党旗下举起了拳头，这一瞬间他感到全身的血液都沸腾起来了。

半个月后，一家隶属于大名鼎鼎的香港华富的大新物贸公司，在香港铜锣湾的繁华地段挂牌营业了。被中央任命为中共交通局南方局香港总站总站长的华山，就以大新物贸公司总经理的公开身份在香港常住了下来。

按中央交通局批准的计划，香港设总站统领全线，而从香港出发的下一站汕头才是整条交通线承上启下的枢纽大站。

汕头是华南地区重要的商埠港口，是连接海上和内陆交通的一个重要枢纽。汕头与上海和香港的商贸往来都十分密切，同时，又是前往大埔、闽西的必经之地。汕头还有着华洋杂处、百业并存、客商往来极为频繁的环境基础，有利于过往人员乔装打扮、潜伏隐蔽，而且这个地区常年军阀混战，国民党当局对这个地区的戒备比较松懈。所以，在汕头设立秘密交通大站是非常合适的。为此，中共中央和中央交通局决定从全党范围内抽调精兵强将，建立汕头秘密交通大站。

就在香港大新物贸公司开业仅几天之后，一家同属于香港华富的子公司汕头华富电料行，也在汕头的平海路上开张了。

以华富电料行经理身份为掩护的汕头交通大站站长彭庚年，年纪不到四十岁。他给人的印象，首先是那一头上海少爷们流行的二分头长发，还有身上那点大上海纨绔子弟的傲气，但他镜片后却忽闪着一双生意人精明的双眼，隐藏着别人看不到的多年隐蔽战线的斗争经验。

彭庚年手下有两个伙计，一个是四十岁刚出头却有点过早谢顶的顾玉峰，公开职务是华富电料行的会计，只要看到过他拨打算盘的手艺，就不会怀疑这个人除了当会计还会有别的什么身份了。还有一个二十来岁，精干利索的小伙子罗挺，年纪轻轻却是个电器专家，无论国内的还是国外的电器电机，他都能拆了装、装了拆，一手技术活也很好地掩盖了他的真实身份。常言说一道篱笆三个桩、一个好汉三个帮，这三个人一起“经营”汕头的这家电料行算是最具隐蔽性的特工组合了。

华富电料行开张的那天，还来了一位特殊客人，就是国民党调查科汕头站的站长吕文超。

吕文超也是个上海人。同样是上海人的彭庚年来汕头第一个就拜访了他，二人用上海话没聊几句，乡音乡情就让他们初次见面的生分荡然无存了。加上彭庚年搬出的中间人是吕文超的上海老同学，吕文超就对这位从上海来汕头做生意的大经理显得特别客气，又是让座又是泡茶的。一番热情后，彭庚年才掏出大红请柬，恭请吕站长在华富电料行开张之日赏光。平时就很愿意结交生意人的吕文超想也没多想就满口答应了。

华富电料行在开张这天因为吕文超的光临赚足了面子。

4

彭庚年在汕头落脚后，就马不停蹄，以去各地摸一摸生意门路为名，从汕头出发，乘一小时火车到了潮安，再换乘电船沿韩江逆水而行，三四个小时后就到了大埔县的县城茶阳。下了电船，彭庚年在报童手上买了份报纸站在路边看着。

有一双眼睛盯着他手上的报纸，并一步步靠近。

“先生，您手上拿的是今天的报纸吧?”

彭庚年扭头看了一眼问他话的人，继续看着报：“刚从报童手上买的。”

“花了多少钱买的?”

“我付了一块钱没让他找零。”

暗号对上，那人轻轻说了声“跟着我”就在前面走了。

彭庚年过了片刻，才收起报纸，远远地跟着那人到了江边，上了一条在韩、汀两江跑生意的客船。

船老大的斗笠拉得很低，客人坐稳后就一声不吭地把船撑离了江岸。小船顺着汀江逆流而去。

船老大和船客老半天谁也没有说一句话。船行十里后，那个当地人才向彭庚年自我介绍：“我是东江特委指定的你的联络人卢清泉。”

“你好！汕头交通大站站长彭庚年。”

二人握了握手。

卢清泉接着说：“东江特委要求我配合你的工作。彭站长有什么要求尽管对我说。”

彭庚年看了一眼船老大，向卢清泉使了个眼色。

“没事，他是聋子，听不见，您放心说吧。”卢清泉说。

“好，清泉同志。”彭庚年说，“中央指示华南局在三个月内打通从上海到苏区几千里的绝密交通线。大埔地理位置处于赤白交界处，我们要在大埔设一个交通中站，承担起从白区转苏区的重要枢纽功能。”

卢清泉说：“我已经事先按照上级的通知做了一些基础摸底和人员联络工作，今天就能把青溪中站的事敲定下来。”

“好！哦，清泉同志，我什么时候能见到潘雨青同志？”

“您刚到汕头，也知道潘雨青？”

“交通员备选名单和履历早装在我心里了。潘雨青是青溪中站站长的备选，我想尽早见到他。”

卢清泉哈哈一笑，指着还没吭过一声的船老大：“你看，他不就是潘雨青同志吗！”

船老大潘雨青这才回过头来和彭庚年打了个招呼。

原来他不聋，彭庚年有点意外，但瞬间就明白了：“哈哈，‘不问不答，不叫不应’，雨青同志今天以满分通过交通员的资格考核，哈……”

潘雨青也笑了笑，依然专心撑船……

永丰客栈老板余良廷像有什么心事似的呆呆地坐在堂前。里屋有女人在和他说话："疙瘩，我回娘家几个月你找相好了吧？"

余良廷却没有开玩笑的兴致："胡说什么呀。"

刚换上一身干活衣服的妻子黄玉莲从房里走了出来："那我回娘家都三个来月了，今天回来，你还嘟着个嘴老大不乐意的，是为什么呀？"

"我不是不乐意，我是想你回来得真不是时候。"

"好你个余疙瘩，看你平时老实疙瘩的还真应了那句话，怎么说的？哦，三日不见，长本事了，还真嫌弃我了是吧？"

"嘿，你这么大声嚷嚷，全镇的人都听见了。"

"我不做亏心事怕个鬼呀，我还怕别人听不见呢，谁听见了，我请谁来给我评个理。"

这话音刚落，潘雨青就一步跨进了门槛，冲着黄玉莲高声说："哟，嫂子回来啦。我给你评理！小别如新婚，这怎么一回来就和我大哥唱起《对花枪》了呢？"

余良廷连忙借风顺势地说："你看看你看看，这大喇叭扯起来瞎嚷嚷十里外都能听见，出丑了不是？"

黄玉莲就大笑起来："雨青又不是外人，出什么丑？我跟我们疙瘩说着玩呢。哎，你别站在门口，快进来坐呀。"

"我是给你们拉客人来住店了呢。"

黄玉莲一听就跨出门槛，一看，门外还真站着两位客人。黄玉莲是个见面熟，一见来客人，就热情地把他们迎进门去："哎呀，二位第一次来吧？我叫黄玉莲，一听我这名字嘴里就会咽苦水吧？哈……那是我家里太苦了，我一出生我娘就给起了这么个名字。可我不随这名字，我心里欢甜着呢。南来北往的，谁到了我这小店就别拿自己当客人，我拿你们当主人，哈……哦，雨青你帮嫂子陪一会儿客人，嫂子去剁块肉回来就给客人做晚饭。嘿，雨青你不知道我不在家的时候，疙瘩成吃素的和尚了，哈……你们坐你们坐，我去去就回。"

黄玉莲边嘴里滔滔不绝地说个不停，边给客人们倒上茶水。直到她出去买肉了，屋里才安静下来。

"老板娘是个见面熟啊，说话让别人插不进嘴。"卢清泉说。

趁余良廷夫妇都不在的时候，潘雨青轻声对彭庚年和卢清泉说：“客栈后面有个废弃的宗祠，平时没有人会上那儿去，可以用作交通站存储中转物资的仓房。”

“你等等。”卢清泉叫住他，“你把我们领到这个客栈来是有什么目的吧?”

“是。”潘雨青说，“我想把青溪中站设在这家永丰客栈。”

“不行!”卢清泉严正地说，“你也是个老党员，办事怎么一点谱都没有呢?”

潘雨青一懵：“我这不是征求二位的意见嘛。”

“既然是征求意见，我一票否决了。”卢清泉说。

潘雨青一愣，说：“那你总得给我个理由吧。”

“你还要理由？行，理由就三个字：不安全！行了，这事不争论了，你必须尽快拿出新的方案。”

潘雨青说：“这就是我最成熟最可靠的方案。”

“雨青同志，”彭庚年突然插话，“你能不能让我们更多地了解一些你的理由呢?”

潘雨青就说：“这家客栈的老板叫余良廷，是前几年我发展的党员，我对他有足够的了解和信任。”

卢清泉还是不放心：“就算余良廷本人没问题，可他那个张口就像开了闸似的老婆，会把交通站的秘密像大喇叭似的喊出去的。”

“人不能看表面，黄玉莲大嫂也是党员。”

话音刚落，余良廷提着茶壶从灶间走了出来。三人就打住了话头。

余良廷为三位倒了茶水，退出前，他突然说：“我老婆心直口快，可你们别只看她像是心里藏不住事的人，其实她可知道轻重了，鸡毛蒜皮的事她口无遮拦，可不该说的事没人能套出一个字来。”说完又回灶间去了。

彭庚年说：“回到刚才的话题吧。清泉同志，中央交通局对交通站的建立提出过具体要求，比如交通员的生活要社会化、大众化，衣食住行都要有‘保护色’，我看这家永丰客栈恰好符合这几点要求。我同意雨青同志的方案。但青溪不是目的地，交通线还得往前延伸到闽西大站负责的永定县境，雨青同志熟悉当地情况，有过考虑吗?”

潘雨青就用几个碗在桌上摆起了地理方位，边摆边作着解释：“这是青溪，这是永定，而大埔和永定的交界线，就在这个叫伯公凹的地方。伯公凹是广东进福建的第一站，也是水路到陆路的第一站，更是白区进入苏区的第一站，交通线从白区到苏区，这是个跨不过去的所在，应该在伯公凹设一个小站，能方便将来交通线的连通和中转。”

彭庚年听完后说：“有你说的这三个‘第一站’的特殊位置，在这儿设站的理由已经足够充分，我完全赞同增设伯公凹交通小站。但关键是人!”

“我已经有一个最合适的人选。”潘雨青说，“早年他就随闽西特委李叔岩同志一起在我们大埔县青溪的宝灵寺，以教书的名义筹办农会，宣传土地革命，并入了党，1928年他参与策划和发动了埔北暴动，是个久经考验的老党员了。”

“他叫什么?”卢清泉问。

“邹叔宝!”

5

伸手不见五指的黑夜，一个亮点在粤东和闽西交界的山坳里缓慢移动。那是提在一个走夜路人手上的一盏小马灯。提着小马灯走着夜路的正是潘雨青提到的邹叔宝。邹叔宝戴眼镜、穿长衫，表面文静，却是个血性男儿。白天，邹叔宝接到潘雨青让人捎给他的一个口信：“家里有人病了，去给伯公灯添添油，白天没空就晚上去。”这是他们约定的组织召唤的暗号。到了晚上，邹叔宝就提着小马灯走着夜路去伯公凹和潘雨青见面。

在他出门之前，早不来晚不来的赖西诺恰恰这个时候来了，差点让他走不了。

赖西诺是邹叔宝两年前的恋人——还不仅仅是恋人，其实他们结过婚，可在结婚的当天，作为新郎的邹叔宝却让新娘等到深更半夜还没有回家。邹家老大邹仁宝去找老二，可半小时后带回一个令全家惶恐不安的消息：刚刚发生了埔北农民暴动，暴动遭到国民党军警的血腥镇压。老大担心，老二新婚之夜迟迟不回恐怕和这件事有关。

老大话刚说完，邹叔宝却气急败坏地跑回来了。赖西诺正庆幸丈夫总算回家了，可没想邹叔宝回来只是为了亲口对赖西诺说一句话："西诺，今天就当咱们没结这婚，你明天就回家吧，以后也别再来了。"说完他头也不回地就走了。

第二天老大就打听到老二当晚去大埔县政府抗议被抓了，恐怕很难活着出来了。赖西诺听了这消息就急急忙忙地回大埔去了。

此后，赖西诺就两年没再和邹叔宝见面。可就在邹叔宝刚刚接到组织召唤的时候，她又来了，并主动要求和邹叔宝重圆两年前因突发变故而中断的婚姻。这可把邹家的兄嫂高兴坏了。

大嫂赖招娣和赖西诺是同一个太公的堂姐妹，她一把将缩在角落里的二叔子揪了出来，要他赶紧应承这好事。没想到邹叔宝却很坚决地拒绝了。赖招娣无论如何也想不通这位邹家唯一读过几年书的二叔子怎么会一下子脑子进了水，不由地数落起邹叔宝："论家境，我堂妹西诺父母都在南洋从商，算是大埔的大户人家；论相貌，读过书的西诺称得上千里挑一，你一个穷不拉几的邹叔宝两年前赖婚是因为进了班房。可今天人家西诺主动找上门来，你怎么连好歹都分不清了?"

面对大哥大嫂的逼问，邹叔宝却只答非所问地回了一句话："大哥大嫂，我有事要出去几天。"说着提起马灯就要出门。

这可把大嫂赖招娣给惹急了。她一下子挡在二叔子前面不让他出门："我说你这个人还有心肝没有啊？两年前你新婚之夜和人家断了亲，后来我也知道你当时那么做是怕连累西诺也算是出于好心。可西诺等了你两年了，今天主动上门来要和你重圆婚姻，你凭什么冷淡人家，你还有没有点良心?我告诉你，你欠西诺的情怕是一辈子还不起！你知道吗？两年前……"

一直没有吭声的赖西诺扯了一把赖招娣，说："别难为他了，我走就是了。邹叔宝，以后我不会再来打扰你了，你好自为之……"说完走了。

走着夜路的邹叔宝脑子里乱七八糟地想着这事，一不小心就绊了个跟斗，幸好没崴着脚。他从地上爬起来捡起小马灯，继续一瘸一拐地赶路。

再往前走了几里，一片漆黑的前方闪闪烁烁出现一个亮点，邹叔宝就朝着那个亮点走去。

前方的亮点是伯公凹一座伯公庙的伯公灯，它是客家人心里的灯，只要有客家人的地方，就一年到头会有人来为伯公灯添油，但始终追溯不到是从哪年哪月开始点亮的这盏长明灯。

邹叔宝刚给伯公灯添完灯油，一条黑影就出现在他的身后。邹叔宝扭头一看，潘雨青的脸被伯公灯的灯火照得透亮。

“你来啦!”邹叔宝先开了口。

“老习惯了，约好的时间我不会迟到。”潘雨青看着伯公灯。

潘雨青和邹叔宝都是客家人，二人对视着，好一会儿没有说话。在那个漆黑的夜晚，只有伯公灯的火光在二人的脸上无声地闪烁着。

邹叔宝似乎看出了什么，问：“你是不是对我还不太放心?”

“没有谁比我更了解和信任你了，就像你了解我信任我一样。”潘雨青说。

邹叔宝的眼镜片后透着既坚定又迫切的眼神：“这次我的职务是什么?”

“共产党员!”

“那你又是什么职务?”

“一个比你负有更多责任的共产党员!”

“那这次我们的组织名称叫什么?”

“共产党!”

简短的几句问答，邹叔宝就明白这次组织召唤的使命非同一般了。

“行！我问完了。什么时候开始工作?”

潘雨青指着远方：“朝那个方向，几千里外，是上海，我们的党中央在那儿。而那边，还有几百上千里，是我们的中央苏区。就像一个人的脑袋和身躯，我们这条交通线就是一条血脉，一个人血脉断了，会是什么后果呢?”

“明白了。”邹叔宝说，“我们会用生命来维护这条红色血脉的畅通。”

冰冷的黑夜里，一双船老大粗糙的手和一双山村教师的手紧紧地握在一起。

潘雨青带着邹叔宝连夜勘查了附近一处废弃的老屋，决定盘下这处老屋，再招收几个伙计，在这儿开一个竹纸作坊作为身份掩护。

“给我一个月，伯公凹邹记纸作坊一定开张。”邹叔宝信心满满地说。

“五天!”

“什么?”

“你只有五天时间!”

“我总还得花几天时间，回去筹措几个开作坊的本钱吧?”

潘雨青掏出十几块大洋：“这些本钱足够了。”

“不行不行，我哪能要你的钱。”

“这也不是我的钱，”潘雨青说，“这是上级给我们建立交通站的组织经费。时间不能拖，越快越好。”

邹叔宝接过大洋：“那我就不回家了，明天就去找到主人把这处老宅盘下来。”

第二章

曹瑞瑛的心计

1

彭庚年以同是上海人的关系结识了吕文超后，二人就成了常见常聚的好朋友。知道吕文超喜欢搓麻将，彭庚年就投其所好，在华富电料行里专门腾出一间屋子作为麻将室，隔三岔五地邀请几个生意场上的老板陪吕文超打牌。他们生意场上的人都有一种默契，总是让这位手操生杀予夺之权的吕站长手气大好赢多输少，吕文超也就三天两头混迹在华富电料行的麻将室乐此不疲。

这天下班时，吕文超好心好意地邀请副站长曹瑞瑛一起去玩玩，可曹瑞瑛此人除了抓共产党，几乎没有任何别的嗜好，他婉言谢过了上司的邀请，宁愿一个人待在办公室里苦思冥想怎么寻找目标，也不愿把时间精力浪费在那种玩物丧志的牌桌上。

属狗的曹瑞瑛也有着和狗一样的嗅觉。一家刚来汕头开张不久的电料行，很快和他的老板成了三天两头在一起鬼混的莫逆之交，这会不会是着了共产党的道呢？其实这个想法在他头脑里已经有些日子了，只是碍于吕文超是他的上司，他只能藏在心里不敢有所行动。可他是个有着病态一样执着的人，心里有了这么个念头，不得到确证他是绝对放不下的。

他手上拿着一张汕头华富电料行经理彭庚年的名片，近乎有强迫症一样地把这张名片反反复复地不知道看过多少遍，可怎么看也觉得不过是一张名片。他突然起了个念头，就按着名片上的号码拨通了华富电料行的电话。

麻将室里正哗啦哗啦地玩得正酣，电话铃一响，彭庚年就站起来走到外室接电话："喂您好，华富电料行，请问您哪位？"

"咔嗒"，电话挂断了。彭庚年愣了愣就重新回到麻将室。

曹瑞瑛几乎是在对方接起电话的同时产生了一个克制不住一定要去做的想法。挂断电话后，他手拿着话筒足足待了五分钟，才忽然起身扣好衣扣，奔下楼去。

已经过了夜里10点了，大街上行人稀少，一个骑着自行车的人来到华富电料行的门前，正是曹瑞瑛。

曹瑞瑛走进电料行的时候，顾玉峰正低着头打着算盘复账，忽然看见个穿黑色中山装的陌生人站在他的面前，不禁吓了一大跳。

"呃……先生，对不起，本店早打烊了。"

"我知道打烊了，我也不是来买东西的。"曹瑞瑛和和气气地说，"我的老板在贵店搓麻将呢，我是来接老板的。"

"哦哦，那我领着您上去。"

"不着急不着急。"曹瑞瑛把一只脚已经踩上楼梯的顾玉峰轻轻地拽了回来，"他们玩得正在兴头上，不能三缺一呀。我在楼下等他们散吧。"

"那我给您倒杯茶。"

"不用不用。忙你的忙你的。哦，您是贵行的经理？"

"呵呵，承受不起先生的高看哦，我哪里像个经理？我只是个小会计。那您坐，我这儿还有几笔账要入册。"

"不打扰不打扰。"曹瑞瑛往柜台的一边移开了几步。

顾玉峰也就顾自己继续复账。

曹瑞瑛的目光就在顾玉峰账本上转着，果然是卷面干净，明细清晰。再看顾玉峰拨打算盘，四十来岁一个大男人的手指怎么能如此灵巧呢？看来这个会计还真不是冒牌的。正想着时，又听见后面仓库里发出金属声，他便趁拨打算盘的人不注意，溜了进去。

后面仓库的灯光下，一个年轻人的背影映入他的眼帘，他轻轻走近。那年轻人正在组装一件复杂的电器。能把这么多复杂的零件组装成一台电器也必然拥有一门专业手艺，看来电料行的这个伙计也不是个冒牌货。

曹瑞瑛从后面仓库出来，听见楼上哗哗的洗牌声，就悄悄上了楼梯。

顾玉峰早察觉到了这位声称来接他们老板的中山装男人来者不善，却不动声色继续埋头算账，这样的突发情况他们早有防备，并备有许多应对的预案，看见了装作没看见也是他们的预案之一。

曹瑞瑛顺着楼梯上了二楼，欢乐的搓麻声是从一间关着门的房间里传出来的。他上前轻轻把门推开一条缝，正好吕文超背对着门，刚刚他像是胡了一把大的，兴致正高着。

在牌友们重新抓牌的时候，彭庚年对下位的牌友说："贾老板，咱们玩归玩，但明天的那单生意你可要帮忙帮到底哦。我到汕头一个多月生意还没怎么开张呢，香港总行的老董们颇有微词，我耳根发热啊。"

那位姓贾的老板出言豪爽："你放心彭经理，我说帮忙就一定会帮的，明天他们要是不来提你的货都算我的，行不行？"

"哈……那我岂敢呀。贾老板帮我这个忙我是感恩戴德啊。吃！"吃进一张牌，又打出一张牌。

那个姓贾的老板眼睛都亮了起来："别动！我今夜开胡啦！"

上位的牌友就埋怨起来："彭经理你打的什么臭牌，我也听着呢，被你放冲了。"

吕文超也说："庚年，你这是为了生意故意喂牌放水呀，你输一把是生意成本，可让我们两个也跟着你倒风头破财呀。"

四个牌友哈哈一笑，重新哗哗地洗牌。

曹瑞瑛轻轻掩上门，心想，看来这家电器行还真是货真价实的商行，这十几天心里的那个让他吃不香睡不稳的疙瘩总算解开了。回到宿舍，常年饱受失眠困扰的曹瑞瑛，往床上一倒就呼呼一觉睡到大天亮。

吕文超被召到南京开了个重要的会议，回来后像是换了个人，一副要干大事的精神状态。他向曹瑞瑛传达了这次南京会议的精神，主要是落实委座最新十八个字的钧令：不给赤区粒米勺水之接济，片纸只鸟之通过。总部要求各地对进出赤区的水陆通道实行更加严密的封锁，并承诺大大提高论功行赏的奖励标准。

吕文超把这次会议精神一传达，曹瑞瑛就像打了一针鸡血似的顿时热血沸腾起来。“老板，”曹瑞瑛说，“职下有一个想法，看来是时候实施了。”他哗地抖开一张地图。

吕文超一看，地图上一道道地画了很多线条，每一条线条的终点都指向大埔。

“你解释一下。”吕文超说。

曹瑞瑛作解释的时候因为内心的激情连气都有点喘：“最近这一年来，屡有中共分子企图潜入潮汕地区，而他们的终点都在大埔，可大埔绝不是他们的目的地，他们的目的地是朱毛红军的老巢闽西赣南。这表明，在国军铁桶般围困之下，中共急于在潮汕、大埔、永定这一线建立一条秘密通道，远在上海的中共首脑机关和正在赣闽赤区与国军交战的朱毛红军，想要靠这条秘密通道形成互通。我们要是能在潮汕把这条交通线切断，那就等于割断了中共的血脉，结果会怎么样?”

吕文超听懂了：“血脉断了当然是命不保了!”

“而整个潮汕地区的关键在大埔!”

“我明白你的意思了。你是不是想去大埔设站，亲手去掐住中共在这条通道上的咽喉要害?”

“要是老板允许，职下一定万死不辞!”

“我马上向徐老板报告你的设想，增设一个大埔站，由曹瑞瑛同志任站长。”

曹瑞瑛激动得眼睛都湿润了。“老板，”他毕恭毕敬地对着吕文超说，“职下殚精竭虑从不是为求高官厚禄，而是为了报效党国！职下保证一定扼守大埔咽喉，决不让一粒米、一颗盐、一片纸从大埔流进赤区!”

“我立刻给南京总部发电报。”吕文超向曹瑞瑛竖了竖大拇指，就走向机要房。

2

大埔的驻军是粤军的79团，团长马大鋆行伍出身，是个天不怕地不怕的小军棍。他把大埔当作自己的天下，把那位和他同一个级别的大埔县县长蒯朋，玩得跟他的下属一样唯命是从。平时遇到点什么逆着他性子的事，从来不会藏着掖着，都会直筒子地往外倒，从不管对面站着的是谁。今天他一脸不悦地回到兵营，扯着大嗓门就问他的副官赖寿章："上回那个追踪六个共党来过大埔的调查科的副站长叫什么来着？"

"哦，姓曹，叫曹瑞瑛。"赖寿章说。

"曹瑞瑛？听上去像女人呀。"

"说话像蚊子叫，平时看性格也像女人，可上次参加行动的二连长告诉我，那家伙表面斯文，发起狠来挺吓人的。"

"我看也不是只好鸟！蒋家天下陈家党，CC系调查科的手是越伸越长啦，连大埔这么个小县城也要来拉屎撒尿圈地盘。"

"什么，那个曹瑞瑛来大埔了？"赖寿章问。

"哼哼，人家调查科把分号开到我马大鋆的地盘上来啦。"

"团长，咱们是驻军，只负责地方保安，他调查科来不来跟咱们79团没什么关系吧？"

"没关系？"马大鋆愤愤地说，"恐怕关系大着呢！第一，他一来就拿着鸡毛当令箭，要求大埔的驻军和县政府都要无条件配合调查科的一切行动；第二，这个曹某人一到就以深挖中共组织为由，调走了近三年的狱事档案。"

"他这是要干什么呀？"

"勘共。你来勘共倒是看准了抓呀杀呀，一来就翻老皇历，拉的就不会是好屎！"马大鋆越想越气。

赖寿章显得比马大鋆稳重一些，提醒说："团长，军中都知道党务调查科可是通了天的，无论曹某人阴也好阳也罢，咱们还是尽量不要去惹他们。"

"不是我想惹他们。"马大鋆一听嗓门又大了起来，"我他妈一辈子都不想和特务打交道。可那个姓曹的恐怕是对我马某人来者不善！"

"团长没和他结过什么梁子吧？"

"我都不知道他是从哪条石头缝里蹦出来的，我跟他结哪门子梁子。"

"那就用不着忌惮他什么。"

马大鋆叹了口气："唉，可在一个地方待久了，谁没点屎臭尿骚的，他调那些卷宗不就是想掀掀我马某人的烂屁股吗？"

曹瑞瑛一到大埔，办公室家什还没摆整齐呢，就让黑子到县政府搬来了三年的狱事档案，想从中找到点大埔中共组织活动的蛛丝马迹。

"黑子。"曹瑞瑛突然叫了一声。

一直站在一边的黑子挺了挺腰板："老板，请吩咐。"

曹瑞瑛抬起明显睡眠不足的红眼睛看着黑子："怎么叫起我老板了？"

"呵呵，在汕头吕站长是老板，大埔您就是老板。哦，老板，这堆卷宗里有共产党的线索吗？"

"恐怕还真有！"曹瑞瑛站了起来。

"啊？老板太厉害了！"

曹瑞瑛拿起其中一份卷宗塞进公文包："我去趟县政府。哦，电话什么时候来安装？"

黑子："今天一定安装完毕。"

曹瑞瑛噔噔噔地离去。

大埔县县长蒯朋就是块豆腐，靠着家境好，用大洋捐了个县长位子，当得就像一尊菩萨摆个样子，有他没他一样。反正眼下的中心是剿共，这是军中的事，他这个县长整天喝喝酒打打牌，日子倒也过得很安逸。可自从大埔设了个调查科的小站，他感觉好日子怕是到头了。那个姓曹的狠人，一来就调走了三年的狱事档案，这不明明是冲着自己来的吗？所以他这几天能躲多远就躲多远，能不见那姓曹的一天，就过一天的日子。

真是怕什么来什么。蒯朋正一个人闷在屋里以酒解闷的时候，文书进来说曹站长求见。这一报告差点让他手上的酒盅都掉地上了。

蒯县长连忙让文书把曹站长请到客厅，可文书说曹站长已经在县府客厅里坐等县长大人了。

蒯县长急步进了客厅，双手抱着拳还没张口说话，曹瑞瑛就指着电话先说了："请贵县给马团长打个电话，请他过来，我们三个一起喝喝茶，"并说，"小弟带来的可是好茶，正好和二位仁兄分享。"

蒯县长就连忙拿起了电话。

马大鋆接完电话，虽然心里有一百个不愿意，但人家面上还是好心好意邀请一起喝茶的，毕竟有烂屁股怕被抓在别人手上，心里到底还是有点虚的。他立刻骑上马，仅十几分钟就赶到了县政府，一进门就大大咧咧地说："虽然说朝中文武不同道，可曹大站长一招呼，我马大鋆就是趴在战壕里也得下来。"

这话听上去是恭维，其实是夹着针的。

曹瑞瑛城府够深，他毫不在乎地请马大鋆上座，而自己则坐在煮水泡茶的位置上，为二位沏茶续水。

茶过三杯，曹瑞瑛却只和他们聊武夷山的岩茶、云贵川的滇茶，好像今天除了喝茶不会谈一句公务。

马大鋆和蒯县长也越来越放松了。马大鋆还说喝完茶他做东，请曹站长喝酒。曹瑞瑛没接受也没拒绝，呷了一口茶后，正了正身子，才从公文包里掏出一个卷宗，放在二位的面前："今天小弟顺便还有个事，想请二位兄长帮我解个惑。"

马大鋆和蒯县长一下子笑脸尽收了，都感觉今天着了这个老特务的道了。

曹瑞瑛依然是和和气气："这宗案子不知二位是否还能记得起来？"

马大鋆心想这家伙果然是揪我们两个烂屁股来的。他装模作样地拿起卷宗泛泛看了一眼，就把卷宗拍回到茶几上："这些年剿共，抓抓放放、关关押押，何止成百上千，这么个陈年老账，我可是记不太清了。"

蒯县长也连忙顺水推舟："是啊是啊，大埔虽然是个小县，公务也是千头万绪，陈年之事……"

"民国十七年！"曹瑞瑛突然打断了蒯县长的话，"民国十七年，大埔发生了共产党领导的农民暴动，暴动很快在79团马大鋆团长和蒯县长指挥下被镇压，镇压行动中逮捕主要案犯五名，这是二位为党国立下的汗马功劳。可是，从卷宗上看，那逮捕的五个都是够得上立即枪毙的要犯，可案卷上却只记录了其中三名被处决了，一名因伤重在狱中死亡，而另一名要犯却既没有执行死刑的记录，也没有任何其他的处置记录。当年这起案子是由二位主持操办的，处决书上都有二位的签名。曹某没有别的意思，就是想请二位回忆一下，这名从卷宗上失踪了的要犯究竟是怎么回事？”

马大鋆和蒯县长都有一种始料不及的震惊。

曹瑞瑛瞄了一眼这对目瞪口呆的军政要员，脸上微笑着：“二位，可能时日过久，一时想不起来，不着急，慢慢想。”

蒯县长刚想开口，马大鋆连忙抢过话头装傻：“哦，你说的这个人叫什么呀？”

“周成！”曹瑞瑛说。

马大鋆挠着头：“周成？老蒯你的记性比我怕是也好不到哪里去，你记得吗？”他这是暗示蒯朋也跟着他装傻。

蒯朋听懂了，就说：“这……我岁数大了记性差，一时半会还真想不起来有过一个叫周成的要犯。”

马大鋆就转向曹瑞瑛说：“我说曹大人，这过去两三年的事还有必要翻过来倒过去地费那工夫吗？”

曹瑞瑛又呷了口茶，说：“看来曹某有必要向二位重申一下，曹某之所以奉命到大埔建站，是基于委座最近向全党全军乃至全国发出的最严钧令：‘不给赤区粒米勺水之接济，片纸只鸟之通过。’大埔县境赤白交界，民国十六年，中共首脑周恩来到过大埔，一路播撒他们所谓的火种，才有了民国十七年发生的埔北农民暴动。可见，大埔这块地方，我借用中共的说法，那就是有着良好的群众基础。可千万别小看了‘群众基础’这四个字，这可是中共屡屡生乱、灭而不绝的制胜法宝啊。”

马大鋆想出个难题难住曹瑞瑛：“听曹大人的意思，是要在全县境内实行宵禁吗？”

“全境宵禁事倍而功半，不见得会有收效。”

“那曹站长的意思是……”蒯县长试探着问。

曹瑞瑛说：“要像动外科手术一样地挖掉共产党的地下组织，瓦解中共所谓的群众基础，才能标本兼治。而这个不知死活、不知去向的周成，也许正是隐藏在肌体里必须用手术切除的一颗瘤子。”

马大鋆感觉正在失去风头，想反守为攻，就“呵呵”冷笑了一声：“那我也有什么说什么了。要我说，当前国共两党不是靠斗鸡眼分胜负了，是枪对枪刀对刀你死我活，党国应该把精力花到消灭朱毛红军上去，别总是盯着几条沟沟里的小泥鳅乐此不疲徒费公帑。”

马大鋆的话一出口，蒯县长吓得脸都绿了，连忙看曹瑞瑛的反应。

曹瑞瑛却依然脸上挂着笑容，彬彬有礼地起身说：“马团长这番话曹某听进去了。好，这件事二位一时想不起来就先放一放吧。但委座‘不给赤区粒米勺水之接济，片纸只鸟之通过’的十八字钧旨二位万不可敷衍塞责。曹某请求马团长能拨出一部分兵力……”

马大鋆正恨不得赶紧转移话题，曹瑞瑛一说调兵，没等他话说完就满口答应：“没问题没问题！曹站长需要人手到我军营里直接点名就是，我决不打你半个折扣。”

“好！曹某这里谢过了。”

“谢什么呀，这不都是为了党国大业吗？哈……”

这场钩心斗角总算在虚伪的场景中落了幕。

3

曹瑞瑛坐在办公室里，拿着笔在一张纸上画着什么。他主动要求前移到大埔设站的确不是为了立功升官，立多大功升多大官在他心里没有位置，他心里想着的只是要战胜共产党，他设想着等到共产党灭亡的那一天，他在父亲的坟前大祭一番，那才是他人生最高的成就。

到大埔后他几乎几天几夜没有睡过觉，白天他站在能看得见茶阳大街的阳台上，断定那水陆码头的人来人往之中必然有许多共产党员。可如何把他们一个个找出来，却无从下手。

他之所以揪着三年前的旧案不放，其实是有着一石二鸟的盘算：第一，经过几次试探，他已经确定大埔的两位军政要员与此案有关，揪住这个案子就等于捏住了驻军团长和蒯县长的七寸，有利于对这两位根深蒂固的地头蛇的把控，为我所用；第二，在没有别的线索之前，要是能挖出这个漏网的要犯周成，必定能找到一个突破中共地下组织的缺口。所以，他来到大埔后，几乎没有睡过一个囫囵觉，整日整夜地在寻找着扑向猎物的机会。

楼梯发出声响，曹瑞瑛本能地把手压在桌上的手枪上。

上楼来的是他的行动队队长黑子。

“老板，”黑子说，“有何吩咐？”

曹瑞瑛把手从手枪上移开，顺手拿起了桌上他画了半天的那张纸，上面写着两个加了黑的字。

“认识这两个字吗？”曹瑞瑛透着疲倦的声音轻得像蚊子叫。

“周成。”黑子读着纸上的两个字，“老板，周成是谁？”

“让行动队的兄弟们都记住这个名字，去找到他，抓住他！听明白了吗？”

“明白！”

楼梯又响了起来。

这次上来的是驻军副官赖寿章。

曹瑞瑛对赖副官的到来显得格外热情，亲自给赖寿章倒茶端水，还放低身段说：“赖副官，我来大埔人生地不熟，唯独你老哥让我感觉像有个可依赖的人一样。”

“曹站长这么说可让我受宠若惊，我一个小小的少尉副官哪里入得了曹站长法眼啊。”

“不能这么说不能这么说。说句大实话，我看整个大埔军政官员中也就赖副官是个明白人，你我投缘。哦，赖兄抽烟吗？”

“不抽不抽，抽烟喝酒我没那嗜好。”

“你看看，我说咱俩投缘吧，我也是烟酒不沾。”

“曹站长今天召我来，有什么要我做的尽管吩咐。”

“既然和赖兄有缘，那我就直截了当了。我请求赖兄帮助我回忆一下周成这件事的来龙去脉。”

“哟，曹站长这一问还真把我难住了。因为你想啊，连经手的蒯县长和马团长都不太想记住的事，我一个小副官能摸着来龙去脉吗？”

曹瑞瑛听完，看着赖寿章好一会儿：“话中有话，话中有话。蒯县长和马团长不是记不住而是不太想记住对吧?”

“不不不，我哪敢对上司作那样的推想，不要饭碗啦我?”

曹瑞瑛突然把脸一拉：“赖副官，有件事你恐怕还不知道，调查科的人可都是手里握着尚方宝剑的。”

赖寿章一听，就放下茶盅站了起来：“我当然知道，可吃谁家的饭由着谁家管不是？明明不知道的事，我也不敢编个故事来向曹站长邀功求赏呀，对不对？闹不好误导了曹站长，那才是真正的罪莫大焉。”

曹瑞瑛又哈哈大笑：“我早看出赖兄是个明白人。好，那这件事先放放。”他拿起电话递给赖寿章，“赖副官，给你们马团长打电话，立刻调兵在通往赤区的要道上增设驻军检查站，必须保证不让粒米勺水、只鸟片纸偷越大埔县境。”

“好，我给团长传达曹站长的指令。”赖寿章接过电话。

曹瑞瑛的这个要求被马大鋆超额满足。当天，全副武装的79团官兵就在四处增岗设卡。马大鋆还打电话给曹瑞瑛，信誓旦旦地说，他们对付几条共党小泥鳅绰绰有余，大埔已经固若金汤!

第三章

打虎亲兄弟　上阵父子兵

1

一大清早，潘雨青如往常一样，扛着一副船桨，哼着小曲儿来到江边码头推出自己的船。正要招呼客人，却见边上蹲着个人。潘雨青以为这是要去茶阳的客人，便兜了上去。那人也迎着潘雨青站了起来。

潘雨青从这人的眼神里感觉到这不是来乘船的客人。

果然，没等潘雨青说什么，那人就先开了口："我不是你的船客。我叫邹仁宝。我是来找你打听一个人的。"

"呵呵，你找我一个撑船的打听什么人呢？"

"我不想为难你什么，你不能说的可以不说。我只是想知道我同胞阿弟，他还好吗？"

"谁是你阿弟？"

"邹叔宝。我们家四兄弟我老大，他排行老二。"

潘雨青心里一惊，才明白是邹叔宝还没回过家，邹家老大来找人了。可他自然不能向这位大哥透露他弟弟的行踪，就随便搪塞了一句："我是认识你二弟，可我好几年没见过他了。"

"看来我还是给你出难题了。"邹仁宝说，"我知道有些事你们不能说，我也不会非要你告诉我什么。我只想知道我这个同胞兄弟出没出什么事，他很长时间没回家了。"

潘雨青看到邹仁宝说这话的时候眼睛是湿润的。一个大男人能因为想找到弟弟而流眼泪，足见他们兄弟的感情有多好，潘雨青真想告诉这位大哥他弟弟就在伯公凹，可是他们的秘密关乎交通线的安全，保密重于泰山这根弦在他们交通员的头脑里是一刻也不能松懈的。

“我只知道你的弟弟心里和你有着一样的同胞感情，他还跟我说过除了大哥和两个弟弟，他更庆幸家里还有一位代母长嫂。他说他早晚会报答自己的长兄长嫂的。”

听了潘雨青的话，邹仁宝一直噙在眼眶里的泪水就夺眶而出了。

“行！”他说，“有你这句话我今天没白跑这一趟。要是你能见到他，请替我捎个话给他，就说家里人和他乘的是一条船，遇什么风风雨雨让家里人和他一起扛。方便的时候让他回趟家。”说完他转身就走了。

潘雨青久久地看着邹仁宝离去的背影……

潘雨青一直没等到客人，就仰躺在船甲板上边晒太阳边等客。忽然听见有人叫他，起身一看，是另一条船的船老大，也是他的好兄弟黄朝华从茶阳载客返回了。

“阿华你看看，你都打个来回了，我还没开张呢。”

“青哥你稍等，我有事跟你说。”黄朝华上岸拴好船缆，铺上跳板，扶着几个客人下了船后，就跳上了潘雨青的船。

“青哥你是不是忘了有人包过你的船？”

“没有啊，谁包我的船了？”

“你看看，我就知道青哥不是那么不守信用的人，那人就是瞎胡扯。”

“哎，你倒是说清楚究竟怎么回事呀！”

“有个自称是什么商社的执行股东的人，穿戴倒是人模狗样的，可说话不着边，非说你收了他的包银却失约了。我就跟他理论，我说你可以说全青溪的人不守信，也不能说潘雨青是不守信的人，他可是……”

潘雨青听到这里就明白这是卢清泉在找他。正好有个要去茶阳的客人上了潘雨青的船，潘雨青解开缆绳，就要点篙离岸。

“哎，青哥，就一个客你也跑呀？”

“幸亏你告诉我，我是收过一家商社定金的，可半天等不来一个客呀，人家都说我不守信了，别说有一个客人，就是放空我也得立刻赶去呀。”说着话时船已离岸而去。

潘雨青赶到茶阳，找到商社去见卢清泉，一跨进门槛就感觉情况不妙。

果然，卢清泉把门一关，开口就说：“出大事了！”

“再大的事也是人事，天掉不下来。”

“余长庆！都快忘了这个人了吧？”

这怎么会忘？余长庆是潘雨青所在支部的负责人，两个多月前，受东江特委的委派，携东江特委筹措的160块大洋去上海交给党中央，可一去两个多月没见回来，难道是余长庆出事了？

“我昨天刚刚获悉，余长庆没有在约定的时间出现在约定的地点。”

“难道余长庆同志半道露馅被捕了？”

“如果是被捕了，却没有任何消息，事情就有点复杂了。”

“余长庆不会叛变吧？”

“暂时没有这样的可能。”

“为什么？”

“如果像余长庆这样的人叛变，国民党一定会公开大做文章的，刊登余长庆的悔过书是必然的。可到目前为止还没有余长庆的消息见诸报端。”

潘雨青想起，当时是他负责把余长庆从青溪送到茶阳的，船行在江上的时候，余长庆跟他开过一句玩笑，说要是谁拿着这160块大洋躲起来，就够一辈子吃香喝辣了。说完这句话后他又补了一句说，可咱们共产党人绝不会见财起意！

如果余长庆真出什么意外的话，他当时后面补的这句话不恰好说明他真那么想过，一句冠冕堂皇的话是欲盖弥彰？

“他会不会携款潜逃？”潘雨青心里这么一想就脱口而出。

卢清泉说各种可能都不能排除。如果是携款潜逃，组织损失的不过是160块大洋；可要是有朝一日被捕叛变，那对大埔、青溪的党组织可就是灭顶之灾，还会暴露咱们刚刚建立起来的绝密交通线。

“那怎么办？”

“还能怎么办，通知余长庆知道的党员同志撤离吗？交通线刚刚建立，人员一撤离，意味着交通线前功尽弃。对于组织而言，把后果说得再严重也不为过。”

“要我说，”潘雨青有点急了，“咱不用急着撤离。不管这把利斧悬到什么时候，只要它不砍下来，咱们就坚决不撤!”

“这正是我找你来要说的。无论如何，交通线是联结党中央和苏区的输血大动脉，即便我们冒点个人风险，也要保证这条动脉畅通无阻。哦，今天把你叫来还有一项任务。”卢清泉说着取出一个小油纸包交给潘雨青，“这很重要，不能耽误，立刻通过咱们的交通线往苏区传送。”

2

伯公凹的纸作坊还真让外人看不出除了做纸买卖还有别的名堂。东家邹叔宝雇用的三个伙计，以前都是干这一行的，伐竹、捣浆、捞浆、烘干都算得上是行家里手。

邹叔宝手操着纸网在竹浆池里力度适中地晃了几晃，取出，往晒纸灶壁上一贴一揭，炭火烧热的灶壁上就留下了一张土纸。

邹叔宝正干着活，伙计许永祥急急跑进洗纸房。

“东家，来人了。”

“收购土纸的吗?”

“他说是来找人的。我问他找谁，他说找个姓童的做纸师傅。我说我们这儿从来没有过一个姓童的师傅呀。”

邹叔宝一听放下手上的活就奔出工棚，却没看见人。

“刚刚还站在这儿呢!”许永祥说，“该是我告诉他没有姓童的师傅，他就去别处找了。”

“那就别管他了。干活吧。”邹叔宝说完就回工棚干活去了。

虽然没看见那个来找所谓童师傅的人，可邹叔宝已经知道这是潘雨青在召唤他了。

等到天黑后，邹叔宝提着小马灯和灯油罐要出门，正好许永祥从工棚里出来撞见，许永祥就问：“东家，天这么黑了你还要出去呀？”

“好几天没去给伯公灯添油了。”

“那我替你去添，东家早点睡吧。”

“我倒不是怕灯油干了，是我心里要去，咱们客家人心里都有一盏伯公灯啊。”

“哦，那我懂了。”许永祥就退到一边，看着邹叔宝提着小马灯走出坳口。

夜，像老天给大地扣上了一口大锅一样黑。可正因为黑，灯火才显得特别亮。坎坷的山路上，小马灯随着人的脚步往前移动着。

又在那个坳口，又见远处那盏365天昼夜不灭的伯公灯的闪闪灯火。

有个人背着身，正在添着灯油。这人正是潘雨青。

邹叔宝走上前去：“好久不见了，青哥。”

“你的作坊开始投产了吧？”

“我找的几个都是纸业老手，摆开摊子就生产了。”

“你对身边的几个伙计都百分之百放心吗？”

“我雇的几个伙计只知道我是在做土纸买卖，别的什么都不会知道的。”

潘雨青还是有点不放心：“现在你还能瞒得住，可以后人来物往目标大了恐怕难免会被他们察觉出来，所以你也要早作打算啊。”

“你是说交通站不光是传送情报，还可能会有人员的迎来送往吗？”

“不是可能，是肯定！要不然党中央花那么大劲建交通线干什么。”

邹叔宝像是喉咙口卡了一下：“哦，那我想……不说了。”

“你有什么想法说出来吧。”

邹叔宝说：“俗话说，上阵父子兵，打虎亲兄弟。我家里有几个同胞兄弟……算了，还是不说了吧。”

潘雨青已经知道他想说什么了，这也正是他的想法：“你大哥找过我，打听你去了哪里。”潘雨青说。

“啊？我大哥怎么会找到你呀？”

“别那么紧张，你有个好大哥啊。”

邹叔宝就把心里想的事说了出来：“我正想跟你说，我能不能让我大哥和两个弟弟来和我一起……”

“咱俩想到一块啦。”没等邹叔宝说完，潘雨青就说，“你在伯公凹以开造纸作坊为掩护能遮人耳目。可你开这么个作坊，家里几个能劳动的兄弟都不在，这会让人起疑心的。”

邹叔宝一听潘雨青赞同他的想法，就向他作了保证，说他让家人来伯公凹，只是为了更好地打个掩护，组织的秘密是绝对不会向兄弟们透露一个字的。

潘雨青把手上装灯油的竹罐递给邹叔宝：“东西在里边，你必须亲自送到闽西大站，亲手交到李叔岩同志手上。”

二人互换了装灯油的竹罐，就分手了。

从伯公庙回来后，邹叔宝从潘雨青交给他的竹油罐里取出一个蜡团，他也不知道里面究竟是什么。然后在一刀叠成二尺厚的土纸中间挖一个孔，将蜡团塞进孔里，重新叠上土纸。

邹叔宝在做着这一切的时候，丝毫未觉察到门缝里有一双眼睛正在看着。伙计许永祥半夜解手的时候，发现这么晚了东家屋里还亮着灯，就过去看了一眼，不想竟看到了这一幕。许永祥满腹狐疑地回屋睡觉去了，可直到天亮他翻来覆去也没再睡着觉。

天还麻麻亮的时候，邹叔宝就给三四个伙计安排了今天的活，还让许永祥替他照看作坊两三天。

“东家，”许永祥问，“你这是要出远门去呀？”

“哦，我去趟永定，找找土纸销路，做生意还得要多吆喝啊。”

“到永定这条路可不好走，常有土匪民团出入，要不让我挑着担子陪东家一起走一趟吧，路上好有个照应。”

邹叔宝摆摆手说：“土匪民团遇上了大不了这担纸没了，值不了几个钱。你还是留在家里多晒点纸吧，要是找到好的销路还得靠造出好纸挣钱呀。”说完挑着担子走了。

许永祥一直满腹狐疑地看着东家走出山湾……

邹叔宝挑着担子翻山越岭，眼看快到永定了，前面突然枪声响起。他赶紧钻进柴草丛里躲了起来。透过柴草缝隙，他看见离他百十步的前方，正进行着一场惊心动魄的激战，至少三倍的国民党军把几个红军和挑夫组成的队伍团团包围，激烈的枪声停息后，红军和挑夫全部牺牲。

国民党军收拾战场后，抬着几个麻袋朝着邹叔宝藏身的方向而来，马路离邹叔宝才两三米，他连大气都不敢喘。当士兵从他面前走过时，他看见士兵抬走的麻袋里漏下的是盐，心想为了几包盐，七八条命就没了。

永定县城还处在国民党统治下。闽西交通站是以永定县城南街的万斗布庄为掩护的。邹叔宝挑着纸担进了永定城，一边叫卖一边寻找。到了万斗布庄的门口，他装着歇歇脚的样子在布庄门口的街边放下了纸担，取出竹罐喝着水，眼睛却把布庄里面都扫了一圈。

柜台上，一块红花点的布料在一双熟练的手上很快被折叠成卷，抽一根丝线绕三匝，打个结，红花布就放在了柜台外的客人面前。

“五尺半。六个铜板。”布庄伙计对扯布的客人说。

客人伸手入怀，掏出的不是钱而是一包什么东西往柜台上一放。

伙计打开一看是盐，立刻脸露感激地说：“这年头盐比金贵，谢啦谢啦。”

“要不是娶儿媳妇，谁家也舍不得用盐换布。”

他们说的“盐比金贵”这句话让邹叔宝想起刚才路上撞见的那场为盐而打的枪战和七八个人的牺牲。

客人刚跨出布庄，门外一担纸就进了门槛。

伙计连忙说：“哎，打烊了打烊了。”

邹叔宝站住，一条腿在门里一条腿在门外，摘下笠帽当扇子扇着：“我不是来扯布的，是来推销毛纸的。”

伙计打量了一会儿邹叔宝，又看了看他挑着的纸担，问：“是竹浆的吗?”

“全竹浆，明矾漂白。”

“价格不能太贵，超过四个子你还是挑回去。”

“大老远都送来了，也不能再往回挑，我再让你一个子，请你们家大掌柜的看着给就是了。”

布庄伙计朝门外看了看，把排门一上：“跟我来。”

邹叔宝跟着伙计到了后房，当着李叔岩的面，从掏空的纸心里取出那个蜡团交给李叔岩。李叔岩没有打开，叫来交通员，让他带点干粮路上吃，马上出发，急送龙岩闽西特委，由特委转送瑞金中央苏区。

那名交通员抓来一条大鱼，将蜡团从鱼嘴塞进鱼肚，提着鱼就出门走了。

邹叔宝任务完成，就向李叔岩告辞要走。

李叔岩让邹叔宝给青溪中站站长潘雨青捎回一个口头指示："中央苏区指示各交通站要克服一切困难，承担起采购当前急需物资以解燃眉之急的任务。你知道当前最紧缺的是什么吗？"

"盐！刚才我看见……"邹叔宝对来永定路上亲眼看见的为了盐而流血牺牲的那一幕一直挥之不去，李叔岩一问最紧缺的物资是什么，他就脱口而出。可没等他说完，李叔岩就摆了摆手。

"那件事我知道了，也处理好了。"李叔岩说，"根据上级的指示精神，我们闽西大站准备成立一个武装排，负责武装接货。你回去告诉潘雨青，为苏区解决急需物资也是当前的首要任务。"

"掌柜的放心吧，我回去就跑一趟青溪。"邹叔宝说完就走了。

3

邹叔宝回伯公凹后，第三天就带着许永祥和水生两个伙计，一人挑一担土纸走了三十里，天亮的时候才到了青溪的客船码头。

潘雨青正招呼着几个船客上船，余光一瞥之下，忽然看见迎头而来的邹叔宝，就朝着他大声吆喝："有去茶阳的吗？上船啦上船啦。"

邹叔宝就奔潘雨青的船而来："老大，你这船是到茶阳的吗？"

潘雨青："是是是。我这不喊着嘛。去茶阳的快上船。"

客船在汀江上顺流直下，潘雨青趁机和船客们聊起大天："哎，兄弟你这纸怎么卖呀？"

邹叔宝说："前两天在永定集市上卖的是四个子一刀。"

潘雨青一下子就听出了弦外之音：“哦，四个子可比大埔贵许多了，销路挺不错，发财呀。”

邹叔宝说：“老大你一年到头就在一条江上走，不知道那边情况呢。十个人里面有六个是大象脚穿不进鞋的。”

“啊，这是为什么呀？”船上别的船客好奇地问。

“为什么？”邹叔宝说，“你十天半月不沾盐试试，腿脚也会浮肿得穿不进鞋的。这不是瞎话，是我亲眼看见的，那边的人都说盐比金贵。”

邹叔宝的这些话听上去是和船客们聊的闲话，可进了潘雨青耳朵里，就是上级的指示。

邹叔宝和两个伙计到集市上卖了纸，挑着空担返回的时候，路过一家杂货铺，他想着把今天用纸换的钱，全部买盐回去。没想店里的伙计却面有难色，说前两天政府刚刚出了告示，购盐限量了，一人限购一小包，违反禁令就以通共罪论处。

算上他的两个伙计的人头，邹叔宝只能买三份盐。店里的伙计刚把三小包盐放在他们面前，只听风铃一响，杂货店通往后堂的门帘子被掀开了。邹叔宝余光一瞥，不禁大吃一惊。

掀开帘子从后面走出来的竟然是赖西诺！

赖西诺看见邹叔宝也是瞬间表情僵硬。

二人都没想到今天会在这儿遇上。赖西诺以为邹叔宝今天是主动来找她的，心里一阵激动，正要上前，大门外突然进来一个人，让她本能地又站住了，并迅速把目光从邹叔宝身上移开。

进门的正是马大鋆的副官赖寿章。

赖西诺注意力往赖寿章身上稍一停留，再回过头来时邹叔宝就不见了。她只好先和赖寿章寒暄着进了后堂。

赖西诺和赖寿章是同一个太公的堂兄妹，这屋子的主人是他们俩的姑妈，也是大他们一辈的赖家堂亲。今天赖西诺是接到堂哥赖寿章让人传的口信，来姑妈家见堂兄的。

“堂哥，”赖西诺心里有点乱，但她更急于知道的是堂哥带口信让她赶到县城里来究竟要告诉她什么事，“我一接到口信说堂哥有急事找我，站起身就赶到姑妈家来等候了。不知堂哥这么急着找我来是有什么急事告诉我?”

“我要告诉你的恐怕不是什么好事啊。”

“呵呵，我阿爸阿妈下南洋两三年了，我一个人留在家里守着我爷爷留下的那座老宅子，大门不出二门不迈，俗话说‘不做亏心事，不怕半夜鬼敲门’，堂哥即便有不好的事要告诉我，想必也坏不到哪里去的。”

“是这样，大埔新设了个调查科的小站，那个站长曹瑞瑛是个长了狗鼻子的家伙，两年前的那个烂屁股像是被他闻出点气味了。”

赖西诺一听冷不丁地打了个寒战。

赖寿章把赖西诺的反应看在眼里。

“哦。”赖寿章接着说，“西诺你也别一听就紧张，毕竟这事过去两年多了，那姓曹的要翻案也不是那么容易。”

“堂哥，那你还有没有什么补救办法？那事要真被调查科的特务查出来了，怕也会牵连到堂哥呀。”

“我问你，你最近见过周成吗?”

赖西诺脑子飞快地想着如何回答。

“你要是不想说我也……”

“见过!”

“什么时候?”

“刚刚，就在你进门的时候，柜台前。”

“我相信你没有对我说假话。这么说你跟他一直有来往?”

“没有!”

“嗯?”

“这也是真话!”

“没有来往，他怎么会跑到姑妈的家里来找你?”

“我也不知道。”

“这句恐怕就不是真话了。”

“当然是真话。刚才我想到门口去迎迎你，突然看见他站在柜台前，我一下子人都懵了。他也是，他肯定也没想到会在这里遇上我。我们还没回过神来，连个招呼都没来得及打你就进来了。”

赖寿章没从堂妹的话中听出什么破绽，就说："好在当时邹叔宝被抓的时候登记的名字是周成，只要调查科查不出周成和邹叔宝是同一个人，曹瑞瑛要翻这个案子也并不容易。"

"堂哥你这么一说我就放心了。"

"但是，最近这段时间你要让他避避这个曹瑞瑛的锋芒，能走多远走多远，千万别再来茶阳城里晃悠了。"

赖西诺已经走了神："嗯嗯嗯，我知道，我知道。"

赖寿章呷着茶水时把西诺的神情变化都看在眼里了："哎，西诺，你对我再说句实话，你还会和他重续旧情吗？"

"不会了！"

"啊？不会？哦，早知不会我其实没必要告诉你这件事的。好，那我走了。"

赖寿章还没站起身来，赖西诺却突然起身在赖寿章之前跑出门，等赖寿章回过神来追出大门，赖西诺早已在弄堂口拐弯不见了。

4

一个看不见星星的深夜。

破旧的大门被轻轻推开，发出吱唧一声沉沉的声响。

四个黑影走进一座破败的祠堂后，门口还站着条黑影，月光下依稀可见是余良廷。余良廷就一直站在门口守着。

四条黑影摸进祠堂深处，才有人划亮一根火柴，微弱的火柴光下可以看见他们是潘雨青、黄朝华和另两个跑船的同伴江志良、张超。黄朝华、江志良、张超是和潘雨青关系最铁的人，平时有个难事也没少受潘雨青帮助，他们都把潘雨青认作大哥。

潘雨青举着火柴往前走，掀开一堆干草，下面露出几个袋子。

火柴灭了，他们就在黑暗中轻声说着话。

黄朝华问："这是什么？"

潘雨青答："盐！"

黄朝华又问："当局把盐管得那么严，青哥你是从哪儿弄到这么多盐的呀？"

潘雨青说："有利可图就有人会干，这是汕头的水客们从水路一点点偷运过来的。"

停顿了一会儿，黄朝华又问："青哥，你跟我说句实话，你干这事真是为了图利吗？"

"人为财死鸟为食亡，这是天理啊。"潘雨青说。

一直没吭声的江志良突然说："青哥的事我不问为什么，这忙我帮。"

他们几个早几年都跟着潘雨青闹过暴动，他们早知道潘雨青还有个说出去要杀头的身份——共产党员。尽管潘雨青一再说运盐只是为了图利，可他们每个人心里都明白潘雨青绝不是个什么钱都敢挣的人，所以潘雨青这么不顾死活要干的事一定是必须干的事。而且，潘雨青干这么大的事不找别人偏偏找他们几个，足见青哥心里是拿他们当兄弟的。江志良一说这忙他要帮，另两个也接着说"青哥怎么说我们怎么干就是"。

潘雨青既然找他们帮忙，自然也不怕被他们看破，经过这些年风风雨雨，他们早就是知根知底的兄弟了。见三个人都表了态，潘雨青就说："我没看错你们。那咱们这就上路吧。"

一阵蟋蟀声中，他们一人挑着个盐担就摸着黑出了祠堂，很快钻进了祠堂后面的那条山路，无影无踪了。

四个人每人挑着几十斤重的盐担，一口气三十里，正赶得筋疲力尽的时候，终于看见了前方那盏永不熄灭的伯公灯。

邹叔宝早已等候在伯公庙前。潘雨青他们到了邹叔宝的面前，放下盐担，喘着大气。

"辛苦你们了。"邹叔宝轻轻问候了一声。

"他们什么时候会到？"潘雨青擦着汗问。

"他们已经到了。"邹叔宝说着举起伯公灯在黑夜中画了个圈。

黑夜中立刻出来十几个带着短枪的交通员。

“队长，你们快走吧。”邹叔宝说。

短枪队挑起盐担走了。

潘雨青把邹叔宝领到一边，轻声说：“今天试了试水。汕头和大埔已经从国统区各个地方想方设法采购苏区的紧缺物资，采取小船走三天三夜的水路直接从汕头经韩江到汀江，由我们青溪中站负责在汀江水面上接货上岸，然后改陆路在伯公凹交接，转运永定。”

“明白。那你们也快回去吧。”

晨阳刚刚升起的时候，潘雨青和黄朝华、江志良、张超翻过山岗就能看见他们赖以生存的那条汀江和掩映在晨雾中的码头了。

潘雨青让大伙歇口气。话刚说完，几个兄弟就一屁股坐在地上了，这一夜真辛苦了两条腿了。

黄朝华喘匀了气，忽然问：“青哥，咱跟着你走的究竟是白道还是黑道啊？”

“在你们眼里难道只有黑白两道吗？”潘雨青反问。

江志良一下子听懂了，就说：“还有一道，红道！”

“看看，我找你们没错吧，我不用说都知道。”

“呵呵，别人不知道我可是早知道青哥是什么人。”

“不是坏人吧？”

“是坏人倒好了。”

“这话什么意思？”

“要是坏人我就去当局告发，还能有三五块大洋的奖赏呢。”

大家哈哈一笑。

潘雨青认真地说：“咱们兄弟一场可不是一天两天了，我比了解自己手心还清楚三位兄弟的为人，不然我怎么敢拉你们入伙呢？”

张超紧追一句：“青哥你说入伙，是不是咱们三个已经都是你组织里的人了？”

潘雨青说：“那三位老弟算是给了哥一个大面子了，哥也考验你们很长时间了。算！你们都算！”

黄朝华从地上一下子站起："行。哥，以后我随叫随到。"

潘雨青说："走吧，一会儿咱们照常撑船载客。"

就这么几个船老大，在这条交通线上瞒天过海，一次次地向苏区运送食盐等紧缺物资，有效缓解了苏区军民缺盐成患的严峻形势。

5

天还没全亮，就传来敲门声。邹仁宝呼地从被窝里坐了起来："老二回来了！"一掀被子就奔出房去。

邹仁宝卸下门闩，拉开大门，突然怔住。门外是个女人的身影。

"你是谁?"

"大哥，是我是我呀。"

这不是西诺的声音吗？赖招娣提着灯从房里出来一照，站在门口的果然是赖西诺。

赖招娣一把将西诺拽进门来，喜出望外地说："西诺，你怎么来了?"

"姐，有个火烧眉毛的事，我不能不来呀。"

邹仁宝重新关上门时，老三老四也都被惊醒了，一个个都不知道发生了什么，看着西诺。

"西诺，到底出什么事了?"赖招娣问。

"两年前的那件事，恐怕要被翻出来了。"

"什么?"赖招娣一听变色，"这可真是怕什么来什么，这段时间我眼皮乱跳，就怕老二那件事纸包不住火，没想到还真的要烧起来了。老大，这可怎么办呀?"

"哎呀，你先别急成这样。听西诺把来龙去脉说清楚了行不行?"邹仁宝说，"西诺，你快告诉我到底出什么事了。"

赖西诺看着一个个像惊弓之鸟似的邹家兄弟，赶紧宽慰他们：“哦，你们都先别急成这样，听我慢慢说。事情是这样的，大埔新设了一个国民党调查科的分站，听说那个站长做事鬼得很，刚来没几天就发现了两年前那个事的猫腻了，说要一查到底呢。”

“你是怎么知道的？”邹仁宝问。

“我是寿章堂哥亲口告诉我的。”

赖招娣毕竟是女人，容易听风就是雨地咋呼：“哎呀，寿章说的事可不会有错的。这可怎么办呀？”

“姐，你先别太着急，我急着来报信，只是想提醒他要避过这个风头，千万别再去茶阳城里露面了。”

“什么，老二人在茶阳？”邹仁宝追问。

“你们都不知道呀？我亲眼看见他的。”

“我们都好几个月没他的音信了。”

赖西诺愣了愣：“怎么回事？”

邹仁宝说：“西诺，你还不知道，那次你来了之后，老二他就离开家了，几个月都没回过家。”

“什么？”邹家老大这么说，就像往西诺的心尖上扎了一下，西诺感到从头凉到脚，“我已经说过我不会再来了，他为什么还要为了躲我离家出走？难道我赖西诺在他邹叔宝的眼里就那么可怕、那么可恨吗？”

“西诺你误会了。”邹仁宝连忙解释，“我知道老二离家不是为了躲你，他是另有原因的。”

“什么原因？”赖西诺紧追不放。

邹仁宝支吾着说：“这……这我也不好说，也许……”

赖招娣急了，冲着丈夫嚷了起来：“恶狗都咬上脚后跟了，你还说半句留半句的干吗呀。老三老四，跟你们大哥一块去找他，赶紧把这事告诉他，晚了怕他真出大事，你们谁也买不到后悔药吃。赶紧去找到老二，不找到老二你们三个都别给我回来！”

邹仁宝说：“算了，老三老四都别去，我知道他在干什么。”

赖招娣追着问：“他在干什么？”

突然有人从外面推门进来，大家一看，正是老二邹叔宝。这一下全家人又惊又喜，围着老二七嘴八舌问长问短。

可邹叔宝却只是一脸惊诧地看着赖西诺。

“真没想到你也在这儿。”

“我刚要走。”赖西诺闷闷地说。

“不能走！”赖招娣说，“这是邹家祖宗烧高香了才那么巧呀。西诺大老远地赶来是给你报信的，正好你回来了。快让西诺给你说说怎么回事。”

没等赖西诺开口，邹叔宝先不冷不热地说了句：“西诺，那天……呵呵，真是一滴水滴进了油瓶里，太巧了。”

赖西诺听出他说的就是在茶阳姑妈家不期而遇的那件事：“我开始还以为你是……去找我的呢。”

“那就让你失望了。其实我是路过进去买点东西，可没想到撞进了你现在的家。我真不知道那是你家，要知道打死我也不会进去的。”

“那不是我的家，是我姑妈的家里。”

“哦，是你姑妈家是吧。挺好，还有个国民党军官提供保护，有安全感。”

赖西诺听了男人这种带有醋意的话，其实心里是好受的，但嘴上依然不示弱：“邹叔宝，你别话里夹骨头，他叫赖寿章，是国民党79团的副官。我和他是亲戚。”

赖招娣也感觉出她这个二叔子有误会了，就赶紧站出来证明：“不光是西诺的亲戚，那个赖寿章也是我的堂兄弟，我们三个都是同一个太公。”

“哦，是这样呀，怪不得你和他天天见面。”邹叔宝说。

“我和他很少见面！那天是他约我见面，为的就是告诉我有人又开始追查周成的事了。”

邹叔宝闻言，心里就像响了个惊雷一样猛地一紧，但他依然保持着表面的镇静，淡淡地说：“周成？周成是谁？有人追查周成，你大老远跑来向我报什么信？”

赖招娣急了：“老二，你在家人面前打什么哑谜，别人不知道西诺还会不知道？周成不就是你邹叔宝吗！”

邹叔宝听了这话已掩不住心里的震惊：“赖西诺，你是怎么知道的？你是不是和你那个当国民党副官的亲戚串通着……”

“老二你给我闭嘴!”赖招娣恨不得一巴掌扇他,“既然你说到这份上,我就把话挑开了说吧……”

赖西诺连忙截住她的话头:“邹叔宝,我不在乎你对我说真话还是假话,但我还是要问你,那天你想买那么多盐干什么?”

“我办了个土纸作坊,有一群伙计跟着吃饭,少不了油盐酱醋的。”

“你为什么不对我说真话?”

“看来我今天回来得真不是时候。哦,大哥大嫂,我回来只是想看看你们,都看到了我就放心了。没别的事我就走了,我那边活儿忙着呢。”

邹叔宝说着就去拨开门闩。

赖西诺突然上前把邹叔宝刚拔下的门闩“咔”地又插上了:“邹叔宝,其实我知道你是谁,我也知道你正在干什么,但你必须清楚自己眼下的处境,你要是这次落在了调查科的手上,那就绝不是花两百块大洋能把你捞出来的。”

邹叔宝听了这话,又是猛吃一惊。

当年在新婚之夜参加党组织领导的埔北暴动,遭到镇压后和另外四位暴动组织者一起被捕入狱,第三天,一个挨了枪子的流血过多死在狱中了,另外三个被押出去枪毙了,唯独他这个周成却莫名其妙被释放了。刚才赖西诺说到两百块大洋,难道当年获释是因为有人出了两百大洋?

赖西诺见邹叔宝一张脸上写满问号,半天没说出话来,就连忙想淡化一下:“叔宝,我只是顺口这么一说,你别多想了。”

“谁为我出了两百块大洋?”邹叔宝逼视着赖西诺问。

赖招娣连忙上前推了二叔子一把:“老二你可别没良心!”

“我想知道真相!”邹叔宝这一声吼让全家人都吓一大跳。

赖招娣也不管不顾了:“行,我来告诉你……”赖西诺还想阻止,被赖招娣一把拉开,“西诺你别管!这老二连良心都没有了,你还瞒他干吗。老二你听好了,那年你蹲了大狱,定了死罪,是西诺上下打点,通过赖寿章给国民党团长马大鋆和蒯县长塞了两百块大洋才把你从阎王爷那儿捞了回来。这件事西诺死活不让我告诉你,可你太不识好歹了,要是再不让我说出来,会把我憋死!”

抖漏出那么大一件秘事,全家惊呆!

“你这老娘们,这样的事怎么连我都瞒着呢?”邹仁宝埋怨了妻子一句。

赖西诺说："既然说出来了，我和他也到头了。邹叔宝，现在风声紧，你就别再去茶阳了。我走了。"

"西诺。"邹叔宝突然一把抓住赖西诺的胳膊说，"我今天回来是有重要的事情要和家里商量，你能留下来一起参谋一下吗？"

这是两年来邹叔宝第一次表露出接受她的意思，赖西诺心里蓦地一阵热浪涌过。

6

纸作坊东家的屋子里一大早传出吵架声。

许永祥和另外几个伙计以为来了土匪，连忙操起竹刀门杠赶过来救东家。可一到门口就站住了。屋里不是来了土匪，是一家四兄弟在为作坊的事剑拔弩张着。

"老二你做人要有良心，咱阿爸阿妈死得早，还不都是我这个大哥和你大嫂把你们拉扯大的。可你偷走了全家人的积蓄，躲着我这老大和两个弟弟，跑这儿来开起了作坊，你这么做对得起谁呀？"老大火气不小地吼着。

老三的话说得更决绝："二哥，你要么把这作坊算咱们四兄弟的，一人一份，要么就把你从家里拿出来开作坊的本钱还给我们几个兄弟，你要吃独食，我就放一把火把作坊烧个一干二净。"

兄弟争财外人插不上手，站在门外的伙计就赶紧退回到工棚去了，可一个个都预感到他们才捧了没几个月的饭碗要砸了。刚才那几个兄弟说得清清楚楚，他们来就是来分作坊的。这兄弟四个都是有一把力气的年纪，他们要是都来了，有钱自己能挣，还会留给他们几个吗？

果然，当对面屋子里的吵架声渐渐平息后，东家邹叔宝就走进了他们住的工棚，面有难色地看着几个伙计好一会儿没出声。

许永祥心想这事是明摆着的，就别太让东家为难了。他首先站出来说：“东家，我们都听见了。你不用太为难，就按老大和兄弟的意思办吧。”

邹叔宝一脸的歉意：“真是对不住几位阿哥了。我不知道他们是怎么找到这儿来的，这事，你们看……对几位哥我还真是开不了口啊。要不这样，这个月不是才过了五天吗，我给几位阿哥结满一个月的工钱，你们看……”

其中一位年岁稍大的就说：“东家是个厚道人，可兄弟兄弟有时候就是凶的，咱们就别再让东家为难了。”

年纪大的这么一说，另外几个还能赖着不走吗？都把自己的破衣烂衫归整归整，从东家手上领过一个月的工钱就走了。

走在最后的许永祥却又回过身来，对邹叔宝说了句莫名其妙的话：

“东家，我是家里人。”

邹叔宝一听这话蓦地警觉起来：“你说什么？”

“不瞒你说东家，我都看见了。”

“你看见什么了？”

“我看见你把情报夹在土纸里往那边送；我也看见了你和一群人半夜里在往那边运送违禁物资。不过东家你放一百二十个心，就是刀架在脖子上我也不会泄露一个字的。”

邹叔宝突然操起一把砍竹子的利刀，架在了许永祥的脖子上。

“是什么人派你来的？”

许永祥把手伸进怀里，要掏什么。

“别动！”

许永祥就放慢速度，把伸进怀里的手慢慢抽出来时，手心上有一个小布包。

“东家，你看了这个就明白了。”说着他打开小布包，竟然是一份手抄的入党誓言。

“我也是一名共产党员！”许永祥说，“那年南昌起义军一路播撒火种路过粤东，我也算是当时撒下的一小粒火星沫子。可国民党实行白色恐怖，到处追杀我们的同志，我幸运地和我阿妈在只有五户人家的多宝坑小山村藏身下来，却再也找不到组织了。东家，当我看见你干的那些事后就知道你是组织的人，我就像重新找到了家里人一样。”

“你胡说什么！我有什么身份？我就是一个靠晒纸养家糊口的生意人。”

“我知道你不会轻易相信我说的话，要不是今天你解雇了我，我决不会就这么说出来的。”

“你这么说是想让我留下你吗？”

“不是，我知道你招来家人、遣散我们是出于保密的需要，如果把我留下，是不符合组织纪律的。”

“那你究竟想干什么？”

“我人是一定要走的，可我想把一个建议给你留下。”

邹叔宝半信半疑地看着他。

许永祥就蹲在地上画了起来，边画边说：“从伯公凹往北二十里那块叫多宝坑，我家就住在那个只有五户人家的小村子里，从汀江到多宝坑还有一条水路，哪天青溪码头上不了岸，完全可以通过这条只能通竹筏的浅水路经多宝坑绕到伯公凹。”

邹叔宝听了他的介绍，其实心里是接受他这个建议的，但嘴上却不依不饶：“我完全听不懂你在说什么。这样吧，你先回家，到时我这儿生意好了，活儿忙不过来，你再来我这儿干吧。”

“行，东家需要人手的时候，就在伯公灯下放个记号就行，我也会常去庙里给伯公灯添添灯油的。”说完他就起身走了。

邹叔宝站在工棚下一直看着他的背影消失。

老大和老三、老四一直在屋里看着老二送走那几个伙计。

“我们这一来，倒敲了那几个伙计的饭碗，这事不积德呀。”邹仁宝说。

“我们才是东家，雇谁不雇谁当然是我们说了算，大哥，这事没什么积不积德的。”老三春宝说。

老四冬宝也觉得这事天经地义：“今天还是初五，二哥给了他们满月的工钱，二哥够厚道了。”

老三忽然想到什么，不解地问大哥：“大哥，有件事我不明白，其实二哥没从家里偷走什么积蓄呀，可你看，这作坊撑起来少不得要十几二十大洋的，他哪来的本钱呀？”

“老三老四，你们给我听好了，你们二哥的事，知道的就放在心里，别挂在嘴上，不知道的一定不要刨根究底，否则会出大事的，听见了吗？”邹仁宝板着脸对两个弟弟说。

“听见了听见了。”

邹叔宝进来。

三兄弟站了起来。

“他们都走啦？”老大明知故问。

“大哥，我们这个小作坊以后还是你老大主内，我主外。老三老四，这门手艺不难学，无非砍竹、打浆、洗晒这几道工序，都要尽快学会，我们四兄弟今后要靠出去卖纸挣回钱来养家糊口的。”

“老二，其实我们可以留下那几个人的。”老大还在为敲了几个伙计的饭碗感到过意不去。

“大哥你不知道，”邹叔宝说，“我们这么个小作坊，现在兵荒马乱、行情又不好，养不起那么多雇工的。”

老三春宝说：“二哥说得对，少一个雇工少一张嘴，自己能干的活能挣的钱干吗让外人来挣。老四，走，干活去。”

“干活，你会呀？”

“不会学呗，谁的手艺也不是从阿妈肚子里带来的。老四，走吧。”

老三老四走出屋去。

“老二……”邹仁宝欲言又止。

“大哥，你有什么话就说吧。”

“我是想呀，要是能让你大嫂也来作坊，帮着烧个饭洗个衣的，这就更像个家了。”

邹叔宝听了没有马上表态。

“老二，我只是这么一说，不合适当我没说就是了。”

“要是大嫂再离开老家来伯公凹，我们老家不就关门了吗？”

邹仁宝立刻听出二弟的心声：“哦，对对对，老家门还是不能一关了之的，老家门一关西诺还上哪儿找我们去？”

“大哥，这事以后再说吧。”邹叔宝说。

第四章

盘尼西林和麻醉药

1

彭庚年站在仓库里，脚下有四五个标志着电料器材的箱子，像是刚从香港进的电料新货。他一个人这么呆呆地站着有好一会儿了。可他脑子里一刻也没发呆，一直在揪心着苏区前线缺医少药，伤员因没有麻药而痛苦地死在手术台上……

“老彭。”顾玉峰和罗挺走了进来。

没等顾玉峰往下说话，从沉思中回过神来的彭庚年就说：“前线在流血牺牲，可我们因为伤员的手术没有麻药，伤口感染后又没有盘尼西林，造成了巨大的非战斗减员。上级要求，我们必须克服一切困难，尽快把总站从香港采购的这批药物送进苏区。可药品是国民党当局下了最严禁令的物资，很难混过车站码头的检查站，我决定还是利用水客从水路走。小罗，你去雇一条水客的船，多出点包银，明天拂晓之前要通过韩江口进入汀江。老顾，你立刻派人向大埔传信，让他们准备好，用以前走食盐的老地点老办法接货。”

彭庚年又拨通了吕文超的电话。

“喂，吕兄，我是庚年。最近我跑了趟香港进了点货，刚回来，今天约了几个老板……对对对，三缺一，哈……那太好了。好好，晚上见。”

曹瑞瑛赤着膊在做着引体向上，汗水从他一块块棱角分明的肌肉上流下，运动到极限才停了下来。

在擦着汗的时候他突然像是想起什么，奔到楼梯口：“黑子，你来一下。”

黑子应声跑上楼来：“老板，有事？”

“这半个多月来，好像什么事也没发生。”

“没事好啊，没事说明……”

“可共产党绝不会停止搞事的。这么长时间什么事也没有发生也许是没有被我们发现。”

“不会吧，这大埔整个县境可到处都有我们的眼线。”

“79团驻军那些个兵油子能让人放心吗？共产党无孔不入。从明天开始，重要的关口特别是电船码头，必须要我们自己的兄弟去把守。”

“明白！可是潮汕地区向来商贸发达，韩汀两江从水路跑货走私的民船来来去去恐怕漏洞很多。”

曹瑞瑛听了这话眼珠子一亮：“你提醒我了。我给吕老板打电话。”

黑子提醒他：“老板，现在是深夜呀。”

“共产党可不分昼夜。”

汕头调查科的电话铃一声接一声地响着。

许秘书穿着睡衣跑来，打开电灯接起电话：“喂，谁呀这深更半夜的……哦，是曹副站长。老板呀，老板在华富电料行搓麻将呢。”

曹瑞瑛啪地挂断了电话，脸露愠色。想了想，又拿起了电话。

华富电料行的牌局正酣，电话铃骤然响起。

“这半夜三更的哪来的电话呀，别是客户反悔，生意黄了？”彭庚年边说着边走到经理室接起电话：“喂……对，华富电料行，请问……呃，哦，好好。吕站长，是您的电话。”

“我的电话？风头正顺着呢，是谁呀，这半夜三更地来电话坏我的风头。”吕文超走到隔壁办公室里接过话筒，“你是哪位呀……哦，瑞瑛呀，这半夜三更的什么事把你急得电话打到这儿来了？”

曹瑞瑛在电话里说：“老板，必须马上封江！”

“什么，封江？”吕文超脱口而出，又马上扭头看了看站在一边的彭庚年。

彭庚年若无其事地回到麻将桌上洗牌：“哎，今天我的手气是一晦到底啦。”

吕文超压低点声音：“瑞瑛你说，你说，我听着。”

电话那头的曹瑞瑛就说：“这几天太安静了，职下检查了，看我们是不是什么地方有漏洞，发现只有一个地方——水路。我们虽然在车站码头上加强了检查封锁，可那条从韩江到汀江的水路却一直放任着小船跑货走私，这就是最大的漏洞，必须立刻封锁两江。”

“瑞瑛，我赞赏你的直觉也接受你的建议，我马上就回去布置。”挂断电话，他走进麻将室：“诸位，今天就玩到这儿了，改日再聚。”边说边收好桌上的钱款。

“哎吕站长，你不能赢了钱就开溜啊。”

“吕某是吃皇粮的，可没诸兄做生意当老板这么潇洒自由哦，只能对不起诸兄了，改日再聚。”说着就匆匆走了。

吕文超的小汽车吐着尾气走了，可彭庚年却在心里暗暗叫苦不迭。他虽然没有听清楚吕文超和曹瑞瑛在电话里说的细节，但吕文超脱口而出的“封江”两个字他是听进耳朵里的，而且牌局正酣他却匆匆离席而去，必定是去连夜布置封江。没想到他们精心策划的水路计划这么快就破产了。

但无论如何，前方每天都因为缺少药物在付出牺牲，等不起啊，就算是龙潭虎穴也得闯一闯了！

彭庚年向顾玉峰和罗挺断然宣布：“放弃水路，执行第二套方案！”

第二天一早，一本通行证递到火车站检查关卡的军警手上，这是彭庚年连夜刻章伪造的。当彭庚年把通行证交到警察手上的时候，其实心里是非常紧张的，好在那个警察并没有发现他这本通行证有什么破绽。

警察把通行证递还给彭庚年，看着这位抽着大雪茄的老板，再把目光移到他身后挑着几个贴有“灯泡”“易碎”字样的电料货物箱子的挑夫。

彭庚年忽然问：“你不是小金吗？”

警察一愣：“您怎么知道？”

彭庚年说：“那次吕站长到各关卡巡视，我就坐在他车上呢。吕兄好像还表扬过你几句吧？”

警察连连点头：“呃呃，好像有这么回事。”

彭庚年主动问："需要一一拆箱过检吧？"

"呵呵，有这通行证就一切从简啦，抽个样例行一下公事吧。"

"行行。阿挺，你就打开个箱子让弟兄们检查一下。"

罗挺就搬过一个箱子，开始拆箱。

彭庚年和那个警察搭讪："兄弟你看我这手是不是只破财手啊。"

"您一看就是个大老板，哪会破财呀？"

"咳，昨天晚上我连着放了吕站长十几个'冲'，输得都快吐血了。"

"您说的是调查科的吕站长吗？"

"是啊是啊，我们一个礼拜玩几次，他从来没输过，我从来没赢过。"

警察哈哈大笑："哈……吕站长官运亨通，财运更旺。"

箱子打开，里面装的全是灯泡。

警察看了看："盖上吧。那几个不用看了，走吧走吧。"

"兄弟们辛苦了。"彭庚年向身后的罗挺使了使眼色，就往前面走了。

罗挺给警察塞了一叠大钞，然后带着三个挑夫挑着货箱进了火车站。

潮安交通宾馆斜对门有家珠宝店，也是彭庚年亲手安插的秘密交通站，专门负责来往交通员从潮安乘电船往下一站的事务。彭庚年规定，非必须不能随便启用这个小站。但这次重要物资在潮安过境，顾玉峰昨晚上就连夜通过秘密渠道给珠宝店店主传来接送任务的指令。店主收到指令后，已经买好了从潮安到大埔的电船票，看看时间差不多了，就关了店门去火车站。

火车站门口已经等着三位挑夫模样的年轻人，是珠宝店雇用的，一见店主就迎上前来。

"火车一进站你们就跟我进去接货。"

火车到达潮安站。

旅客们挑着背着从各节车厢下火车。彭庚年夹在人群中先下车，前后看了看，站台上没有军警，就给身后的罗挺打了个招呼。

罗挺领着几个挑夫挑着箱子下了火车后，把箱子码在月台上等着接货。

珠宝店店主领着他雇的挑夫来到那摞箱子前，目光在箱子外壳上搜寻，看见了其中一个箱子上用红笔画着个很不起眼的圆圈，这也是他们事先约定的记号。

珠宝店店主就轻声问站在箱子旁的罗挺："是老舅家的吧？"

"是啊，三姨她好吗？"

"我妈能吃能睡一切都好。"

暗号对上，罗挺就拍了拍箱子，轻声说："交给你了。"

店主就对他带来的几个挑夫交代一句："都是易碎品，小心点。"

几个挑夫就上前各人一担挑起走了。

珠宝店店主和罗挺互相问候着长辈跟在后面朝出站口走去。

彭庚年和他们相隔一段距离跟着出了火车站。

珠宝店店主领着罗挺和挑着箱子的挑夫们来到潮安电船码头。

码头上有侦缉队在检查上电船的货物，但并不是十分严格，都是花钱通过而已。

罗挺领着几个挑夫过岗时，侦缉队的人把他们拦住："箱子里装的什么？"

罗挺拿出通行证并夹上一叠钱递了过去："都是些电料灯泡什么的。"

侦缉队的人接过，悄悄把钱收进口袋，假模假样地看着通行证："嗬，这枚公章就是调查科的，不能不给面子呀。过吧过吧。"

挑夫们挑着箱子上了电船。

罗挺回头想和珠宝店店主打个招呼，发现人早走远了。

彭庚年在码头附近的大街上转悠，不时抬头朝码头边的一处住宅阳台上张望。

总算看见那个小阳台上放出了一个盆景，这是交通线上的暗号，表明电船已经离开码头了。

彭庚年松了口气，就到火车站买了张返程票，回汕头去等候货物到达目的地的消息了。

2

潘雨青一早就在船上了。

黄朝华、江志良和张超来了，上了潘雨青的船，潘雨青就马上撑篙离岸，顺流而去。

船到江心，黄朝华问："青哥，今天怎么不是在夜里接货啊？"

"我也是昨夜才接到通知，这次的货没有走我们的水路，是用电船运到大埔，让咱们到大埔接货。"

"在电船码头交接多危险，为什么不像以往那样让水客偷运过来，在江心交接呢？"

"因为韩江水路被突然封锁了，汕头那边只能走明道了。"

江志良一听急了："可电船码头是在他们的眼皮底下，瞒得过天也瞒不过特务白狗子呀。"

"是很困难。"潘雨青说，"可是老话说船到桥头自会直，咱们撑船的会见风使舵，交通员也要见机行事。"

电船机舱里，摞着几个箱子，罗挺忍受着震耳欲聋的马达噪音守在一边。

一个年轻船工走了进来，伸手就要去移动箱子。

罗挺本能地一下子站起来摁住箱子："你要干什么？"

"马上要变天了，行李这么摞着待会船一摇晃不安全的。"

罗挺就和船工一起把箱子重新码放。

船工突然发现其中一个箱子上画着个红色小圆圈，他停顿了一下，若无其事地把箱子码齐后，就走开了。

电船离开潮安码头走了一个多小时后果然变天了，转瞬就狂风暴雨，电船剧烈摇摆，左右倾斜的角度越来越大，船舱内的箱子行李，时而滑向左舷，时而又撞回右舷。

罗挺已经和别的旅客一样晕船了，趴在船舷上呕吐得无暇顾及那几个箱子了。

那位船工走到罗挺身边，装作关心旅客的样子扶住他，轻声问了句：“是老娘舅家的吧?”

罗挺听到这个暗号蓦地扭过脸来看着船工。

“是老娘舅家的吗?”船工又追问了一句。

“三姨她好吗?”

“我妈能吃好睡一切都好。一会儿需要你的帮助。”

船工只示意了一下就去搀扶别的旅客了。

罗挺再次趴在船舷上看着那个离去的船工背影，他知道在这条几千里的交通线上，绝不止他们几个在孤军作战，沿途有许许多多他们并不认识的也不能打听的红色特工，平时就像沙子一样散落在各处，你无法发现他们，可到了你需要帮助的时候，就会有一条手臂突然向你伸来。

在韩江和汀江交界的一个江湾里，停泊着一条像是躲避刚才那场风雨的客船。

黄朝华忽然说：“青哥，咱们猫在这江湾里也看不见电船来没来，要不把船往码头靠靠。”

“不行，我们的船过早在江上晃悠会引起怀疑的。”

江志良又说：“早过了时间了，会不会咱们要接的人早上岸了，咱还在这儿死等。”

“不会!”潘雨青说，“电船从潮安到大埔好天气也要六个小时，午饭前下了场大雨，电船晚点几个小时很正常。”

“可咱们也看不见电船到没到呀。”

“你们看不见我能看见。”潘雨青说。

潘雨青他们的位置看不见大埔电船码头，却看得见同天饭店的露台。

同天饭店是茶阳县城靠近电船码头的一家小饭店。老板叫孙同阶，带着个十三四岁光景的侄子一起经营着这家小饭店，因为厨艺不错，倒也能挣几个钱。

同天饭店往前百十米有座三层小洋楼，主人是下南洋后长年不归的商贾，那楼一直空着，正好曹瑞瑛来大埔设站，就征用了这座小洋楼。调查科行动队队长黑子带着一帮手下在同天饭店吃过一回饭，都感觉口味不错，就一日三顿都在同天饭店了。孙同阶就像天上掉了个馅饼让他捡着了一样，对黑子队长是千恩万谢，趁他们兴致好的时候还馈赠几瓶家酿的米酒，就是想别让这几个常客跑了。调查科的特务们也把同天饭店当作了食堂，一日三餐，每月结一次账，还不用孙老板打折，说他们花的是公帑，只要饭菜可口价钱无所谓。孙同阶为了留客，变着法给他们换口味，这一吃快两个月了，调查科的那帮特务们也没想过要换家饭馆，孙同阶就像调查科厨师一样尽心打理着他们的一日三餐。

孙同阶交代侄儿小宝到露台上去看着，要是电船快到港了，就下来告诉一声。小宝也不知道这里面有什么讲究，就照着叔叔说的，站在露台上，像个看新鲜的小孩一样看着韩江上的船来舟往。

终于传来电船的马达声，小宝瞪着眼睛朝前看，远处一条电船正突突突地朝大埔码头驶来。小宝赶紧从露台上下来告诉了叔父。

孙同阶跑上露台，在电船开始靠岸下锚的时候，把一顶竹笠挂在了晒衣杆上就下楼了。

“弟兄们，到了。”潘雨青突然叫了一声，几个正打着盹的弟兄都一下子坐了起来。

潘雨青让掌舵的黄朝华把船划出江湾，朝码头方向驶去。

黑子带着他几个手下正在楼下吃饭，忽然听见电船的汽笛声传来，就催促几个手下：“电船到港了，弟兄们快扒两口得了。”

几个特务就稀里哗啦地往嘴里扒了几口饭，把饭碗一推起身就旋风般地走了。

孙同阶从厨间出来，看着一桌没来得及吃完的饭菜，突然想到什么，转身就奔上了露台，往码头方向一看，见黑子他们已走到了码头的出口处，在向驻军官兵交代着什么。

孙同阶连忙摘下竹笠，把一条红色的床单挂晒了出去。

潘雨青的小船正转出江湾，能看见前方码头上刚刚靠岸的电船了。

“减速！”潘雨青突然说了声。

划桨的黄朝华吓了一跳：“怎么了？”

“快把渔网撒下去。”

江志良虽然不知道发生了什么，还是立即按他们商量好的预案执行命令，呼地将渔网撒进了江里，远远看去，这条客船就像是一条泊在江心打鱼的渔船了。

靠定码头的电船咣啷啷地打开了供旅客上下船的铁链子，带着轻重行李的旅客们依次下船。

罗挺留在最后观察着，发现在黑衣人的监督下，所有上岸人的箱箱包包都要一一打开接受严格检查，若有存疑的物品就连携带者一起当场扣押。

罗挺一看这阵势心里暗呼一声“糟了”。

那位不知名的船工过来，向罗挺示了个意，用脚把几个箱子推进座椅底下：“找机会再上岸吧。”船工轻轻说完，又给了罗挺一件救生衣。

罗挺穿上救生衣就成了船工。

因为岸口检查得太严，一船的旅客排队等候上岸，反而给罗挺赢得了时间。

潘雨青远远地看见电船码头上那么多军警，正着急着，张超拉上的渔网里居然打上了十几条青鱼。

潘雨青灵机一动，立刻把一个笠帽挂在桅杆上。

“靠上去。”

黄朝华使劲划桨，船就加快速度向电船靠去。

电船上的罗挺正着急着不知道如何把几个箱子弄上岸，忽然看见一条桅杆上挂着笠帽的渔船正朝电船靠过来，他赶紧向那位不明身份的船工示了个意，二人就快速将箱子又从座椅下移到靠江一面的船舷边上。

潘雨青的小船慢慢向电船靠江的一面靠近。张超和江志良手上各拎着几条鲜活的青鱼攀着电船船舷朝还在排着队准备上岸的船客兜售：“阿哥阿姐们，刚打上来的韩江青鱼，活蹦乱跳的，便宜卖啦。”

等着上岸的旅客中还真有人与他们讨价还价。

潘雨青和黄朝华在下面接，罗挺在上面传，那个船工则用身子挡住岸上的视线，不到两分钟就把四五个箱子驳上了小船。

张超和江志良见货已驳完，就降了半价，那几条青鱼一下子就被旅客们你抢我夺买走了。

小船离开电船掉头向汀江而行。站在电船上的罗挺这才松了口大气。

这时电船上的旅客也差不多下完了。黑子带着几个手下登上船来，才发现那条正离去的船，就问船上的那个神秘船工："那条船是干什么的?"

"打鱼的。刚才一家伙卖了十几条青鱼，他们可真不会放过挣钱的机会。"

黑子回头看去，果然最后几个旅客手上都是拎着青鱼上岸的，黑子也就没在意，带着手下在船上角角落落地查看了一遍，就离开了。

那个不知名的船工过来，和罗挺对了个眼色。

"同志，请问……"

"不该问的别问!"

"呃，我只是想问问，这船什么时候返回潮安?"

"你去补张船票，六点钟开船回潮安。"

"知道了。谢谢。"他脱下救生衣，一身轻松地下船上岸。

船从韩江驶入了汀江，潘雨青才稍微松了口气。

"几位兄弟辛苦了。"

黄朝华好奇地问："青哥，咱们这趟接货好像时时刻刻都有人在发暗号?"

潘雨青笑而不答。

日头偏西的时候，潘雨青的船已经远远地看到青溪小镇的逆光剪影了。

黄朝华不免又担心起来："青哥，一会儿咱们可怎么闯过那个新设的检查站呢?"

黄朝华说的新设的检查站，是大埔驻军应曹瑞瑛的要求在半个月前设的，位置在青溪码头，好比掐住了青溪水路进出的咽喉。

"青哥，一会儿上岸怕是瞒不过那些官兵的眼睛啊。"黄朝华见潘雨青没有应答他，又说了一句。

其实潘雨青心里早有预案，越来越接近青溪码头的时候，潘雨青看见了处在镇子高处的永丰客栈窗口挂着的灯笼，就招手让几个弟兄们都聚到船尾上进行了一番布置："弟兄们，一会儿咱们这么干……"

3

永丰客栈老板娘黄玉莲在灶间炒着菜，有鱼有肉，像是要招待什么大客。

丈夫余疙瘩在灶下帮妻子添着柴说："呵呵，玉莲，我娶你的时候可没发现你会做戏的，将来革命成功了，你就去戏班子唱戏，准能红。"

"行了，今天可没心思跟你开玩笑，一会儿要是露了馅，可就是天塌下来一样。"

"不会不会，你都能让那几个官兵把你当亲姐了，露不了馅的。"

丈夫这话也的确不是恭维。半个月前，余良廷从茶阳带了一袋盐回来，没想到去的时候畅通无阻的青溪码头，回来的时候就多了个检查站了，还主要是查食盐药品这类违禁物品。余良廷就撞在了枪口上，官兵以超过政府定量为由，没收了他好不容易才弄到的一袋盐。余良廷想争回那袋盐，官兵就警告他，你要不识趣，就连人带盐都扣下了。余良廷垂头丧气地回到家里，向妻子一说，黄玉莲起身就到那个检查站去，说要把盐要回来。

检查站的几个士兵正闲聊着，黄玉莲忽然就插了进来："嘿嘿，几位兄弟辛苦啊。哟，你看看，衣服穿得这么单，青溪不比茶阳，白天还行，到夜晚怕是扛不住哦。一会儿姐让你们姐夫给兄弟们送个火盆下来，这营帐里有个火盆就暖和了。"

几个士兵听了一个个呆呆地看着黄玉莲，心想他们哪来这么个热心热肠的姐呀？

"哈……你们这么看着我……都还不认识吧？没事，是个人都是爹妈生的五谷养的，一回生两回熟是不是？姐最心疼你们这些当兵的了，风里雨里多不容易啊。"

"呃……你是……"

"看见你们心里一开心就话赶话忘了说我是谁了。我就是上面开客栈的，永丰客栈，就百来十步。"

"哦，客栈老板娘呀。"

"什么老板娘叫得那么难听，叫姐。"

“哦，姐你有什么事吗?”

“哦，说起来一定是个误会。刚才你姐夫从这儿过，他就是个老实疙瘩不会说话，兄弟们恐怕也不知道他是做什么的。你说寻常人家最多几口人，买那么多盐回来不违反政府禁令了吗？弟兄们不没收他的还没收谁的呢？这不让几位弟兄误会了嘛。”

“哟，这位姐，这件事可不是什么误会，是例行公事。”

“对呀，兄弟们是例行公事一点错都没有，错就错在你们那个疙瘩姐夫没把情况说清楚。我们家是开着客栈的，哪天没有个三双八对的房客住店，我和你姐夫不都得喝西北风去呀？可咱得供房客一日三餐呀，这可都得要算上吃盐的人头不是？这么一算，那几斤盐还能犯什么禁呢对不对?!”

士兵们像是被这道理说服了似的互相你看我我看你。

“你看看，姐就说这是个误会嘛。姐来给兄弟们说个明白。哦，快到饭点了，你们站岗也得吃饭，姐这就回去做几个菜给弟兄们暖暖胃。”

“哦，这不好吧?”

“有什么好不好的，就这么说定了。姐也不在这儿耽误工夫了，赶紧回去给弟兄做饭去。”说着她一把提起那袋盐往肩上一甩就往回走，边走边还扔了句“饭做好了让你们姐夫来叫你们”。

几个士兵愣愣地看着她把一袋盐背回去了。此后黄玉莲就隔三岔五地做点好吃的招待一下他们，半个多月下来，这个检查站的官兵还真把她当亲姐一样了。

“疙瘩。”黄玉莲叫过丈夫，“太阳落山了，快上楼去看看到了没有。”

“哎。”丈夫从灶下起身就上了楼。

站在楼上窗口，可居高临下看到江面。余良廷看见一条桅杆上挂着一顶笠帽的船正靠近码头。

“玉莲，来了来了，他们到了。”余良廷下楼对妻子说。

“那你快去呀。”

“好，我这就去。”

没一会儿，余良廷就领着三个检查站的官兵回来了。

官兵还在大门外就喊着：“姐，我们来啦。”

黄玉莲热情地迎着他们："来了好来了好，姐今天为了请阿弟们吃顿可口饭菜，可是把腰都快忙折了。来来来，阿弟们快坐快坐。哎，疙瘩去拿酒呀。"

几个人就开开心心地围桌而坐。

黄玉莲问他们："检查站还留着人吧？可别吃顿饭把正事耽误了。"

"姐你不用担心，留着人值勤呢。"

"那行，今天你们多吃点。哦，疙瘩，一会儿你给值勤的那位阿弟送去吧，都是兄弟，姐可不能厚此薄彼呀。"

"阿姐，姐夫，我们亲阿姐也没待我们这么好啊。"

"行了行了，别说这些没用的了，都快坐下吃吧。"

潘雨青的船靠了岸，从几个箱子里找出画有一个红圈的那只："阿良，就是它。"

他们刚分好工，天也擦黑了，江志良扛着个箱子先上了岸，过检查站的时候，检查站的士兵们都在上面喝酒呢，就留下一个士兵在值守，这个士兵还挺忠于职守，拦住江志良非要检查箱子里的物品。

江志良不让他开箱，硬说他是帮人家去茶阳提货回来，没货主同意他不能拆箱。

"少废话！"那士兵有点横地说，"过站的所有货物都要检查，这是政府贴了告示的你不知道吗？"

"我知道我知道，可东西不是我的我不能让你开箱呀，万一弄坏了，我一个卖苦力的拿什么赔人家？"

"你怕赔不起我也怕上峰问罪呀。开箱！"

"除非你一枪把我打死，要不然我是绝不敢背着货主拆箱的，这不合道上的规矩。"

这士兵被江志良惹恼了："你这人怎么那么死心眼？是你道上的规矩大还是政府的法令大？放下，拆箱！"

士兵上前一推，箱子从江志良的肩上咣地砸在了地上，只听箱子里面乒乒乓乓地一阵玻璃碎响，江志良脸色刹白地弄开箱子，一箱的碎灯泡。

江志良大呼小叫起来："哎呀！你看看，全打碎了，这下我就是卖儿卖女也赔不起呀！你赔我你赔我！”

“你要好好让我拆箱检查也不会掉地上打碎呀。”

江志良要起了无赖：“检查检查，你查吧，这箱子里有什么违禁的东西，你挑出一件一枪崩了我也活该。可你看看，除了灯泡还有什么，什么也没有！就是灯泡，灯泡算不算违禁物品？”

江志良的大喊大叫引来了许多看热闹的村民，把检查站围了个结结实实。围观的人里面也有许多江志良的邻里熟人，都帮着江志良说话。

势单力孤的小士兵不知所措起来，心里一急，就朝天砰地开了一枪。

枪声一响，几个喝着酒的官兵还没回过神来，倒是老板娘吓得不轻，“哟，阿弟们，快放下筷子去看看，别出个什么事挨上峰处分就划不来了。哎呀你们还发什么愣，快去呀，没事儿再回来接着喝就是了。”

三个官兵抓起枪就奔了出去。

趁着这一阵混乱，潘雨青、黄朝华和张超扛着箱子，借着黑夜的掩护从旁边的水沟里上了对岸的青山。

黑夜的废祠堂里，伸手不见五指，潘雨青在黑暗中轻声对同伴说：“我只知道这是前方急需的物资，不能耽误更不能出半点差错，为保证安全，这次闽西交通大站派武装人员直接来青溪接货，就不用我们几个饿着肚子再送三十里了。”

话刚说完，就传来有节律的门环叩击声。潘雨青连忙起身开门，第一个跨进门槛的是伯公凹小站站长邹叔宝，随后进来了五六条黑影。

邹叔宝向潘雨青说了闽西交通大站对这次运送的安排，除了这几位担任运送之外，还派出二十几人的武装小分队负责一路清道保护。李叔岩要求务必确保这批物资安全过境，送达前线。

微弱的月光下，武装交通员们扛着前方急需的药品箱子在山岭小道上追星赶月。两天后，这批药品被及时送到了前线战地医院，挽救了无数红军指战员的生命。

彭庚年手上拿着一份发自上海娘家的电报，内容是“母已服药，病体渐愈”，他感觉有一种像是整个人都要飘浮起来的轻松感。说实话，这个把月来他为这批药物能否顺利完成全线输送而吃不香睡不着，在这几千里的交通线上，任何一个环节出差错都将导致任务失败，所以他时时刻刻都处在提心吊胆的状态下，生怕传来任务失败的消息，而手上这份来自上海“娘家”的电报，一下子打开了锁住他心身的枷锁。彭庚年站在窗口，畅快地呼了几口大气，然后往沙发上一倒，睡着了。

第五章 步步紧逼

1

赖寿章领着民团头目张在林走进调查科大埔站的那幢小洋楼。

在进门前，张在林像是露了怯似的拽住赖副官，问他为什么要带自己来这儿，难道是调查科要找他麻烦吗？赖寿章笑他："身正不怕影斜，你没干过有损党国的事怕什么呀？"赖寿章这么一说，张在林心里就更没底了，一双脚就像是被狗链子拴住了似的跨不进调查科的门了。赖寿章见这小子吓成这样，就宽他的心，说调查科找你多半是你小子时来运转了。听了这话，张在林才一脚跨进门槛，并走在赖寿章的前面上楼了。

张在林走进曹瑞瑛的办公室，小心翼翼地说了声："长官，在林来了。"

"张兄请坐。"

曹瑞瑛的和颜悦色出乎张在林的意料，他心里便稍稍放松了一点："不敢不敢，我一条埋在烂泥里的小泥鳅哪敢在长官面前称兄道弟。"

曹瑞瑛说："你比我年长几岁，我称你一声老兄合乎常情呀。张兄请坐，坐下说话。"

"哎哎哎。"张在林只敢屁股搭个边地在椅子上坐下。

"老兄啊，你可别妄自菲薄。你的民团组织可不是烂泥下的小泥鳅，发挥好了能掀翻韩汀两江的大船。"

“过奖过奖。”

曹瑞瑛心平气和地对这个民团头目畅谈起了民团的优势，他说民团熟悉地方上的人和事，而且民众对它的警惕性也相对不高，这是民团最大的优势，如果能把这一优势发挥出来，军队和警察包括调查科都是无法比拟的。

张在林听曹站长把民团捧上了天，激动得热血沸腾起来。他说曹站长有什么要民团出力的，尽管吩咐，从现在起曹站长指到哪儿民团打到哪儿。

曹瑞瑛就对他说，民团不能总窝在县城里吃喝嫖赌，既然优势在乡村，民团就要去走乡串村，比如，到青溪甚至更远的山区去巡逻，打不到獐子搂几个兔子回来也能得到政府奖励。

张在林听到这儿就坐不住了，呼地起身一站：“曹站长，我明天就带着弟兄们前出，就是风餐露宿也在所不辞，决不让共党一只鸟飞过去，一片纸飞过去，一粒米一滴水也飞……”

“哈哈哈……”赖寿章忍俊不禁地喷笑出来，“张团首，一粒米一滴水就不是飞过去了。”

“赖副官笑什么，这不是蒋委员长的圣旨吗？”张在林说。

赖寿章说：“蒋委员长的钧旨是‘不给赤区粒米勺水之接济，片纸只鸟之通过’。呵呵。”

张在林就在曹瑞瑛面前身子一挺，信誓旦旦地说：“曹站长，只要张在林不死，共产党就别想从我们地界过。”

曹瑞瑛说：“很好！我会提请县政府拨专款扶持民团组织，立了功调查科为你上呈报功。”

张在林这一听差点跳起来：“哇，地方民团从来靠自己弄钱养活，还头一回吃上公帑啊！”

“哦。你想吃到更多的公帑，就要记住一个人的名字。”

“什么名字？”

“周成。”

“周成是谁？”

“你不用问是谁，碰上叫周成的要立刻向我报告，让我亲自来辨别真假。要是能找到这个人，我给你上报青天白日勋章！”

张在林激动不已：“我记下了，叫邹……成！”

曹瑞瑛纠正："周成！"

"哦，是，是，周成，是周吴郑王的周。长官放心，要不了几天我就把周成绑来见您！"

"话可不能说大了，万一你找不到周成又拿什么兑现诺言呢？"

张在林被曹瑞瑛这么一问就尴尬了一下，但他马上拍着胸脯发誓："只要大埔有这个人就没有找不到的，要是拿不到周成的人头，就拿我张在林的人头来抵。"

曹瑞瑛这才声音响了点："好！说到要做到！"

赖寿章这才明白，曹瑞瑛让他去把这个民团头目找来，也是为了挖出周成。

2

赖西诺那次去邹家报信，刚巧出走了几个月的叔宝突然回家了，解开误会后，叔宝主动请西诺留下，并让她参与了邹家一件大事的讨论。

邹叔宝那天晚上突然回家，和家人商量的大事就是想让大哥和三弟四弟一起去伯公凹经营纸作坊。家里人这才知道老二离家几个月，原来在一个叫伯公凹的地方开作坊。邹叔宝说生意还不错，可雇着几个伙计开支太大，要是大哥和三弟四弟都过去，把雇的伙计辞了，有钱就兄弟们自己挣了。叔宝的想法得到了大哥大嫂的赞同。叔宝还要求大哥和老三老四立即收拾东西，连夜赶几十里山路去伯公凹。临走前，叔宝请求西诺在家里多留几天陪陪独自留守在家的大嫂。既然疙瘩解开了，西诺也就一口答应，一直陪着大嫂招娣留在了邹家。

一晃个把月过去了，西诺对曹瑞瑛追查叔宝的担心越来越强烈，她现在远离茶阳，不知道这件事又有什么变化，就对赖招娣说想回一趟茶阳，一方面取一些换洗衣物，另一方面也顺便打听一下风声。

赖招娣听西诺一说，连说“好好好”，又说：“不过你自己要当心点。”

赖西诺回到茶阳，却没有回自己的家，直接去了姑妈家。果然，姑妈告诉她，堂哥赖寿章一直在让人带口信找她。

赖西诺一听就心里怦怦乱跳。赖寿章不会无缘无故找她，该不会是国民党调查科的追查又进了一步了，她迫切地想见到堂兄。

姑妈让门口站柜台的伙计到军营去送信。直到第三天，赖寿章才走进姑妈的家里。

“堂哥你怎么才来？我等了你三天了。”西诺一见堂哥就把三天来积聚在心里的焦虑都释放了出来。

赖寿章说：“正好这几天陪着曹瑞瑛去了趟青溪。”

赖西诺一听就问：“是去追踪周成的吗？”

赖寿章没有回答，却反问西诺：“你见到他了吗？”

赖西诺被这一问有点猝不及防，就本能地连连否认：“没有没有，我这几天一直窝在家里，准备着也去南洋和我阿爸阿妈团聚呢，哪儿也没去过。”

赖寿章盯着赖西诺。

赖西诺被看得不自然起来：“堂哥，你不相信我说的呀？”

“说假话真不是你的天性。”

“我没骗你。”

“上个月二十七日下午太阳即将落山，你匆匆赶到江边，一个人包了一条船离开了茶阳。后来我给你捎了三次口信你都不在家，这几天你突然又回到茶阳了。你不是去找他吗？”

“你在跟踪我？”

“我没有恶意，我只是想请你帮个忙，我知道你能找到他们。”

“你想找到谁？”

赖寿章迟疑了一下：“我想……我想找到共产党的地下组织。”

赖西诺脸色骤然一变，而后露出了鄙夷之色：“看来你没有对我大义灭亲，只是想把我当你的诱饵。作为还有着血缘关系的亲戚，你这么做太卑鄙了吧！”说完就要进房间去。

赖寿章连连说："西诺你听我解释！"

赖西诺就停下脚步看他能作何解释。

赖寿章像是话到嘴边又咽了回去，说："我实在没办法向你解释清楚，我也不能对你说更多了。"

赖西诺被激怒了："我也不想听你什么虚假的解释，更不想听你更多的废话。但我警告你，你要是不再念我们的亲情，做事太绝情，那么我也会把当年你参与捞周成的真相去向曹瑞瑛如实供出，到时候恐怕不光是你，连你的主子马大鋆也没有好下场！"

赖寿章一听也愤怒了："你这叫恩将仇报！"

赖西诺笑了笑说："看来你也是怕的，那就敬请三思而后行！"

3

张在林抬回一具尸体，说就是周成。

"找到了周成，却带回来一具尸体，你不想得到多一半的奖赏吗？"曹瑞瑛问出这话的时候其实已经感到这个夸夸其谈的民团头目太不靠谱了。

张在林却眉飞色舞地把他们抓住周成的过程演绎了一遍：

民团执行曹站长指令，不但在大埔的乡里，还在永定一带追查这个周成。功夫不负有心人，总算在一个曾经是红军基点村的赤寨，找到了藏身在那里以行医为生的周成。这家伙开始还不承认他叫周成，硬说自己叫周正，可经不住弟兄们的三拷六问，扛不住了才承认就叫周成。

"既然这样，为什么抬回来一具尸体？"曹瑞瑛有点耐不住性子了。

张在林连忙解释说："这怪我没有经验。周成承认了自己是周成，我就想把他带回来。没想这小子怕回来会受更重的刑罚，就趁弟兄们不留神的时候从几十丈的悬崖上跳了下去……"

没等张在林把话说完，曹瑞瑛就给赖寿章打电话：“赖副官，我有件事请你帮忙，劳驾轻移贵步。对，立刻。”

给赖寿章打完电话，他又给县政府蒯县长打了个电话，要他立刻通知县监狱的监狱长马上来调查科。

张在林被晾在一边，等着曹瑞瑛打完两个电话。

“曹站长，我还没说完……”

曹瑞瑛已经站起来往外走了：“去看看你带回来的周成吧。”

赖寿章赶到停尸房的时候，正听见张在林在向曹瑞瑛喋喋不休：“曹站长，错不了的，他就是周成，这是他自己招认的呀，他要不是，谁会主动把蹲班房砍脑袋的罪名往自己身上揽呢……”

曹瑞瑛伸着一只手去接从瓦片上滴下来的水滴，没有理会张在林的聒噪。

“曹站长，我来了。”赖寿章走上前去。

“哦，赖兄，你是当年见过周成的人，我想让你来辨认一下，里面躺着的是不是周成。”

赖寿章进了停尸房，一会儿出来说：“当初我也没仔细看过周成，这具尸体又血肉模糊……”

“哎呀，人是从几十丈悬崖上跳下去的，还能不破了相吗？”张在林连忙辩称。

“曹站长，对不起，我实在不敢说他是不是周成。”赖寿章实话实说。

曹瑞瑛笑了笑：“没事，辛苦赖兄了。”

黑子领着个穿黑制服的老狱警走来，曹瑞瑛什么也没说，往旁边让了让路，就让黑子领着那个老狱警进了停尸房。

老狱警很快就从停尸房里出来：“长官，这是哪跟哪啊，身高体形不一样，还有周成才二十多岁，这个都谢了顶了，少说有四十多岁，牛头对不上马唇呀。”

曹瑞瑛显得十分审慎：“要是真的周成，不管是死人还是活人，你都能一眼认准吗？”

“那错不了。当年就是我管着他们几个要犯的，也是我拿着批文去通知周成出狱的，我还跟他说……”

狱警的话没说完，曹瑞瑛就截住了：“好，多谢。”说完就转身顾自己走了。

赖寿章看着曹瑞瑛离去的背影，不禁感到有点不寒而栗。

4

赖寿章手上提着两盒点心来看姑妈。

他当然不是来看姑妈的，而是来见堂妹西诺的。可姑妈告诉他西诺今天早上刚走。赖寿章急问西诺去哪儿了，走的时候有没有留下什么话。

姑妈说：“她没告诉我去哪儿，倒给你留了一封信呢。”

赖寿章从姑妈手上接过西诺的信，还是一封长信。赖西诺在信上说：“我们同祖同宗又同根，本也是血浓于水的兄弟姐妹。记得兄当年也参加过北伐东征，也是向往光明的热血青年。后蹑足行伍，妹不敢妄言堂兄明珠暗投，但马大鋆之流毕竟算不得秀木，兄寄其篱下，难免有近墨之忧。当年全靠堂兄一手运作操办，才使我夫周成得以脱离囹圄重获新生，此恩此情妹永记在心。可是，兄现在之作为，却令妹心头陡生寒意：昔日之亲情，变成今日趋利谋官之物，这让同宗姐妹情何以堪？留此便字，是为真诚规劝堂兄保持善根，别为升官发财而不顾礼义廉耻，行伤天害理之事，不然，将来何以立于宗祠之下？堂兄看到这封信的时候我已经离开大埔，我不想也不会再和堂兄见面了，望堂兄善自珍重、好自为之。”

堂妹信中的一字一句都像是针一样扎在赖寿章的心里。他在回去的路上胸间就像堵着一团乱麻，感到气都喘不过来。回到兵营后，好一会儿才把情绪调整过来。这一夜，他睁着眼睛一直到天亮。

赖西诺离开姑妈家，连家也不回，直接雇船回到邹家。她把和赖寿章见面的事原原本本地告诉了赖招娣，最后还加上了自己的主观判断：“看来我们这个同宗堂亲是铁了心想要找到周成，去完成他的升官发财大梦了。”

“不会吧，”赖招娣说，“他真狠得下这个心？”

“他明着说是想要通过邹叔宝找到共产党地下组织，这还不说明他急着向曹瑞瑛献功求高升吗？”

“当年他帮着把老二从死牢里捞出来，我还一直记着他的好呢，现在怎么说翻脸就翻脸呢？”

“现在看来，当年他帮忙捞周成并不是因为念着咱们的亲情，而是为了替他的主子马大鋆敛财，目的也是为了升官。现在要追查周成的是曹瑞瑛，他这条变色龙就立刻投靠新主，他不会放过这个升官发财机会的。”

赖西诺知道，邹叔宝消声隐迹两年后又走上了刀尖之路了。她并没有想扯他后腿，她早就铁了心要跟邹叔宝风雨同行。那年，赖西诺跟着几个男女同学偷偷去参加一个进步组织的集会，第一次去就听到一场有关“中国的救亡之路”的演讲，她深受感染，就经常去参加他们的集会。正是在集会上她认识了这个进步组织成员之一的邹叔宝。后来有人向当局告了密，警察来了，邹叔宝利用最后几分钟有条不紊地疏散老师和同学。毕竟是女孩子，第一次遇到这种场面的赖西诺吓得迈不开腿了，邹叔宝一把拉着她就从后门跑了。他们在前面跑，警察在后面追，眼看难以摆脱，邹叔宝突然把赖西诺推到一个墙角，让她站着别动，自己却吸引着警察往前面跑去。过了好一会儿，街巷里渐渐静了，警察好像也撤走了，赖西诺才从那个角落里走了出来。朝着邹叔宝逃跑的方向走出一两百米，她忽然看见路上躺着个人，她第一念就想会不会是邹叔宝。这一念后不知道哪来的力气和胆量，她撒腿就奔了过去。地上躺着个血肉模糊的人，细一辨认，果然是处于昏迷中的邹叔宝……

“西诺。”赖招娣见西诺出神好一会儿在想着什么，就叫了她一声，“你在想什么？”

“哦，我没想什么。”

“我想好了，他们四个男人去了伯公凹，把我们两个女的扔在家里算什么事呀。再者，你和叔宝是结过婚的，也该在一起才对，不等他们开口了，你我找到伯公凹去。”

“姐，可我不知道我们两个去了会不会碍他的事。”

“本来就是盖一条被吃一锅饭的人，能碍着他什么事呀。等我几天，把家里带不走的东西变卖了就走。”

赖西诺又何尝不想和邹叔宝在一起，即便是跟着他走夜路，那也是她早已做好的选择。

5

吕文超深夜拨通了大埔站的电话，向他的部下曹瑞瑛透露着一种深感压力又没有办法的悲观情绪：

“瑞瑛啊，据可靠情报，就在党国剿共战役进入关键的时刻，有数以吨计的紧缺物资源源不断地流进赤区，提升着红军的战斗力，委座精心编织的封锁网形同虚设啊。军中把这个责任都推到了我们CC系的头上，徐大老板都被逼得着急上火啦，严令各站务必连睡觉也要睁着一只眼！”

“老板，”曹瑞瑛说，“职下向你保证，对于中共，别说让我睁一只眼睛睡觉，就是让我二十四小时睁着两只眼我也绝不会有丝毫懈怠。大埔县今天不会，以后更不会成为中共的物资、情报和人员的通道。”

“好啊好啊。我这么多手下就信得过你一个，正因为如此我才对你寄予更高的期望。你我都清楚，只要把大埔的脖子勒紧了，就没有他中共的可乘之机。另外我还要提醒老弟，大埔一个小小站点所起的作用，何止一两个整编师！”

他们的通话持续了足足一个小时，才互道晚安挂断电话。

曹瑞瑛放下电话就把行动队队长从被窝里叫到办公室。

“黑子，那些个民团到底是乌合之众靠不住啊，你的行动队要扩编增员，要有足够的人手，对车站、码头尤其要严密盘查，决不能给中共任何可乘之隙。”

“是，不给中共任何可乘之机。”

曹瑞瑛纠正：“我说的是不给中共可乘之隙，缝隙的隙。”

“明白明白，就是连一条渗水透风的缝隙也不留！”

第二天一大早，曹瑞瑛又打电话把赖寿章请到他的办公室。赖寿章一进门，曹瑞瑛就直截了当地说：“我不太善于和你们马团长那样的人打交道，更没精力和他们去斗心眼，我就请你来帮我解决一个问题。”

“您说。”

“黑子是我的行动队队长，可他从汕头带过来的兄弟没几个，我想请赖副官帮我从你们养尊处优的79团官兵中挑选十几个得力的士兵来充实行动队。”

“没问题。我借用一下您的电话，马上向马团长报告。”赖寿章说着就伸手拿起办公桌上的电话。

他刚拿起的电话被曹瑞瑛摁住了：“打个电话那么简单的事，我自己就给你们马团长打了。我要你亲自去各个连队帮我精挑细选。”

赖寿章就放下手上的话筒：“行。你给我三天时间。”

“两天之内我要点名。”

“呃……好，我保证明天交人。”

“很好！还有一件事。”

“请示下。”

“别让你们那些兵油子整天缩在兵营里喝酒赌博谈女人啦。我要求再增派一个连，以后直接交由行动队队长指挥。”

赖寿章面露难色：“这个……这个我得回去请示团座。”

一向说话像蚊子一样的曹瑞瑛发起火来完全是另一个人：“你请示来请示去，误了军情，你和你那个小小的中校团长负得起责任吗?”

“这……好，那我就先斩后奏，马上调一个连。”

曹瑞瑛想挽回一点刚才的失态：“赖副官，我希望你我赤诚相待，精诚合作，这才是聪明人的选择。”

“呵呵，寿章受教了！”

6

潮汕铁路的小火车在行进中。

整节贵宾车厢里，除了罗挺和最前排角落里只露着半个脑袋的一位女乘客，就几乎是空的。

罗挺身边码着两只贴有国防部“密”字封条的铁皮箱子，这是韩江遭封锁后，不得不走明道的又一次运送苏区紧缺物资的任务，而且这次运送的是枪械零件。彭庚年制作的可以乱真的国防部假证件和封条，再一次瞒过了进火车站的检查关卡，顺利地登上了去潮安的小火车。

小火车平安无事地行驶了半小时后，罗挺才放松下来。他看前面那个只能看见半个脑袋的女人像是早就入睡了，他也往座椅上一靠想打个盹。为了这批货的接送，他和彭庚年、顾玉峰三个人已经几天几夜没睡过觉了。

乘务员端着红酒走到那个女人的面前，哈了哈腰轻呼了一声“这位女士”，女士挥了挥手把他打发走了。乘务员就端着红酒盘子向罗挺走来。

乘务员刚走到罗挺面前，突然一声刺耳的铁轮制动声，乘务员身子往前一趔趄，手上的红酒盘子咣地摔在了罗挺的脚下，回过神来才知道火车被紧急制动了。

罗挺心里骤然一紧：“怎么回事?”

乘务员也懵懵地说：“不知道啊。”

火车是被一个武装侦缉队拦停才紧急制动的。

列车长从火车上下来，气急败坏地跑到一位长官的面前：“长官、长官，出什么事了?”

“有必要向你解释吗?”牛高马大的长官说着就指挥他的手下涌上火车各节车厢进行搜查。

全副武装的侦缉队员们在车厢里挨个儿寻找着他们的目标。

罗挺表面镇静心里却异常紧张。但他很快发现这些武装人员严查的都是成年女性，他判断可能不是冲着他来的，于是就慢慢镇静下来，稳坐在贵宾车厢静观事态变化。

罗挺突然听见前面那位只能看见半个脑袋的女人发出了一种很痛苦的呻吟声，他起身想看看什么情况的时候，武装人员冲进了贵宾车厢。

“男人都坐下别动！”

“哦，前面有位女士像是得了急病。”罗挺朝前指了指就在原位上坐下。

武装人员一听冲了过去一看，地上躺着个口吐白沫已经气绝的女人。

侦缉队长赶来一看，嘴里骂出了脏话：“他奶奶的，追了大半个月还是服毒自杀了！”

罗挺这才明白，原来他们追缉的正是那个只看见半个脑袋的女人，而他的存在，则完全被侦缉队员们无视了。

那具女尸被抬下车后，小火车又继续驶向潮安。

7

小宝在露台上远远地看见电船正朝茶阳码头驶来，就下了露台告诉叔父。

孙同阶让小宝到门口去坐着，有客人来就叫一声。

孙同阶上到露台。电船正在缓缓靠岸，他眼睛紧盯着电船。一会儿，他看见有个手拿笠帽的苦力站在甲板上，孙同阶马上就把一顶竹笠挂到露台的晾衣杆上。

潘雨青远远看见同天饭店露台上挂出的竹笠，他马上也将笠帽挂上桅杆，让黄朝华、江志良驾船慢慢驶出江湾，向电船靠上去。

带着官兵站在岸上的赖寿章忽然看见电船上那个手拿笠帽的人，他的眼睛就向电船的四周搜索，果然发现同天饭店的露台上也挂着一顶竹笠。赖寿章的目光回到江面上，不一会儿，一条同样挂着竹笠的小船缓缓驶向电船。赖寿章一下子眼睛都亮了起来，心跳也快了起来，可表面上他依然不动声色地等待着。

已经在电船上改扮成挑夫的罗挺，看见那条挂着笠帽的小船朝电船靠近，就向那位电船上的神秘船工使了个眼色。船工点了点头，罗挺就用脚推出两件重新包装的行李。在六小时的电船航行中重新包装箱子，是此次运送任务的预案之一。如果还是国防部物资，到了大埔，接货的不是县政府就是79团，那么这批货是无论如何过不了茶阳的，所以必须在电船行驶中改换包装，然后再找机会转移到茶阳接货交通员的手上。现在这两个箱子已经不是贴着国防部封条的“高大上”了，而是改用麻袋包裹的普通货箱。有了前一次的成功经验，罗挺这次准备仍用上一次那个办法，靠近电船外舷直接接驳。

小船靠近电船，潘雨青他们就朝船上一阵叫卖，吸引另几条小船也靠近电船来“抢”生意。

就在罗挺正要趁乱驳货之际，行动队队长黑子突然带着一群特务来到码头，用铁皮喇叭喊着要小船立刻离开电船，否则一律扣押。黑子还带着手下要上电船先查验后下客。

眼看着调查科行动队队长黑子在一步步朝电船走近，岸上突然传来砰的一声枪响，紧接着就看见赖寿章拿着枪向一个骑自行车的人追去，边追还边喊着：“小共党你别跑!”

刚刚一只脚踏上跳板的黑子见状扔下电船，带着他十几个手下去增援赖寿章。

罗挺抓住这个短暂的机会，迅速将两个箱子驳上了潘雨青他们的小船。

骑自行车的青年在前面跑，赖寿章和一群特务们在后面追。

黑子突然掏枪向骑车人砰地开了一枪，子弹没有击中人，却击中了自行车的书包架，吓得骑自行车的人一慌，咣地摔倒在地上。

赖寿章一个箭步上去，用枪顶着骑车人的脑门：“老实说，你是干什么的?”

骑自行车的吓得几乎尿了裤子：“长官饶命长官饶命，我只是偷了辆脚踏车，罪不至死呀。”

“你他妈只是个偷车贼吗？说，是不是共产党？要敢撒谎，老子一枪崩了你!”赖寿章吼着。

站在后面的黑子看见偷车贼真吓尿了，就拍了拍赖寿章的肩说：“赖副官，省点力气吧，共产党要都这么怂，早让党国清除干净啦。”

赖寿章还不放弃：“那你他妈跑什么？”

偷车贼吓得声音都变了：“我不是被长官砰地一枪吓跑的吗。”

赖寿章狠狠地踢着那偷车贼出气：“我让你跑，我让你跑！”

重新回到电船边的黑子队长看见有条正在离开电船的小船，他忽然想到那条小船刚刚还是靠在电船临江那面的船舷上的，就掏枪砰砰砰地连开几枪。

“那条船，回来，立刻回来接受检查！”黑子拿着铁皮话筒朝潘雨青的船高喊着。

“长官，我们只是混口饭吃的撑船佬。”潘雨青朝黑子喊。

黑子不答话，举枪砰地一枪击中挂着笠帽的桅杆，笠帽就掉落在江里。

潘雨青被吓得脸色煞白：“快掉头回去快掉头回去。长官别开枪，我回来接受检查。”

黄朝华连忙掉过船头，很快小船就靠了岸，黑子亲自跳上小船，在舱里舱外搜了个底朝天也没有搜出什么可疑物品。

“刚才为什么靠电船那么近？”黑子问。

潘雨青说：“还不是为了想抢点转道的货物和客源，挣几个小钱吗？我们以前都这么做的。”

“以前是以前，从现在开始电船到岸，不许小船靠近抢客，否则以通共论处！”

“是是是，刚才长官一喊我们不就赶紧离开电船了吗，政府不许的事就是再大的生意咱也不敢接的。”

赖寿章一直站在岸上看着那位船老大对黑子又点头又哈腰的，他就把这条船和这张脸牢牢记住了。

潘雨青他们重新调转船头向北驶去。

船驶出好一段江面，潘雨青才松了口气。他趴到船尾去看，水面下两根麻绳正绷得紧紧地伸向水下。

太阳渐渐落山的时候，潘雨青的船就能看见青溪码头的轮廓了。

“阿华把稳舵，我们把东西提上来。”潘雨青说着就和江志良、张超一起拽着麻绳往上拉，从水下拉出的正是那两个麻袋包裹的箱子。可还没等他们喘口气，民团头目张在林突然带着二三十个团丁向江边走来，吆喝着要对每一条船进行检查。

“阿华、阿良，快把东西沉回去。”潘雨青下令。

可箱子提上来后已经解去拴绳了，重新系回去又来不及了。

“别管了快推下去。”潘雨青这么一说，江志良和张超迅速把两个箱子推下了水。

潘雨青摇着船靠岸，还向张在林打着招呼：“张团首，辛苦啊。”

张在林一见潘雨青就让手下们上别的船检查，自己等着潘雨青船停稳了，跳了上去，这才看见黄朝华、江志良和张超都在他的船上，就问：“他们怎么都在你船上呀?”

潘雨青说：“别提了，前天说好有批两吨的货让我运的，我一算吧两吨货可以挣半个月的收入了，就让这几位兄弟一起去搭个伙，搬上搬下。没想到一大早赶去人家两吨货放嘴炮了，害我白跑两趟空船。你看我这霉运倒得灰头灰脸啊。”

张在林说：“你倒霉也不如我倒霉啊。”

潘雨青问：“你可是威风八面倒什么霉呀?”

张在林抱怨起来：“自从大埔来了个调查科的，我们的活儿可不如以前那么轻松了，人当狗使，只能对主人摇尾巴，眼看吃皇粮的好事也黄了。”

潘雨青说：“哎哟，这还真的是辛苦，你看天都快黑了还在奔波忙碌呢。”

张在林说：“谁说不是呢。哎，潘老大，你我是熟人了，我可要提醒提醒你，共产党是无孔不入的，你在韩江汀江上来来去去的要多加小心，不是什么生意都好做的，也不是什么钱都能挣的，千万别让共产党利用了，沾上那泡臭屎就算日子过到头了，党国的政策可是宁可错杀一千不可放过一个呀。”

潘雨青哈哈大笑：“哈……要真有共产党找上我了，我马上告诉张团，还能立个大功得几块大洋奖赏呢。”

“你以为共产党那么好让你撞上的呀，”张在林说，“那是要额头点天灯的人才有那运气，抓一个活的可以得二十块大洋哦，你我怕是没那财运。行了，弟兄们活儿干完，看样子又是一个屁也没捞着，走了走了。”

张在林跳下船带着一无所获的团丁们走了。

潘雨青等民团走远，天也暗了，就把船又撑回原地，脱掉外衣光着膀子一头扎进江里，潜入江底一阵摸索，总算从淤泥中摸到一只箱子，浮出水面。江志良一看，也跳进水里，摸到另一只箱子。两个箱子重新捞上船来后，天已黑透了。

8

这次任务是要向下一站运送两个大箱子，邹叔宝不得不动员两个弟弟来帮忙了，他们三兄弟在伯公庙等待接货。

“二哥，这半夜三更的，咱要接的是什么货呀？”老三等得有点不耐烦了，就问了一句。

老四冬宝连忙提醒：“三哥你又忘了大哥的话了，大哥说二哥的事不许多问的。”

邹叔宝笑了笑说：“其实，究竟接的是什么货我也不知道。”

三兄弟正这么说着话时，黑暗的山路上传来了约定的暗号。

邹叔宝一听就提起伯公灯在黑暗中画了个圈以示安全。黑暗中蹿出几条黑影，走近后，正是潘雨青、黄朝华、江志良和张超四人。

潘雨青放下箱子把邹叔宝叫到一边。

“叔宝，以后任务会越来越重，查得也会越来越严。我想组建一个武装班，以备紧急情况下货物和人员的安全。我这边计划已上报了，你此行见到闽西大站叔岩同志时，也把我们的想法和计划报告一下。真要建立武装，枪支弹药可还得闽西大站支持的。”

“好，我记住了。”邹叔宝忽然又想起件事，“哦，青哥，有件事我也向你报告一下，我辞退了那几名伙计，多支付了一点工钱，这能不能算是公费支出?”

“这恐怕不能在公费上列支啊。但你辞退那几个人的情况我是了解的，已经支付了我会想办法从别的地方省下一点来补偿你。”

邹叔宝一听有难处，就说“算了算了，我只是有什么说什么，没几个钱就不麻烦组织了”。说完他就自己背一个，让老三老四抬一个，三兄弟搬着货物走了。

邹家三兄弟背的背抬的抬，翻过几道岭后，就饿得饥肠辘辘，一歇下脚就站不起来了。

邹叔宝鼓励两个弟弟：“你们知道这道岭的山脚是什么村？那是桃村，到了桃村就能找个人家吃饱了再走。”

二哥这么一说，两个弟弟立马站起来，抬起箱子就走，几乎是一口气下了岭，可三更半夜的桃村一片安静。

“二哥，这后半夜的谁家能给吃的?”老三问。

邹叔宝让两个兄弟等着，独自上前到一户人家，见门口挂着蓑衣笠帽，就用约定的三长两短的节奏敲门。敲第三遍的时候，门开了。

门内主人轻声问：“你是谁?”

“老家来的。”

“干什么来了?”

“家里要造祖宗祠堂，向子孙们筹点款。”

“快进来。”

“有三个人。给弄点吃的，吃完还要赶夜路。”

邹叔宝领着两个弟弟进了门，屋里点起一盏昏暗的油灯。主人是个四十来岁的中年人，什么话也不多说，把几个大碗和一壶水放在了三兄弟面前的桌子上后，就进了里屋。里屋外屋只隔了块木板，能听见屋主人在叫他老婆起来做饭。只一会儿，就从里屋走出一个头发散乱的女人，对屋里坐着的三个男人看也没看一眼，就动手涮锅舀水，男主人也帮着到灶下去生火点灶。

夫妻俩一个灶前一个灶后忙着，对屋里坐着的三个陌生男人既不说一句话也不正面看一眼。

没多一会儿，一锅玉米糊就做好了。女人把玉米糊盛在一个盆里，再拿三只碗三双筷放在桌上后，对丈夫轻轻说一句“我睡去了”，就进了里屋，不久里屋就传出女人轻轻的鼾声。

三兄弟呼噜呼噜地扒着各自面前的一大碗玉米糊，男主人一直坐在黑黑的灶下抽着水烟，不闻不问。

邹家三兄弟刚吃完，男主人就从灶下站了起来，手上已经多了一本黑黑的小本子。他把小本子递给邹叔宝，邹叔宝在那小本子上摁了个手印，交还给男主人，表示感谢地点了点头，就和老三老四出了门。

他们刚出门，身后的屋主人就把门关上了。一会儿，灯也灭了。

“二哥你刚才摁的是什么手印呀？”

邹叔宝摁的那个手印，是组织以后要按实际支出给这个小站拨发经费的。但事关交通线的纪律，邹叔宝还是没有对老三和老四说出这个秘密。

“走吧，还有十几里地。”邹叔宝又背起了箱子。

天蒙蒙亮的时候，三兄弟翻过最后一道岭，看到了前方不远处的小村落有几缕炊烟升起。邹叔宝指着那个小村落告诉两个弟弟：“那就是我们这趟任务的目的地。”

老三老四已经累得要趴下了，可他们发现这一夜负重赶了几十里山路的二哥却依然精神饱满。

“二哥，”老三邹春宝不禁好奇，“你吃过什么大补神丹，这一整宿的翻山越岭，我腿都快断了，你还那么精神？”

邹叔宝说：“因为二哥心里有一种力量，它叫理想，这个理想就像点在二哥心里的伯公灯一样，永远不会熄灭。二哥跟着灯走就是向着光明，会越走越亮堂，永远都不感觉累的。”

听完这句话，老三突然问道：“二哥，我能加入你们共产党吗？”

邹叔宝笑了笑：“你们早就知道我是共产党员了吧？”

老四冬宝连忙说：“我们早看出来了，可大哥交代过，不许我们乱说。”

邹叔宝拍了拍老三的肩：“无论你参没参加共产党，现在都在为党做事，明白吗？”

邹春宝听了嘻嘻一笑说：“二哥，我好像也不怎么累了。”

“山里的路就是喊喊能听见、走走要半天，咱们走吧。”

那个冒着炊烟的村落叫古木督，邹家兄弟站在岭上看着很近，可走走还真有好几里山路呢。老三见老四抬不动了，也要和二哥一样一个人背着走。可老四过不去，死活要抬到底。两个亲兄弟正争着的时候，邹叔宝突然身子往前一挡，嗖地一把飞镖击中他的手臂，血流不止。

“二哥，怎么回事?”

“当心，遇到土匪了。”话刚说完，七八个土匪从树丛里走了出来……

9

曹瑞瑛还在揪着那个周成的悬案不放。

他把赖寿章请到办公室，把那个卷宗放在他的面前，旁敲侧击地说：“恐怕智商不是太低的人都能看出，这是有人做了手脚的一份卷宗吧。可上面签字的只有两个人，一个是县长蒯朋，另一个就是赖副官的主子……哦不不不，不能称主子，因为我知道聪明的赖副官是不甘于给那么个中校团长当奴仆的，否则可真是天妒英才了，哈……”

“惭愧惭愧。在这么个小地方，我赖某人也没多大的抱负，只求平安顺遂，此生足矣。唉，话说回来，就算我有宏愿，也没有机会呀，还是知足常乐吧。”

“说真的，赖副官你这么精明能干，只当个少尉副官实在是太屈才了。哎，赖兄，你要是能帮我找到这个周成，我一定向上陈情，连升三级并不是难事。”

赖寿章似乎听得眼睛都发了亮：“那我决不辜负曹站长厚爱，一定为党国建功。”

曹瑞瑛哈哈一笑：“你看看你看看，聪明人就是一点就通。呃……我说老兄，这大埔一向山高皇帝远，又是一块曾经被赤化过的土地，即使马大鋆那样的小军阀也难免会被中共拉拢……”

赖寿章一听急了起来：“曹站长这话可不敢说哦，马团长吃过共产党的大亏，共产党要策反马大鋆，那是痴人说梦。”

“人不可貌相。我给你透露个秘密，调查科徐恩曾徐大老板身边的人你会想到是共产党吗？可他就是了，谁也想不到徐老板的机要秘书钱壮飞是中共的卧底，正是他坏了党国一举消灭上海中共中央的大好机会。徐老板身边的人尚且如此，一个远离党国视线的马大鋆就那么可靠？”

“哦，我听明白了。原来曹站长死追着那个叫周成的不撒手，是意在……”

“哈……聪明人何必多说呢。你告诉我，周成是不是马大鋆和蒯朋唱的一出《捉放曹》？”

“呵呵，曹站长想想，要真是那样，我这么个低等级小军官能掌握得了这么玄机深奥的局中局吗？”

“你是不想和我曹某人合作？”

“摆着曹站长那么高一杆梯子，傻瓜也会顺着往上爬呀。我是真不清楚个中的奥秘。不过我向曹站长表个态，从现在起我一定想办法帮你找到这个周成。”

“好！”曹瑞瑛拍了拍掌说，“曹某人就等着赖兄这句话！”

第六章

千里走单骑

1

赖招娣变卖了几件带不走的家什，准备把大门一锁，去伯公凹了。正和西诺计划着明天走什么路去伯公凹的时候，有人敲门了。

“大嫂，大嫂，开开门。”

这不是老四冬宝的声音吗？赖招娣和西诺几乎是抢着奔去把大门打开，果然是冬宝回来了。

邹冬宝一踏进门槛，就气喘吁吁地说：“二哥，二哥他……”

赖西诺一下子反应过来一定是叔宝出事了：“你二哥怎么了，冬宝？”

冬宝意识到自己赶路急了，没能一口气把话说清楚，吓着二嫂了，连忙说：“二嫂你别急别急，二哥只是受了点皮肉伤，出了点血，人没事没事。”

这一说赖西诺更急了：“他怎么受的伤？要是真没事会让你一个人大老远跑回来报信吗？”

“哦，是这样的。前几天我和三哥跟着二哥一起去了趟永定古木督。”

“你们去永定干什么，卖纸吗？”赖招娣问。

“大嫂这个你就别问啦。我们去的时候还挺顺的，没想到眼看就要到了，突然遇到了土匪，我们兄弟三个差点连命都没了。幸亏又来了另一伙土匪救了我们。”

赖西诺听出了破绽：“一伙土匪把你们从另一伙土匪手上救了，怎么这么乱呢?”

“哦哦，后来的那帮不是真土匪，他们是闽西武装班的。”

赖招娣第一次听到这个名称：“闽西武装班是什么呀?”

“大嫂，我们不是去送货嘛，闽西武装班就是带着枪接货的人。”

赖西诺听出冬宝有不能细说的难处，就直接问：“那你二哥现在在什么地方?”

“二哥手臂受了伤，不过没大事，闽西接货的老板把二哥送到虎岗去养伤了，说等二哥养好伤他们会把他送回伯公凹的。”

“那你回来干什么?”赖西诺问。

“是大哥让我回来接你们去伯公凹的。”

赖招娣一听就进房去背上那两个早已捆好的包袱：“那还等什么？冬宝不来我们也准备去了。西诺，快走吧。”

赖西诺和赖招娣跟着老四赶了几十里的山路，天将擦黑才到了伯公凹。

吃了晚饭，一家人都担心着老二，谁也没想睡觉，就都坐在火塘边。

邹仁宝说：“说实话，我多少还是有点担心老二……哦，西诺，我从不把你当外人，实话告诉你吧，老二现在是在……”说到这儿他有点犹豫了。

赖西诺说：“大哥，我早知道他是什么人。他是共产党员。”

“啊？你……”邹仁宝感到有点出乎意料，“哦，那我就不用藏着掖着了。但我只能这么说，老二是干大事的，但干这样的大事是很危险的，稍不留神是会掉脑袋的。早先我也不懂，现在懂了，他以前把你拒在门外其实就是怕连累你……”

赖西诺截住话头：“大哥，这些我都知道。不管怎么样，我决定了，明天我去永定找他。老三，那地方叫古木督是吧？你帮我画个地图，我明天就……”

邹春宝一听忙说：“姐……”

“二嫂!”老大纠正他。

“哦，二嫂，我们男人走这条路还差点让土匪给绑了，一个女人这不是往狼窝去送肉吗？大哥大嫂，不能让二嫂去。”

邹仁宝说：“西诺，你想去永定找老二的事恐怕还真不能由着性子来，这不光是你有危险，怕也会坏了老二的大事的。”

老大的话刚说完，远处传来几声狗吠。老大一听就站了起来：“都记住了，不管来什么人，咱们一家人就是造纸做买卖的。”

话刚说完，邹叔宝就进了屋。一家人见老二突然回来，都惊喜不已。可一看他挂着一条打着石膏的手臂就奇怪了：不就是受了点皮肉伤吗，怎么打那么厚的石膏呀？

邹叔宝进门后问的第一句话是“西诺呢”？

西诺见邹叔宝突然回来，就有意往他们兄弟几个的身后退了一步，可她没想到邹叔宝第一句话就问到她，心里不禁暖意浓浓。

前天，老大让老四回去接大嫂二嫂来伯公凹，事先是和邹叔宝商量定的。邹叔宝也有意把这个伯公凹交通小站打理得更像一个小家族作坊，心想把大嫂和西诺留在几十里外的老家也不合适，就和大哥商量把大嫂和西诺都接到伯公凹来。大哥当然非常赞同，就赶紧让老四去接人了。

赖招娣把西诺从老大老三的身后拉到邹叔宝面前，“你今天不回来，西诺明天都想赶到永定去找你了呢。”

赖西诺却说：“这条路那么危险，你一个受了伤的人，这么急着回家干什么呀，就算没遇上土匪，遇上野兽也危险呀。”

邹叔宝带着点揶揄地说：“你知道危险还说要上永定去找我？”

赖招娣说：“老二，你这么说话就不厚道了。西诺听说你被土匪伤了，都着急上火了，你少说几句风凉话。”

大家就哈哈一笑。

“不是说只伤了皮肉吗，干吗打这么厚的石膏？”西诺问。

“里面敷着很多草药呢，打上石膏好得快。”邹叔宝敷衍着说。

老二平安回来，算是全家团聚了，兄弟妯娌们自然高兴。可邹叔宝马上又说他天亮就要走。

“不像话，西诺刚来，这几天你哪儿也不许去。”大嫂说。

“我去几天就回来的。”

邹仁宝知道老二一定是有任务，就拦着妻子：“行了，这话别再往下追了。老二，你放心走吧，家里有什么要交代的跟大哥说就行。”

邹叔宝笑着说：“你们就多晒几张纸吧，咱们现在人多了，得多挣钱呀。”

赖招娣挖苦了一句：“哦，听你的话，是说我和西诺来了，反让你们受累了呗。”

老大赶紧说：“行了行了，招娣你去给老二做点吃的，让他吃饱了好赶路。老三老四，你们也别耗在这儿了，明天还起早干活呢，去睡吧睡吧。”

大家都明白了老大的意思，老二和西诺今天走到一起可不容易，天一亮又要走了，还不让他们多说说话？兄弟们就都站起来走了。

邹叔宝上前拉过赖西诺在火塘边坐下，火苗在他们的脸上闪烁着。赖西诺低着头，像是在等邹叔宝先开口，可邹叔宝却只是两眼直瞪瞪地凝视着她。

“你这么看着我干什么呀？”

“上次在老家我来去太匆忙，没好好看过你，今天要看够了我再走。”

赖西诺听了这话扑哧就笑了：“那我问你，咱们当年结的婚还能算吗？”

“在我心里一直都是算的。”

赖西诺顺势依偎在丈夫的肩头：“其实，那天晚上你弃我而去，我并没有太恨你，相反，我还因此感到欣慰，要不是爱到骨子里，你又怎么会做得出那么狠心的事情呢？”

“我真是什么心思也瞒不过你，西诺你太懂我了。”

“可是过了整整两年，我再来找你的时候你还把我拒之门外，这就让我不懂你了。”

“呵，那是因为……”

“因为你又开始走夜路，又怕把我连累了？”

“西诺，我这一辈子……”

“你这一辈子义无反顾，可我这一辈子也回不了头了。不是吗？谁让我遇上的是你呢？”

邹叔宝听了这话，用那条好的胳膊用力地搂了搂妻子：“现在我不会再让你离开我了，一辈子都不撒手。”

赖西诺正了正色问：“哎，你这次是要去多久呀？”

“少则十天半月，多则……”他说到这儿停顿了一下，才说：“我一定会平安回家的。”

赖西诺很敏感，抬头问：“去哪儿？”

“香港。”

“去那么远呀？”

“当年咱们在一起听过共产党人的演讲。离革命成功有多远我就能走多远。”

“我知道你们这些人都是把脑袋吊在裤腰上走夜路的人。既然你已作出这样的选择，我也只有一个选择，那就是嫁鸡随鸡嫁狗随狗，相依相随到白头，我在家等你回来，无论多久。”

西诺的话音还没落下，就被叔宝一把紧紧地揽入怀里……

2

邹叔宝这次执行的任务很特殊，不是沿交通线一站站接力式地传递，而是没有沿途交通站的帮助，单枪匹马独行千里直抵香港。

挂着一条打着石膏的手臂，身上除了几个盘缠没有一纸一字，过关闯卡都没有遇到什么麻烦，从伯公凹出发，坐小船到茶阳，转电船到潮安，再乘小火车到汕头，这一路还算顺利。可到了汕头火车站的时候天早黑了，邹叔宝本可以在火车站找个小客栈住一夜，第二天再到离火车站三十里外的轮船码头，可他心里想着早日到达香港，就连夜徒步从火车站往轮船码头赶。走到半路，隐隐感觉打着石膏的手臂上的伤口一阵阵地疼痛起来。等他忍着伤痛走到轮船码头的时候已经是第二天凌晨了。他拖着疲惫不堪的身体买好四等舱的船票登上了直达香港的邮轮。

邹叔宝在人头攒动、汗味熏天的四等舱角落里找了个位置，身子一软就直接躺倒在铁板上了。手臂的疼痛越来越烈，从石膏缝里流出了褐色的污血，他知道这是伤口感染了，连忙在别人发现之前用衣袖悄悄擦拭了血渍。

茫茫大海上，天越来越暗，客轮就像钻进了一个巨大的无底窟窿似的渐渐淹没于黑暗之中……

到了后半夜，闷罐子似的四等舱里鼾声此起彼伏。邹叔宝发起了高烧，开始说着胡话："着火了，着火了，着火了。"

他身边一个进入梦乡的旅客一听就跳了起来，半醒半梦地跟着喊起来："着火了？着火了！"

这一喊把一舱的旅客都给吓醒了，争先恐后地挤着楼梯逃向上层。一时间，船舱里喊叫声一片，乱作一团。

一个船员听见那一片惊慌失措的喊叫声，也辨不得真假就摁下了警报按键。整条船上骤然响起紧急警报……

警报声惊动了船长，赶往事发船舱。等他们赶到底层船舱时，旅客们已经安静下来了。

只见一群旅客揪着那个大喊"着火了"引起混乱的人不放。那人哭叫着指向邹叔宝："这不怪我，是他先喊'着火了'我才跟着喊的呀，这不怪我呀……"

船长拨开人群往角落里一看，邹叔宝脸色煞白，神志不清。船长摸了摸他的额头，吓一大跳："他在发高烧，快把他弄上去。"

三四个水手抬着几乎昏迷的邹叔宝一层层往上抬，走过一间间二等一等舱门前时，那些被警报惊醒的男女旅客都用一种冷漠而惶然的目光看着他。抬到甲板层路过一等舱前的时候，忽然有人说了句："这人不会是得传染病吧？"

"什么传染病？"

"还能是什么，鼠疫呀！"

抬着邹叔宝的水手一听"鼠疫"二字，手一松，咣地就把人往甲板上一扔，后退了好几步再不敢靠近。

"船上有人得了鼠疫，这一船人都要遭殃啦！"

"风是这么吹的，不能把他放在那儿，会把病毒吹过来的。"

一种恐慌像瘟疫一样在客舱里迅速蔓延开来。

船长把几个水手召到一起，说："要尽快平息这件事，不然一定会造成更大的恐慌，船上什么事都可能发生。"

"那怎么办？"

突然有个水手说："反正患了鼠疫是活不了的，为了一船人的安全，不如把他扔海里去吧。”这话一出，旅客七嘴八舌地炸开了：

“对，赶紧把他扔海里去呀。”

“还犹豫什么，想让我们都染上鼠疫吗？”

“再不扔，我们下船后就向香港法院起诉你们，让你们船东一夜破产！”

船长面对旅客们气势汹汹的抗议，只能狠下心来：“全体旅客才是我们的上帝，上帝的意志我们无力违背。把他扔进大海吧。”

一个水手看见病人在动，就有点下不了手：“船长，这人还有气呢。”

“你还想等他咽了气？一船人会暴动！”船长当机立断。

穿上防护衣的两名水手走到邹叔宝面前时猛地被吓一大跳——邹叔宝睁着一双红红的眼睛正看着他们，嘴唇翕动着，但他们听不清他在说什么。

水手：“你想说什么？”

邹叔宝突然使出浑身的劲大喊一声：“你们是凶手！”喊罢，他竟扶着拦杆站了起来，对着旅客们说：“我没有得鼠疫，我只是伤口感染，发了高烧。”说着他摸出两块大洋，“船长大人，这样的客轮上一定有医生，我只需要打一针盘尼西林。”

一针盘尼西林，才使邹叔宝在天亮的时候退了烧。他再也没有回到那个四等船舱，就一直躺在甲板上到了香港。下船的时候他已经身无分文，蓬头垢面形同乞丐。

3

大新物贸公司的伙计带着一名乞丐来见华山经理。

华山对站在他面前的人审视了片刻。

“从哪里来呀？”

“从老家来。”

“老家的大伯和三叔都好吗？”

“大伯年纪大了眼花了，三叔又得了病了。”

“三叔得了什么病？”

邹叔宝已经确认眼前的这位正是上级领导，他喉头哽咽着对完最后一句暗语：“三叔从小就有的哮喘病复发了。”

华山上前一把握住邹叔宝的手：“辛苦了。”

邹叔宝声音弱弱地说：“我……我总算找到家了！”话一说完就咣地昏倒在地板上。

等邹叔宝醒来，见到一个戴眼镜的医生正在用听筒听着他的心脏。

医生见病人睁开了眼睛，就说：“你是饿昏的吧？”

邹叔宝苦笑了笑：“两天……没吃过东西了。”

华山立刻让小童去给邹叔宝买来一大盘虾仁饺子。

“没什么大碍。”医生起身告别前说，“给他补充点蛋白质，好好休息几天就康复了。”

等邹叔宝吃完虾仁饺子，华山来到邹叔宝身边：“你叫什么名字？”

“邹叔宝。”

“哦，伯公凹交通小站站长。”

“是我是我。”

“哦，这一路上不容易吧？”

“呵呵，差点被扔到海里喂鱼了。”

“哦，那我就能理解了。你能坚持到终点就说明绝无主观贪财的念头，至于结果还是要实事求是，只要你人没事就好，我会如实报告上级的。”

邹叔宝听出华山这话的意思了，就说：“首长，我该交差了。请给我找把锤子来。”

锤子交到邹叔宝的手上，他“梆”地一锤砸开了裹着手臂的石膏。碎裂的石膏里面哗地滚出了一地板的大洋。

华山这才知道他是用石膏把大洋浇铸在手臂上了，而他的手臂是受过伤的，时间一长，伤口感染，贴着肉的大洋都已经和皮肤粘连了，最后的几块大洋几乎是连着皮肉一起取下来的。取完全部大洋，邹叔宝已经痛得满头大汗：“首长，160枚，一枚不差，我的任务完成了。”

华山一下子眼睛湿润了。

华山当天就以华侨商人的身份把160枚大洋转送上海。临行前，他再三交代小童，务必要让邹叔宝留在香港养好伤再回去。可就在华山登上去上海的客轮的时候，小童走进邹叔宝的房间，发现已经人去屋空，桌上留着一张纸条，上面写着："任务完成，一身轻松，今辞返家，相约胜利日再会，邹叔宝。"

人力车在上海贝当路的一处寓所前停下。下车的正是改扮成华侨富商的华山，他提着一只精致的皮箱，上前摁响了门铃。

开门的是凌风。凌风关上门后回头和华山紧紧握手："华山同志，一路辛苦了。"

华山打开皮箱，箱里整整齐齐地叠放着160块大洋："这160枚大洋是闽西交通站的交通员冒着生命危险送到香港，由香港站转送的党务资金。"

凌风说："这笔经费正好解决党中央撤离计划的燃眉之急啊。"

华山问："凌风同志，党中央要撤离上海吗？"

凌风说："中央最近作出决定，要把中央机关及重要领导人分批转移到赣闽苏区，交通局也就这个计划作了研究。鉴于我们几条别的交通线相继遭到国民党军统、中统的破坏，这次人员转移主要依靠的是沪、港、粤、闽、赣线，对我们的要求是必须确保人员的绝对安全，做到万无一失。"

华山说："凌风同志，从那位千里迢迢护送160大洋到香港的邹叔宝身上，我看到了交通员对党的忠诚和智慧。我向中央保证，交通线上的每一个交通员，一定能够按中央的要求，不辱使命，保证每一个从上海出发的人员毫发无损地到达中央苏区。"

第七章

护送无线电专家

1

交通线要承担起人员护送任务的消息，就像血液流通一样迅速传递到全线各个大中小站。

在伯公庙前，潘雨青和邹叔宝又见面了，二人都对任务一下子重了起来感到压力山大。相比物资运输，人员护送更是出不得丝毫差错。上级通知下达后，谁也不知道什么时候有什么人会过境，必须时时刻刻做好护送过境人员的准备。

好在今天邹叔宝给潘雨青带来了一个好消息：闽西大站批准了青溪中站建立武装班的申请。拨发给武装班的枪支弹药也已经在秘密送往青溪的路上了。

武装班成员，组织上早已考察确定。闽西大站送来的枪支弹药一到青溪，当天深夜，潘雨青就把十三名成员召集到余家祠堂集合。

杨雄初是当年南昌起义失败后，跟着周恩来和朱德率领的起义部队南下，途经永定时得了重病被滞留在当地的党员军人。建立武装班，他就成了班长的不二人选。根据潘雨青的要求，被任命为班长的杨雄初当夜就带着大多数是第一次摸到枪的十二名队员，潜入深山进行短期的军事训练。

邹叔宝在伯公灯下用香杆摆了个三角形。第二天晚上，他又拎着灯油来给伯公灯添油的时候，从黑暗中走出一个黑影，正是他过去的伙计许永祥。

“我看到东家召唤我的暗号，就知道可能有重大任务了。一直在等着我的老东家来呢。”

“我先告诉你一个好消息。”邹叔宝说，“经组织审核，正式批准恢复你的党员身份，我向你表示祝贺！”

“谢谢东家，谢谢叔宝同志！我等这一天等了两年多啦。”

邹叔宝言归正题：“最近会有人员过境，经中站批准，多宝坑、桃坑、铁坑这一路的小站要随时做好迎送人员的准备走。从青溪到伯公凹三十多里山路不算很远，可对从大上海来的同志也不容易走，你这个多宝坑小站要起到一个跳板的作用，让过境的同志到了你那里能安安心心地歇个脚，补充点水和食物，说一千道一万，第一重要的是必须确保所有过境人员百分之百的安全。”

“你放心。”许永祥说，“我已经做好准备，会和我阿妈一起完成任务！”

邹叔宝掏出两块大洋：“这两块大洋，你拿回去……”

“不不不，我怎么能要你的钱呢。”

“这不是我的钱，也不是给你的，这是组织用在交通线的经费，你拿着它去购买一些粮食，好让过境的同志能得到些补充。”

“哦，明白了。我一定办好。”

这一阵，表面看无风无雨，而交通站却在绝密状态下分秒必争地进行着迎接更大考验的准备……

2

骤然响起的电话铃声让正饱受着失眠之苦的曹瑞瑛一下子提起了精神。这个点打来电话一定是有活干了。

果然，电话是他的顶头上司吕文超打来的。

吕文超在电话里说了一个足以让曹瑞瑛一扫失眠疲倦的消息：从上海传

来绝密情报，中共最近将从上海派出一名无线电专家前往赣闽苏区，总部要求各地坚决截获，决不能让朱毛红军因为这名专家而掌握无线电通讯手段。

接完电话的曹瑞瑛一下子感到全身热血沸腾。自从他主动请命到大埔设站，尽管已经算得上呕心沥血，可四五个月过去，据上峰所获的情报，在如此严密的封锁之下，仍然有各种紧缺物资源源不断地流进赤区。尽管没有证据表明一定是从他的眼皮下通过的，可汕头和大埔是疑点通道，无论是汕头大站还是他这个大埔小站都感受到了来自同系的压力。刚刚上司在电话里说有一个大活人将前往赤区，虽然情报并没有确定中共无线电专家会闯哪道鬼门关，可在中共另几条交通线相继被破获的情况下，选择从潮汕大埔线通过的可能性非常大。闻到猎物气味的猎狗，会一下子兴奋起来，曹瑞瑛立刻集合了黑子的行动队，责令他们从现在起要保持二十四小时作战的状态，一定要截获这个中共无线电专家。

最后，曹瑞瑛突然把同天饭店的一只送餐食盒放在了黑子的面前。

“记得它吗?”

黑子以为老板饿了。“明白。我马上去敲开同天饭店的门，让他给老板做夜宵。”说着就要提走那个食盒。

曹瑞瑛忽然抬手啪地一掌打在黑子的手背上，咆哮了一声：“你是猪脑子呀!”

黑子完全摸不着头脑。

曹瑞瑛哗地掀开盒盖，食盒里的食物一筷未动。

“馊了吧？馊了你也尝一尝。”曹瑞瑛命令黑子。

黑子只能拿起筷子尝了一口。

“没放盐?”

“他明明是给我做的菜，会忘记放盐吗?”

“老板的意思是……”

“那天一定是发生了什么，他心不在焉了。”

“发生了什么?”

“我跟你说过，和共产党斗必须要多长几个心眼，哪怕一个最细小的疑点也不能放过。”

“明白了，那家同天饭店有可能……”

“不是可能，是一定！同天饭店一定是中共的联络站！”

黑子听了倒抽一口凉气。一方面他面对曹瑞瑛的智慧自愧不如，根本没想到他能从炒菜不放盐这么件小事上闻出共产党的气味；另一方面他为同天饭店是中共联络站感到后怕，这几个月来他们一日三餐在同天饭店，也就意味着调查科行动队的人一直受到共产党的监视，那么，所谓中共物资源源不断流进赤区，极有可能正是因为被共产党钻了这个空子而偷偷过境的。这一想，黑子的额头就渗出汗了。心想，这回逃不过曹瑞瑛的严厉惩罚了。

不料，曹瑞瑛却拍了拍黑子的肩膀，和和气气地说：“你不用对这件事感到自责，是我没告诉你。我一直不告诉你是想留着他等待更大的收获。机会来了，有一个中共无线电专家要从我们的眼皮底下过境，按共产党的套路，他们不会让一个重要人物独行几千里的，沿途必然会安排秘密接送，同天饭店一定会是这次接送无线电专家的一个重要站点。所以我把这次任务命名为‘守株待兔’。”

听完曹瑞瑛这番话，黑子一下子亢奋起来：“老板放心，别说兔子，就是一只耗子也休想从我们的眼皮底下溜走。我立刻就去布置。”

3

潘雨青今天遇上好生意，难得一船满载，心情特别好，一路上划着船还唱着歌：

因为没米过三餐，
手拿竹篙来撑船。
上水撑得两肩肿哟，
下水踏得脚底穿……

船到茶阳靠了岸，潘雨青搭上跳板，扶着客人一个个上岸，刚要抽开跳板，跳板被一双高筒的皮靴踩住了。

潘雨青抬头一看是赖寿章，不禁心里暗吃一惊。

“赖长官，您这是……”

“我不是长官，是副官。”

“在我小老百姓眼里不分正副，您就是长官。”

“不做亏心事不怕鬼敲门，我不会是吓着你了吧?”

“还真吓着我了。老百姓有句话说，不怕鬼敲门，就怕遇上兵。赖长官这要上我的船，恐怕不会有什么好事吧?”

“回青溪吗？回青溪我就搭你的顺风船。”

“哟，这可对不住了。昨天有人包了我的船，定金都给了，您要搭船得要等上大半天哦。”

赖寿章像是要看透潘雨青内心似的盯着他：这张脸、这条船是他那天在茶阳电船码头牢牢记下的，而且今天也不是他第一次来这个小船码头等这条船和这个人了，前几次他都是带着几个士兵，以巡逻的名义来的，可都没有再见到这条船和这个人。今天他有事出来，就一个人匆匆来到江边，一路上还在心里求着老天帮忙让他能见到这个人。老天显灵了，这个人和这条船几乎和他同时到了小船码头。

潘雨青见赖副官看自己的眼神里别有内容，就和他虚与委蛇：“呵呵，赖长官可别为难我一个撑船的，您要是有时间等就等，您要是没时间等，只能请您上别的船去了。”

赖寿章却突然吟诵起了古诗：“‘枯藤老树昏鸦，小桥流水人家，古道西风瘦马……”吟到这儿，他又转头看着潘雨青，像是在等着潘雨青接他的下句。

潘雨青却没有反应：“呵呵，我一个撑船的识得几个字？赖长官念诗给我听，我可是鸭听天雷啥也不懂啊。”

赖寿章脸上掠过一抹失望之色。这一抹失望没有逃过潘雨青的眼睛。潘雨青就试探着问：

“哦，这诗还没念完吧?”

“这是一首小令，最后两句是：夕阳西下，断肠人在天涯。”赖寿章说完就上岸了。

潘雨青又追着说了句："哎，赖副官您不是要去青溪吗？一会儿就有船来的。"

赖寿章回头说："哦，我突然想起今天有人约在同天饭店喝酒，本来不想去的，可这家同天饭店明天就要被查封了，最后一顿饭，想想还是去吧。"说完就走了。

潘雨青脑子里轰的一声炸响，昨夜有交通员来向他传达指令：上海秘密派往苏区的无线电专家，携带无线电关键零部件，明日过境大埔，指令青溪中站到同天饭店接人，并安全护送到下一站。可赖寿章不知有意还是无意地泄露了同天饭店已经暴露，要是不能在无线电专家找到同天饭店之前截住他，就直接掉进调查科张网以待的陷阱了。

潘雨青这么一想，顿时吓出一身冷汗。他立刻跳上江岸，几乎是一口气赶到同天饭店的附近。远远观察了一会儿，饭店门前一如往日，并无异动。他在一家路边杂货店里缓了缓急喘的大气后，又向同天饭店走去，忽然看见调查科行动队长黑子提着个食盒走进了同天饭店，他就立刻站住了。幸好这一停步，让他幸免于掉进万丈深渊：他退后几步再观察同天饭店周围的人来人往时，发现几个"小贩"和"闲人"显然都是蹲桩的特务。

同天饭店果然已经暴露，可还在路上的无线电专家和护送交通员对同天饭店的危险处境一无所知，要是不把无线电专家阻止在同天饭店之外，后果就不堪设想了。可潘雨青并没和这位无线电专家以及护送他的交通员见过面，如何从人头攒动的茶阳大街上认出他们呢？潘雨青心里这么作着判断的时候，已经为这个无解的难题急出了一身大汗。

这时码头那边传来汽笛声。潘雨青一口气赶到电船码头，装作揽客的船家等待着旅客下船，希望能在码头上截住无线电专家。可从船上下来的是一张张陌生面孔，根本无从辨认谁是他要找的目标。正着急时，他看见同天饭店露台上挂着的竹笠，就判定孙同阶对已经暴露还一无所知。

还有另一双眼睛也看到了同天饭店露台上的那顶竹笠，这是曹瑞瑛的眼睛。

曹瑞瑛已经不是第一次发现同天饭点露台上的秘密了。那次吃了同天饭店送来的没有放盐的菜，这个生性多疑的老特务，就去了码头。他看到同天饭店露台上晾了一条被单，而当时是雨后阴天，主人在阴雨天晒被单，分明是在向什么人发着暗号。可当时电船已经下完了客，他无法判断同天饭店是在向什么人发信号，但他强迫症一样地认定了同天饭店就是中共的联络站。他一直没有把这个发现告诉黑子，是想放长线钓大鱼。而黑子带着帮弟兄一日三顿在同天饭店，要是知道了孙老板是共产党，难免会从眼神、表情上流露出来而被中共特工孙同阶看出苗头。今天他又看到同天饭店露台上挂着笠帽，就断定中共的无线电专家乘着刚才这条电船已经到了大埔，并朝着他布置的罗网里去了。他回到办公室，喝着茶，坐等十拿九稳的战果捷报。

4

潘雨青心急如焚地在大街上奔走着，心里只有一个念头：一定不能让无线电专家靠近同天饭店，拦住他，一定要拦住他！

一个背着把胡琴的瞎子，用竹竿探着路下了台阶，一个趔趄。潘雨青本能地伸手一把扶住，瞎子连连道谢。潘雨青根本无心接受别人的道谢。

潘雨青不知不觉地又回到同天饭店附近，举目望去，人来人往，他觉得谁都可能是那位正在走向凶险的无线电专家。就在他苦于无计的时候，忽然想起交通站刚刚建立的时候，汕头交通大站站长彭庚年和大埔地下党组织领导人卢清泉，和他约定过一个在发生紧急情况时才能使用的信号，一旦出现这个信号，无论是谁都必须立即中止一切联络，人员立即撤离。

潘雨青有了主意。他转身进了街边一家竹制品店铺，买了一顶竹笠，走向同天饭店。

同天饭店门口摆烟摊的摊主悄悄向潘雨青投来了目光，潘雨青视而不见，径直走进了同天饭店。

“孙掌柜。”潘雨青一跨进门槛就大着嗓门叫了一声。正陪着黑子在吃喝的那桌人都不约而同地放下了筷子，本能地做出伸手掏枪的动作。

潘雨青只装作未见，朝里面边走边喊："孙掌柜。"

孙同阶撩开帘子一看，潘雨青把竹笠拿在身前，并用三个手指按在上面，他立刻就明白这是最高等级的警报，必须停止一切联络，并立刻撤离。可他马上发现堂屋里坐着的几个便衣，他们一定是在等无线电专家。他要是一走了之，任务就彻底失败了，况且，他也未必能走得了。他便定下心来，掀帘而出。

"哟，潘老大，好久不见。来小店吃饭吗？"

"吃什么饭呀，跑船帮的哪有工夫坐下来吃饭。我是厚着脸皮来要你欠我的鱼钱，都欠了有些日子了。"

"是是是，那时我的确周转不过来。你今天算是来巧了，刚刚黑队长说了今天要给我结账的，我就不用再垫钱了，正好付你的鱼钱。我看看，这儿记着账呢，哦，是八条青鱼，9斤8两对吧？"

"没错没错。不好意思，我也是家里等着用钱才来问你要的。"

"是我欠了你的钱，你来催要也是于理不亏。给，你数数，差是不差？"

潘雨青见孙同阶递上钱来，就很自然地把笠帽往孙同阶面前的桌上一放，搓了搓双手接过钱，舔着唾沫数了数："不差不差，多谢多谢。那我走了，还有船客等在那儿呢。"说完掉头就走了。

孙同阶忽然看见潘雨青"忘记"在柜台上的笠帽，一把抓起就追出门去："喂，潘老大，笠帽，你的笠帽。"

孙同阶追出门来，潘雨青已经走远了。但他同时也敏锐地发现了门口蹲着几个眼神不一样的小贩。

"你看拿了钱把笠帽忘了。"孙同阶像是自言自语地嘀咕一句，"一会儿准回来找，给你挂这儿吧。"他把笠帽往大门口一挂，转身进了饭店。

潘雨青看着孙同阶很自然地把竹笠挂在了饭店门口，心里稍稍松了口气。他走进街边一家小吃店里坐下，眼睛盯着同天饭店门口的来往行人。他知道，只要有交通员护送，这个紧急信号一定能让他们在同天饭店外止步的。

坐着的桌子对面又坐下一位食客，潘雨青无心思顾及，仍在关注着同天饭店门口的行人。

"大哥吃点什么？"店里伙计问潘雨青对面的这个人。

“不着急，我还有同伴，到了再点。”

潘雨青听是外地人的口音，就扭头看了看。见这人背着把长柄雨伞，心里一惊，该不会那么巧，眼前的这个正是无线电专家？

“家里来的吗？”潘雨青轻声地试探了一下。

那人很客气地回应了一句：“是，是，我是从外地来的。”

暗号没对上，潘雨青一阵失望，继续盯着同天饭店的门口。

大街上的人流中一个戴着墨镜、背着胡琴的瞎子，用竹竿探着路朝同天饭店的方向走去。

瞎子走着走着，忽然停下了脚步。他此时面对的正是挂在饭店门口的笠帽。瞎子一停步，行人就都绕着他走过。瞎子回头走了。

“站住！”

一个便衣走到瞎子跟前，用手在他眼前晃了晃，瞎子毫无感觉。便衣伸手摘下瞎子的墨镜，原来是个重度白内障。便衣就把墨镜还给瞎子，走开了。

小吃店里的潘雨青正往嘴里扒进一个馄饨，他对面那个背长柄伞的人突然起身就朝街上走去，并和瞎子走在了一起。

潘雨青心里立刻有了判断：瞎子不是真瞎，所以他走到同天饭店附近又掉头离开，肯定是看到了饭店门口的笠帽。潘雨青起身不即不离地跟在瞎子和背长柄伞的外地人后面。

果然，瞎子和背长柄伞的男人走出一段路后，两人就越靠越近，还在说着什么。潘雨青心里一阵兴奋，他几乎可以确定这两个人就是无线电专家和护送他的交通员。于是他就加快了脚步向他们靠近。

不知是发现了潘雨青还是什么原因，瞎子和背长柄伞的也越走越快。潘雨青正想跑起来追上去，瞎子脚下绊了一下，手上的竹竿掉了。他蹲下身子摸竹竿的时候，身子朝向了身后。潘雨青见他们停下，也本能地停下了脚步。瞎子捡起竹竿，走了几步，突然对背长柄伞的说了句什么话。背长柄伞的就和他分开，拐进了一条小巷。瞎子依然不紧不慢地朝前走着。潘雨青紧追几步，到了那个他们分开的小巷口，朝小巷一看，深巷已无人影，而从另一条巷子走的瞎子也不见了。

潘雨青这一急非同小可，他掉转方向去追寻瞎子。而瞎子此时正在沿街的门店里问着什么。瞎子知道潘雨青从他背后过去了，就离开门店走上大街。现在变成了潘雨青在前，瞎子跟在潘雨青的身后了。

潘雨青一路追来，却没见瞎子踪影，他知道跟丢了，连忙掉头重新回到那条小巷口，一路追了进去。

小巷很深，还拐了一个大弯，潘雨青在小巷里一路快跑，到底了却是条死胡同。潘雨青狠狠地跺了一脚后悔不已地说："错过了错过了！"一回头余光一瞥，猛地怔住：巷子里站着的正是瞎子。

潘雨青和瞎子面对面站着。

"你不是瞎子。"

"你也不会跟踪一个瞎子的。"

"家里来的吗？"潘雨青的这句话是个暗号。

"谁不是家里来的呢？"瞎子的回答牛头不对马唇。

潘雨青愣了愣，忽然想到，按计划无线电专家到茶阳后，接头的是同天饭店的孙同阶，暗号是不一样的，所以瞎子对不上潘雨青的暗号。而暗号对不上就必须停止行动是交通线上铁的纪律。没有孙同阶，就是明知他是交通员，潘雨青也无法接人。

潘雨青决定冒一次险了。

"你一定是看到同天饭店门口的笠帽了。那是我发的信号，同天饭店暴露了。"

"你跟我说这些，那是鸭听天雷。"

"我知道对不上暗号一切都不能轻信，但我今天的任务是到同天饭店接人，可同天饭店已经暴露，我只能……"

"对不起兄弟，你找错人了。"

潘雨青一急，就往前一蹿，挡在了瞎子面前："如果我们错过，后果将十分严重，且不说前方正等着无线电专家，我们的交通线也会因这次事故而中止，将给党造成无可估量的损失！"

"那你又是谁？"

"非常情况非常办，我是青溪中站站长潘……"

"潘雨青！你就是潘雨青？"

"是我！那你就是……"

瞎子摘下墨镜，并从眼睛里取下伪装白内障的薄膜：“我是中央交通局护送无线电专家的交通员安志祥。”

潘雨青此时才算心里石头落了地。“我今天的任务就是到同天饭店接你们，不想同天饭店暴露了，我才不得不进行紧急示警。”

安志祥说：“要不是你的示警我们可能已经被捕了。真是太感谢你了。”

“我们的无线电专家呢?”

安志祥朝潘雨青身后努努嘴：“嗯，那就是。”

潘雨青扭头看，背着长柄伞的无线电专家苏本高正向他们走来。

潘雨青像是好不容易拉到两个青溪船客一样，把他们接上船，立刻扬帆离去。

第八章

一封家书

1

孙同阶发现饭店周围有暗桩，就知道自己已经暴露。他最担心的还是从上海来的人没发现门口那顶笠帽的警示而走进他的饭店。好在到了饭店打烊还没有出现来接头的人，他心里的这块石头才落了地。可直到他关上饭店大门，几条夜鬼一样的黑影还在门口游荡，他知道自己已经来不及撤离了。虽然从成为交通员那天起，他就作了最坏的打算，可家乡高龄的父亲让他最为难舍，还有身边的十三岁侄儿，要是跟着他进了监狱，甚至丢了性命，就实在于心不忍。他要在特务对他动手之前办好两件事，一是给父亲写一纸家书，二是打发侄儿连夜离开茶阳。

孙同阶回到房里静坐了好一会儿，备好纸墨，给父亲写下了绝笔信："父亲大人：膝下儿有留言。儿有今天，不忘父母养育之恩。然而，儿有不孝，未能尽到赡养父母之责，因参加革命而东跑西颠，请父亲大人原谅。万一吾被国民党杀害，万请父亲大人和族里亲人，不要过于悲伤。吾是为革命而牺牲的，组织会关心你们。一个人的生命是宝贵的，但人更要活得有价值，倘若碌碌无为，那才是虚度光阴，浪费生命。吾坚定理想和信念，永不叛党、叛国、叛人民。请父亲深信，在共产党的领导下，穷苦人一定能翻身得解放，都会过上好日子。以上是儿子还活着的时候，给父亲说的心里话。恭请金安，男同阶跪禀。"

写完家书，孙同阶到厨房做了几个糖汆鸡蛋，再把十三岁的侄儿从睡梦中叫了起来，把一碗糖汆蛋放在侄儿的面前：“快吃了。”

小宝跟着叔父开饭馆有些时日了，平时只有叔父做好菜给客人们吃。叔父如果做一回拿手的熘肝尖吃，那一定是过大节的日子，何曾有过这样半夜三更时分把他叫起来吃糖汆蛋的。小宝吃完糖汆蛋才抬起头来问叔父：“今天是什么日子？”刚问出这句话，他就发现叔父眼睛里饱含着眼泪。他就又问：“叔父怎么了？”

孙同阶说，叔父想你爷爷了。

“那叔父就关几天门，回去看看爷爷呗。”

“这门可关不得，开饭店的一关门生意就跑别人那里去啦。”

“那怎么办？”

“我想让你回去替叔父看望你爷爷，顺便也带点钱给爷爷，尽尽我的孝心。”

“好，我什么时候走？”

“现在走。马上走。”

小宝这才明白叔父为什么半夜三更给他做糖汆蛋了。

“为什么半夜三更走呀？”

“你忘了叔父跟你说过不要问为什么的话了吗？”

“哦，那我不问了。”

“你是不是害怕？”

“害怕倒不怎么害怕。”

“好孩子，不害怕就马上走。”他说着就把一个准备好的包袱在小侄子身上扎紧，“包袱里有十块大洋，别露白了。这些零钱你路上花。走，叔父送你出门。”

小宝从楼上下来要去开大门，被孙同阶一把扯回：“小宝，从露台上走。”

同天饭店的露台一面临江，一面傍山，一块跳板一头在露台，一头就搭在山坡上。孙同阶交代小宝，要从山的那边下山，再乘船回家。

小宝只当叔父是怕他身上带着的十块大洋被人抢了才让他这么走的，也就听从叔父，从跳板上到了屋后的山坡。

孙同阶马上撤回木板，最后说了句：“小宝，回去要孝敬你爷爷。”说完就迅速离开了露台。

小宝正要离去，突然被人捂住了嘴巴……

2

深夜，黑子走进办公室的时候曹瑞瑛正在刮着胡子，他的站位是背对着门的。因为心里早有十拿九稳的盘算，黑子来向他报告什么也早有预想，就继续背着身刮着胡子，他要用黑子的报告来印证他对大局了如指掌的把控能力，他要享受这种判断被事实证明的高光时刻。

“老板。”黑子的声音里并没有任务圆满完成的兴奋。

曹瑞瑛停止了刮胡子的动作，却没有马上转过身来，他要从黑子的平淡的语气中判断结果。

“抓到了吗?”他瞬间推算了一下整个过程，然后又自信满满继续刮起胡子。

可黑子没有马上回答，似乎在犹豫着什么。

曹瑞瑛这才感到情况不妙，心里一乱，锋利的剃刀在脸上刮了道口子也没觉得。“我让你到笼子里去捉一只兔子，你却空着手回来了是吗?”

黑子见他脸上流着血：“老板，您脸上……”

“怎么回事?”曹瑞瑛啪地扔下剃刀，一声暴吼。

黑子连忙报告：“到现在为止，去过同天饭店吃饭的共十六人，我都对他们的身份进行了秘密核查，全部排除了嫌疑。除此之外，还没有可疑的人去过同天饭店，孙同阶也没有离开过同天饭店一步。我们24小时严密监守着，中共的无线电专家绝无可能脱逃的。”

黑子这么一说，曹瑞瑛才放下心来。他也理所当然地认为这次阻截中共无线电专家的行动绝不可能失败，只是这个专家什么时候出现的问题。

“你手上拿着什么?”曹瑞瑛边问边摘下毛巾擦着下巴上的血。

“这是我们抓获的孙同阶那个小侄子……”

曹瑞瑛的反应极度敏捷，没等黑子把话说完就暴吼起来：“你们为什么要去动他那个小兔崽子?”

“他想跑。”黑子说。

“他想跑”这三个字几乎激怒了曹瑞瑛。中共特工的小侄子深夜想跑，唯一的可能就是孙同阶已经发现暴露了，那么他就会以一种更加隐蔽的方式向他的上下线传出警报，他的“守株待兔”计划就要换个名字，叫“竹篮打水”了。想到这里，他一把抓过那个包袱，打开，包袱里除了几件换洗的衣服，还有十块大洋和一封家书。

“黑子呀黑子。”曹瑞瑛有点痛心疾首地说，“你跟了我那么多年，你他妈岁数都活到狗身上去啦？你不知道这是孙同阶在料理后事了吗？这意味着什么，难道还要我告诉你吗?”

黑子：“职下在想，孙同阶恐怕已经知道自己暴露了。”

“一个知道自己暴露的中共特工，还会等着他的同党来自投罗网吗？按中共的做法，一个联络站暴露，一切行动都会停止。”

黑子：“职下也是这么想的……”

曹瑞瑛又怒吼一声：“你给我闭嘴!”

曹瑞瑛迅速地判断着：中共无线电专家即便得到警报避免了在同天饭店落网，但没有孙同阶的秘密接送，也无法到达下一站，那么这个人就大有可能还在茶阳。想到这里，他立刻下达命令：“立刻全城戒严，封锁所有进出大埔的交通!”

一大清早，大埔县城骤然狂风乍起，鸡飞狗跳起来，车站、码头和交通要道都有大量军警力量，严查一切外来人员。

几天几夜掘地三尺的全城搜捕、严刑审讯，却连中共无线电专家的一根毫毛都没抓到，所谓中共无线电专家就像泥牛入海，无声无息。曹瑞瑛就以另一种可能来宽慰自己，那就是这个中共无线电专家根本就没有走汕头、大埔这条路线。有了这么一个无从证明的假设，他的心里也渐渐平静下来，就把注意力转向同天饭店小老板孙同阶的身上，毕竟破获一个中共联络站也算是他来大埔后的一大战绩，并且，他自信一定还能从孙同阶的身上挖掘出更多的中共地下组织，甚至有可能一举掐断中共的地下交通线。

他终于拆开了几天来都没兴趣看一眼的那封家书，开始研究孙同阶，想找找撬开他嘴巴的钥匙。可是等他看完这封家书，整个人头皮都发麻了，他想从孙同阶嘴里撬出中共地下组织秘密的希望顿时就成了绝望。

电话铃骤然响起。

曹瑞瑛一把抓起电话："喂……哦，老板……"这个电话是他的老板汕头站站长吕文超打来的。

吕文超在电话里说："瑞瑛，你猜猜我手上拿的是什么？是三分钟之前上峰刚发给调查科所有大小站的敕令。虽然没有指明追责你我，可我总感觉这是在打着你我的耳光。"

"是不是上峰侦测到了中共赤区的无线电波？"

"你还真会猜呀。对，从来是无线电静默的赤区，居然被侦测到了无线电波，你知道这说明了什么吗？"

"说明上海的情报是准确的，中共的确往赤区偷渡了无线电人员和器材，更说明中共的偷运计划已经成功！"

"呵，原来你比谁都清楚啊。行，那我什么话也不多说了。瑞瑛，虽然没有证据证明中共的人员和器材是从你我的辖区通过的，但整个调查科系统的同事们嘴里不明说，却都用眼睛瞪着你我啊。下不为例，下不为例吧。"说到这儿就啪地挂上了电话。

曹瑞瑛明白他的老板此时的心情一定也是坏透了。

楼梯响处，黑子带着两个手下神情沮丧地走进办公室。他们三人的衬衣上都溅着血迹。

曹瑞瑛声音像蚊子一样："真是人算不如天算，情报如此准确，布置如此严密，可共产党究竟是有隐身术还是孙悟空变的，能在他们的联络站被监视的情况下，无声无息、无影无踪，如入无人之境地到了赤区。"说到这儿，他的声音开始响亮起来，他需要有一个情绪出口，而站在他面前的下属就是供他宣泄一下的口子，"那么多卡口、检查站、军警党务人员都形同虚设，你们这个行动队情何以堪！"

黑子和两个手下头垂得更低了。

曹瑞瑛顺了顺气，恢复了正常的口气："还有什么要报告的吗？"

黑子说："老板，我们能用的手段都用了，就差把他扔油锅里炸了，可这家伙像是铁皮铜骨一样就是不开口。这共产党怎么连痛也不怕、死也不悔……”

曹瑞瑛“砰砰砰”地拍着桌上的那封家书：“答案，答案，答案全在这儿!”

“这……这不是孙同阶写给他老子的家书吗?”

“这不是家书是遗书！我们抓了个临死之前先给父亲写遗书、写完遗书等死的共产党人还能捞到有价值的情报吗?！更让我感到痛心的是，国民党拥有比中共多十倍、几十倍的党员，为什么就找不出几个像孙同阶一样的忠诚儿女？一个孙同阶真让我对党国有了一种前所未有的危机感。更可怕的是，中共不止一个孙同阶，调查科的活儿还怎么能干好?!”

黑子见曹瑞瑛脸色都苍白了：“老板，您别太自责，职下保证这样的事不会再……”

“嘘……做不到的事千万别挂在嘴上说，那才叫自取其辱!”他忽然又失态地嚎叫起来，“你们还站在这里干什么？去，去给我撬开他的嘴，要是他一直不张嘴，就让他永远闭嘴！听见了吗?”

“明白!”黑子和打手迅速走了。

黑子他们走后，曹瑞瑛闭上眼睛一动不动，不知道过了多久，楼梯再次响起脚步声他才睁开了眼睛。

上楼的是赖寿章。

赖寿章谦恭地说：“曹站长，没打扰您吧?”

曹瑞瑛一下子又恢复了往日的热情：“哟，赖副官，我正想着你呢，你就来了。好几天没聊了，沏壶好茶聊聊大天。”

赖寿章说：“我也没什么大事，就好几天没来了，今天来看看曹站长。”

“我早说了，整个大埔我曹某人也就和你意趣相投。你看，这茶叶不错吧，你闻闻。”说着把茶叶递到赖寿章的鼻子下。

赖寿章闻了闻：“嗯，不错，香味特别浓。”

曹瑞瑛就像是什么也没有发生过一样，一心一意地煮水沏茶，其实他是故作淡然以掩盖失败后的压抑。

“哦，曹站长，”赖寿章有点哪壶不开提哪壶地问，“听说那个同天饭店的老板……”

“死人有什么好聊的。”

“啊？那个菜做得挺好吃的小老板死啦？”

“我们还是聊聊周成吧，那才是个还活着的人。”

“嗐，该当我没有财运啊，要是能把周成活着抓回来，曹站长，至少会奖赏三五十块大洋吧？”

“三五十块？三十、五十那就是八十了？一条漏网之鱼没那么贵。但赖兄要是能抓到周成，我能为你向上请功，少不得官升三级。”

赖寿章也是个善于逢场作戏的主：“哈哈，看来曹站长这条大腿我是抱定了。”

正说着，黑子跑着上楼。

“老板，孙同阶死了。”

“我知道你们下手不会轻的。”

“不是，我们还想让他多活几天，从他嘴里撬点东西的，可他……他自己咬断舌根死了。”

“啪哒”，曹瑞瑛手上的茶盅掉在地上碎了。对曹瑞瑛而言，这是补刀！

三个小时后，一身肌腱横肉的曹瑞瑛发起了高烧。黑子要去给他找当地最好的医生来看病，可被他严厉制止了，他严令手下绝不能向外界透露他生病的消息，谁透露了就以向中共泄密罪论处。他最后说，明天就会完全康复的。

这就是曹瑞瑛心理上的病态。他永远不想让别人看到他也有脆弱的一面，哪怕是老天注定的生老病死也不能有损于他的自尊。

第二天早上醒来就退了烧恢复精神的曹瑞瑛，一大早却又像是被补了一刀似的几乎崩溃。

一早，黑子买了早点来看望老板，曹瑞瑛也坐起来吃着东西了。

黑子支支吾吾地报告：“老板，那小鬼死了。”

“哪个小鬼？”

“就是同天饭店孙同阶的侄儿。”

“怎么死的？”

“当时问完感觉那小鬼真不知道他叔父的事，就先把他关在那个小黑屋里，这几天一忙就把他忘了，今天老胡突然想起去看看，那小鬼已经死了。

十几天没给他送吃的，多半是饿死的。”

曹瑞瑛听了黑子的报告，心里一下子蹿起无名之火：“饿死了你找人埋了就是，还跑来向我报什么丧？”

黑子被这一吼，想作点解释消消老板的火气：“我们平时都在同天饭店吃饭用餐，天天见的，挺老实巴交的一个孩子，就感觉心里有点不是滋味。”

没想到这一说又是往油锅里撒了一把盐，曹瑞瑛更加怒不可遏了：“这样的话是该从你一个国民党党员的嘴里说出来的吗？他是个孩子，可他更是中共特工孙同阶的亲侄子，今天他不是共产党，以后必然也会是的，这是共产党之所以杀不尽赶不绝的原因所在。他死了你为什么会感到不是滋味？我警告你黑子，对敌人的同情就是对党国的残忍！你听懂了吗？”

黑子才知道今天祸从口出了：“听懂了听懂了，老板！”

“重复一遍。”

“对敌人的同情就是对党国的残忍！”

“去，马上去让你那帮兄弟也都给我牢牢记住这句话！”

“是！老板。”黑子赶紧溜走了。

曹瑞瑛兀是余怒未息地吼了一声：“对共产党哪怕是心生一丝的同情都是不可饶恕的，不可饶恕！”

3

孙同阶牺牲的消息传到上海中央交通局，凌风召开了一个小型追悼会。参加追悼会的除了交通局上海机关的十几位工作人员，还有被凌风紧急从汕头召回上海的彭庚年。追悼会结束后，凌风和彭庚年进了密室。

凌风说：“东北、华北几条交通线都不同程度地遭到国民党调查科和军统的破坏，只有沪、港、粤、闽、赣这条距离最长的交通线，到现在为止还保持着安全运行的状态，可是孙同阶同志的牺牲，也提醒着我们，这条线以后会不会出什么大的问题。我这么说你同意吗，庚年同志？”

“不！我不同意！”彭庚年的回答让凌风感到意外。

“你的意思是你能够确保不出问题对吗？”凌风问。

“对！这是必须对党作出的保证！”

“可是……”

“没有可是，凌风同志！”彭庚年打断了凌风的话，“因为交通线上所有的交通员都清楚自己的使命，他们宁可自己付出生命的代价也要确保交通线的安全，这是已经被一个个赤胆忠心的交通员用实际行动所证明了的。”

凌风和彭庚年紧紧地握了握手。

“我把你紧急召回上海，就是要亲耳听到你的态度和决心。”凌风说，“庚年同志，形势越来越紧迫了，沪港粤闽赣交通线几乎是中央和主力红军唯一的交通血脉，毫不夸张地说，它也是我们党的生命线啊。”

“接下来是不是有更重要的护送任务？”

“从现在起，交通线要转移的可不是个别人员，而是全机构和我党的重要领导人，出不得半点差错啊。”

彭庚年起身说：“因为孙同阶同志的牺牲，我们的交通线暂缺了一个大埔茶阳的重要交接站点，回去后我要尽快补上这个缺口，迎接更大规模的人员转移。”

第九章

茶阳小镇的红白暗战

1

彭庚年从上海回来就马不停蹄地赶到大埔。

卢清泉昨天夜里接到通知，在电船到达之前，以商社经理的身份到茶阳电船码头附近迎接“客商”，可他并不知道今天来的客商是谁，就按这次行动的暗号约定，买了份报纸，坐在路边茶摊上看着。

“先生。”待到快中午的时候，忽然有人站在他身后轻轻叫了一声。

卢清泉扭头一看，竟是彭庚年。彭庚年和卢清泉虽然早见过面，很熟了，可按交通线的纪律，只要涉及任务，就必须以此次任务的暗号为准，对不上暗号无论什么人都必须停止行动，所以，卢清泉见了彭庚年也没有马上和他握手打招呼。

彭庚年接着问：“您手上拿的是哪天的报纸？”

“当然是今天的报纸。”

“那我想问一下今天的报纸上有没有一则寻人启事？”

“兵荒马乱，报纸上经常登寻人启事。”

“那今天是不是登着一位父亲寻找第六个儿子的启事？”

“我把报纸送给你，你自己去翻翻看吧。”

“哦，那谢了谢了。”彭庚年接过报纸时轻轻说了一句，“清泉同志，大半年没见面了。”

“通知我接人，可没想到是您。”

“我们直接去青溪吧。”

“跟我走。”

卢清泉在前面走，彭庚年翻了翻报纸，像是没找到他想找的信息，就收起报纸，不快不慢地跟在卢清泉的身后，往汀江边走去。

彭庚年决定去大埔，是为了方便和从永定过来的闽西交通大站站长李叔岩会合，向他传达上海之行带回来的上级指示，这也是他此行的使命。

会合地点就在青溪的余家祠堂，参会的除彭庚年、李叔岩和卢清泉，还有青溪中站站长潘雨青和伯公凹小站站长邹叔宝。

整个伸手不见五指的废祠堂里，只挂着一盏小马灯，连桌子、板凳也没有，大家就席地而坐。彭庚年向大家传达了中央交通局的最新指示：“中央决定分批向根据地秘密转移中央机关人员，因为另几条交通线都相继遭到破坏，我们脚下这条绝密交通线是眼下能联通上海和中央苏区的唯一通道。中央交通局凌风同志要求，这条红色血脉上的所有交通员，在这关键时刻要挺身而出，承担起全部的人员转移重任，并要求必须万无一失地确保每一个转移人员的绝对安全。”

大家听了，心里都感觉这几乎是不可能完成的任务。但作为交通线上的重要骨干，与会的几位同志也暗下决心，务必执行上级的指示，坚决完成这项神圣的使命。

会议最后，彭庚年向卢清泉提出一个迫在眉睫的问题：“同天饭店遭破坏后，茶阳就少了一个极为重要的中转站，这该如何解决?”

潘雨青也忍不住插了一嘴：“对对对，接下来任务那么重，茶阳可不能一日无站啊。”

卢清泉说：“孙同阶同志牺牲后，我也一直在考虑这件事。请你们放心，我一定会在最短的时间里，重建茶阳联络站。”

当天这个秘密会议开了三个多小时，赶在天亮之前他们又各奔东西了。

2

从青溪回来的第二天，身为商社经理的卢清泉就传出了贪污商社公款的丑闻。

商社大股东们查账时发现账目被做过手脚，就召集全商社的股东向卢清泉发起追问，要他一笔笔说清那些账目的来龙去脉。可卢清泉无论如何也说不清楚，还对股东们向他发难大感愤怒，一时间就有点口无遮拦："本来这家商社也就我一个人干活，养着你们这帮不劳而获的董事们，就算我动了点手脚，你们也没必要对我如此兴师问罪。"

他这反咬一口彻底激怒了股东们，就由董事长召开董事会，提出罢免卢清泉经理职务的议案。议案获得股东们的全票通过。

卢清泉夹着行李卷灰头土脸地回到父亲的食杂店的时候，父亲正在柜台里面的躺椅上呼呼大睡着。

卢清泉放轻脚步想从父亲的前面走过，不料刚走到父亲的前面，父亲突然开口说："像是阎王爷那边放回来一样，撞上小鬼啦?"

卢清泉回头一看，父亲依然是闭着眼睛像是说了句梦话一样地睡着。他在父亲的柜台上一趴："阿爸，儿子看您这么大岁数还在起早摸黑打理着小店，就把商社那边的事辞了，今后让儿子来管着咱们这家百年老店，让阿爸好好享享清福。"

"哼哼，是让人炒了吧?"

父亲是个人精，能掐会算，卢清泉心想。

"嘻嘻，我跟他们合不来，怄气，就辞了。"

"小子，你就别编些瞎话来蒙骗你老子了。"父亲这才从那把一躺下去就不想起来的躺椅上坐了起来，"说实话。"

"嘿嘿嘿，阿爸，我怕说了实话，您会打死我的……"

"那也要看你做没做辱没祖宗的事。"

"那我不说了。"

"不说你就哪儿来回哪儿去。"

"呃……那我还是说吧。阿爸，我没管住自己做了件很丢人的事，商社混不下去了。”

父亲不但听话还听音，从儿子轻松说出的话音里听出了口是心非的意味，就问：“那你做了什么?”

“我……我在账目上做了点手脚，其实没几个钱，可他们就认定我一直在黑他们的钱。”

父亲一把抓起柜台上的一根痒痒挠，高高举起，儿子双眼一闭等着挨父亲的一顿家法，可父亲举在手上的痒痒挠却拐了个弯伸进了自己的后背挠起了痒痒。

“哼哼哼，三岁看到老，我儿子是个什么样的人我最清楚，你会不会起那贪心去黑别人的钱，老子心里像明镜一样。你是在给别人演一出什么戏吧?”

卢清泉吃惊地看着父亲。这老头可真是个人精，什么事也瞒不过他。

父亲一脸傲骄：“我儿子也会犯糊涂做错事，可他绝不会丧失天良、贪人钱财。你是看上我这家老字号铺子了吧?”

“阿爸是不是早就看出儿子是干什么的了?”

“你也不能说，我也不会问，就当什么事儿没有。可你想让老子把屁股底下这个位置让给你，那除非你去买样东西回来让老子吃了。”

“您想吃什么好东西？儿子到天上都会去给您买回来。”

“老鼠药!”父亲的胡子一翘说。

“好好好，那我不坐店，我帮阿爸进进货总行吧?”

“你老子听不见的时候就是个聋子，看不见的时候就是个瞎子，可想看见想听见，那可就是个人精！你懂吗？除了你老子你还能找到更适合坐在这儿的人吗?”

卢清泉一下子明白父亲的善意了：“阿爸，做您的儿子真是三世修来的福呀。您，真是高人!”

潘雨青数着门号走来，找到一家字号是“同丰”的食杂店，就走了进去。

食杂店里坐着年过七旬的老掌柜。

潘雨青上前：“掌柜的，发财哦。”

“呵呵，你多花钱我才发财哦。”

“我一个撑船的就是把船卖了也没几个钱。”

老掌柜呵呵地笑着问：“想要点什么？”

“您的店里有电筒吗，最好是永生牌的？”

老人一听就知道来者是谁了：“哦，我腿脚不便，你自己到后面去让我儿子帮你找找吧。”

潘雨青：“哎哎，那我进去问问。”潘雨青朝里面走去。

老人家一双老眼机灵地看了看大街的前后左右。

潘雨青一进后房，里面的人回过身来，他不禁吃了一惊：“怎么是你？”

“外面坐店的是我老爹。”卢清泉说，“雨青同志，现在你是中站站长，我负责茶阳小站，我听你的指挥。”

“这……这也太别扭了。”

“前天的会议你也在场，不用多说废话了，同天饭店被破坏，可茶阳不能一日断线，一时找不到合适可靠的人，我就自告奋勇了。”

“泉哥，”潘雨青感叹，“你是从东江特委领导降格担任小站站长，这恐怕也只有咱们共产党人才能做到啊。过去你我工作上有些不一致，吵过嘴、红过脸，可现在，我对您只有敬佩！”

“漂亮话别说了。急急忙忙地通知你来，是汕头方向送来了紧急指令，最近有位‘大表哥’要过境，要求沿途各站做好一切准备，确保万无一失。”

“大表哥什么时间到？”潘雨青问。

卢清泉摇了摇头：“上级只要求我们随时做好准备，没告诉具体日期。”

“明白了。思想上我们早已做好准备了，细节上我们还会进一步完善。”

卢清泉取下一支手电筒交给潘雨青：“找一支电筒的时间差不多了，我不送你了。别忘了给我爸照价付钱，老头子很抠的。”

潘雨青会意地一笑。

潘雨青拿着手电筒到了前柜，又请老人家给配了两节电池，照价付了钱就走了。

同天饭店被破坏后的第九天，新的茶阳交通联络站就在同丰食杂店重新建立启用了。

3

曹瑞瑛挟着破获同天饭店中共联络站的余威，邀请马大鋆、蒯县长和赖寿章一起茶叙，地点却选在蒯县长的会客室。

马大鋆和蒯县长虽然一直对曹瑞瑛一来大埔就掀他们的烂屁股感到愤怒，但对调查科能直达天听的特权还是有所忌惮的，加上曹瑞瑛刚刚破了同天饭店的中共联络站，可见手段果然不同凡响。被此人盯上，周成那点烂事怕也是逃不过去的，所以被邀请的三个人还是不敢怠慢，准时来到县政府的会客室。

人到齐后，曹瑞瑛反客为主，坐在泡茶的位置上，亲手为各位煮水沏茶，一盅盅地端到各位的面前，彬彬有礼地说一声“请用”，态度之谦逊出人意料。俗话说事出反常必有妖，三人心里不禁犯起了嘀咕，这个曹某人今天唱的会是什么大戏?

看不透牌局的时候最好的办法就是看对方下一张会出什么牌。这三人心里犯着嘀咕却谁也没有多说什么，静等着曹瑞瑛往下出牌。

连饮三盅后，曹瑞瑛才声若蚊蝇似的开了口：“诸位，今天难得放松一下，本来应该喝喝酒才能尽兴的，可曹某天生废人，滴酒不沾，只好借蒯县长的宝地，和诸兄喝喝茶聊聊天，没酒少肉恐怕不能尽兴，还望诸兄见谅。”

马大鋆见他出了一张废牌，也虚情假意地跟了：“难得曹站长这么洁身自好，不像我等行伍之人，大块吃肉大口喝酒，说好听吧叫豪爽，说不好听吧就是个酒囊饭袋。以后呀，要多和曹站长为伍，改改这一身的臭习气才好啊。”

这一来二去的几张废牌一出，蒯县长还真以为曹瑞瑛今天就是想来听几句奉承话的，心想这时候我必须得跟了，就说：“曹站长刚刚破了共产党同天饭店的联络站，这可是党国施行剿共方略以来大埔之首功，可喜可贺啊!”

“是，是，是，”马大鋆也跟着说，“曹站长可真是神人啊，来大埔短短这么几个月就破获中共联络站，这可不是我这个只知道冲冲杀杀的行伍之人所能及的。换我，就是肩膀上再多扛两个脑袋也想不到那么个不起眼的小饭馆会是共产党的联络站。佩服！佩服!”

曹瑞瑛听着两位大埔军政要员你一句我一句的奉承话，心里没有丝毫受用反而觉得被人啪啪打脸。当然，眼前的这两位大埔地头蛇并不知道，因为没有抓获中共无线电专家，即便破了个中共同天饭店联络站，行动也是遭受重大失败。这事梗在曹瑞瑛心里就像一口难以下咽的苦茶，而他曹瑞瑛还得笑着把它咽下去。他唯一能保持尊严的是绝不能在这几位地方军政要员的面前流露出丝毫的苦意，就让他们把这次失败多于成功的行动结果当作大埔剿共之首功吧。

“谢谢二位仁兄的溢美之词。不过，曹某更希望这只是个开始。”

这才是一张留有后手的牌。

马大鋆敏锐地感觉到曹瑞瑛今天一定不只是找他们来茶歇的，就试探性地问了句：“曹站长的意思是，大埔的中共联络站还不止一个同天饭店？”

曹瑞瑛说：“同天饭店只不过是中共的一个联络站而已。破是破了，但很多问题还没弄清……走货，是通过什么人走向哪里？过人，又是什么人通过同天饭店迎来送往？他上有来源下有去路，上线从哪儿来，下线又往哪儿去？可见，挖了一个同天饭店，还远不值得你我弹冠相庆。”

曹瑞瑛这几句话一说，马大鋆和蒯县长就不约而同地互相对视了一眼。别人看不出这一眼的意味，可马大鋆和蒯县长心里清楚，他们感觉到曹瑞瑛今天不会再提那件让他们下不了台的旧案了，二人心里就都放松了许多。

放下了戒备的马大鋆尽量把话说得跟曹瑞瑛同一个思路：“曹站长这么一说还真是啊，一个联络站不过是点个脚而已，走货过人可不得有人接有人送吗？”

曹瑞瑛说：“说实话，诸位仁兄，我曹某人和共产党不共戴天，可现在却越来越不敢小看共产党了。为什么我们明明有内线，却只能获得有限的情报，我无法想象中共的安全机构是一个什么样的组织结构，就像水龙头一样，要它流就流，要它不流龙头一拧就滴水不漏，连一点痕迹都不留。党国的调查科还有军委通讯处，可是聚集了大量精英，可在和中共安全机构的较量中仍几无胜算……中共里面确有高人啊，否则，我们早就该把上海的中共中央一网打尽啦。”

在场人听了这番话也无言以对，马大鋆侧目看着黑着脸的曹瑞瑛一盅接一盅地自斟自饮，心里想这家伙的肚子里能盛下多少茶水啊？

“今天我请三位茶叙，是有些话想和诸位开诚布公聊聊。”曹瑞瑛忽然说。

马大鋆和蒯县长听了这话，又对望了一眼，这一眼是共同否定了“曹瑞瑛今天不会重提旧案”的判断，原来曹瑞瑛绕一大圈子还是要回到这个令他们尴尬的话题上来的。

“其实我想和诸位仁兄聊的就一句话，”曹瑞瑛渐渐言归正传了，“值此党国剿共大业成败之关键时刻，我们四位国民党党员，都不能怀揣私心杂念，都要把党国的利益置于一切之上，都要有同乘一条船的意识，党国兴则全兴，党国衰则俱衰，这么个再浅显不过的道理三岁小孩也懂。”

马大鋆越听越感觉到曹瑞瑛要开始甩出王炸了。

果然，曹瑞瑛敏锐地捕捉到了马大鋆的心理，趁势说：“有件事我得向二位作些解释，关于那个周成，还真不是曹某非要刨根究底存心给二位找不痛快，可那是一条线索啊，我的本意是想循着这条线索揪出个大萝卜的。可既然二位并不想旧事重提，那我今天就向二位表明个态度，这件事就此翻篇，既往不咎，决不再提了。”

他是在欲擒故纵！马大鋆这么一想，行伍之人的本色就暴露了，这件事横竖是蒙混不过去的，倒不如都扔到桌面上来，你看着办吧。

“不！”马大鋆站了起来，“曹站长越这么说，老马心里越过不去。今天这顿茶也让我这个行伍之人喝明白一点党国的政治了，我也摔破坛子是什么就是什么图个痛快了。”

蒯县长连忙提醒：“马团长，马团长，咱今天喝的是茶不是酒哦。”

“要是酒我还不见得醒悟呢。”马大鋆说，“曹站长，那件事是我对党国的犯罪。按理，那个周成也是最够得上枪毙的，可有人出两百块大洋捞他。两百块啊曹兄，这人活在世上谁会和钱财过不去呢？这是人之本性！我，当然还有蒯朋兄，我们两个就……说实话，当时也不是为了帮助共产党，只是想，不就是穷人造反吗？该镇压的都镇压了，一个周成就是条小沟沟里的泥鳅，还能翻得起多大的浪？放了他也碍不了党国多大事，就收了那两百块大洋。曹站长，您要是觉得这事该向谁报告就报告吧，反正那百把块大洋我也是充作了军饷没有一块落私的，大不了我个人掏钱再把那所得的半份赃银交还出来……”

马大鋆话没说完，蒯县长连忙抢过了话头：“哎呀，哎呀，哎呀，马兄真是把我的心里话都说出来了，那不义之财拿着烫手花着亏心啊。我也把当年所得的不义之财吐出来，用来补助给民团，让他们多抓共产党，这也是将功补过吧，曹站长？”

其实这个结果曹瑞瑛早已心中有数了，但他的目的不是追赃，而是刨根，既然二位主动把事都说开了，他也就做了个占据高位的姿态。

“二位仁兄能如此开诚布公，曹某甚为感动！这样，那两百块大洋就不必充作公帑了，都过去好几年的事再翻那老账没多大意义啦，这事就此一笔勾销了。但是……”说完“但是”，他又停下话来端起茶盅呷了一口茶水，接着说，“那个周成，周成还活着对吧？”

马大鋆说：“应该活着吧。可当时抓了很多人，登记也不尽详细，蒯县长你说是不是？”

蒯县长连忙说：“是是是，当时县政府都快被穷人放火烧了，那个乱呀。”

马大鋆说：“人一放就不知去向了。你现在要我还大洋没问题，我一个子不差，可你要我还人，我请不来孙悟空帮忙，恐怕就不见得能办到了。”

“当时有人出那么多大洋捞他，想想，整个大埔县里有几个能出得起两百块大洋的？会出这么大一笔钱财捞人，和周成必然是非亲即故吧？何况，用大洋捞人必须是通过什么人向二位通款呀，找到这个人，周成还能跑得了吗？”

蒯县长听了这话，马上用眼睛看着赖寿章。

赖寿章就站了起来：“曹站长，既然马团长和蒯县长都这么开诚布公了，这件事就交给我吧。三天之内，我不敢保证就把周成捉拿归案，也一定能找到周成的线索！”

曹瑞瑛心里一阵暗喜，这场茶歇得到的收获大超预期！

4

赖寿章当天晚上又去了姑妈家。

“寿章，这么晚了你还来找姑妈，有什么要紧事吗？”

“姑妈，我想问问，你知道西诺在哪里吗？”

“西诺呀，几个月没来了，我也不知道她究竟去了哪里，我也挺想她的。”

赖寿章喝了几口茶水就站起身来：“姑妈那您早点睡吧，我走了。”

“姑妈今天晚上不会睡觉的。”

姑妈这话一说，赖寿章又站住了。

“啊？为什么呀，姑妈？”

姑妈起身走到一道从来都是紧闭的房门前，轻轻推开门，示意赖寿章过来看看。

赖寿章走了过去，朝房里一看，蓦地汗毛一凛。房里，白烛香火，三荤三素，正中供着姑父的遗像。

姑妈说：“今天是你姑父的六十大寿，我给他做冥寿。”

赖寿章走进房间，在灵位前磕了三个头。他清楚地记得，据说那年姑父是从南洋刚回到大埔，就糊里糊涂被人下了黑手，等他从梅州换防回到大埔时，姑妈已经料理完姑父的后事，他连这位堂姑父的面都没见着。但姑父是怎么死的，姑妈一直讳莫如深。他在磕头的时候就想趁着今天的机会，再问问姑妈。

可姑妈依然是守口如瓶。

姑妈说：“你姑父的事过去三年多了，我不想再提起。”

赖寿章就收起了好奇心：“哦，姑妈，那您节哀，我还有军务。”

赖寿章刚要出门的时候，姑妈又叫住他，说：“寿章，你是来打听西诺的，可你要是想找西诺就别白费工夫了，她给你留过信说再也不会见你了，你还找她干什么呀？”

赖寿章听了心里一抑，说：“好吧，姑妈保重。我走了。”

姑妈回头，久久地凝视着丈夫的遗像，轻轻吟起了马致远的那首小令：“枯藤老树昏鸦，小桥流水人家，古道西风瘦马……”然后她停顿了好一会儿，才接着吟，“夕阳西下，断肠人在天涯。”

在吟这首小令的时候，当年的一幕浮现在眼前。那是丈夫回到大埔的第三天，他说要去看望一个老友，回来时却身中数弹，血都快流干了。在生命的最后时刻，丈夫才道出他是中共党员，并给妻子留下一个联络暗号，就是马致远的那首小令，说到这儿就撒手人寰了。

他要联络的那个人是谁？又如何对上暗号？就成了一个难解之谜。可丈夫在生命的最后时刻只向她交代了这一件事，可见这件事对丈夫有多重要。她就找出那首马致远的小令，一字一句地记在心里，她想替丈夫去完成这个使命，可是能听懂这首小令的下线人就像断了线的风筝，再无踪迹音讯。

今天她给丈夫做冥寿的时候，已经向他的在天之灵表示了深深的歉意，同时也向丈夫的英灵再作许诺，只要自己活着一天，就一天不会放弃寻找这位能“听懂”这首小令的人。

第二天一早，赖寿章就带着一个排的士兵，赶到三十里外的一个沿海小镇，那是个和他同宗的赖姓客家人集居地，镇上大部分青壮年都下了南洋，留下的都是留守的眷属。

处在这个小镇中心的那幢三层小洋楼，就是赖西诺的家。赖寿章熟门熟路地带着士兵扑到赖家大门口，刚要上前拍门，却发现大门上挂着一把已经锈迹斑斑的大铁锁，显然，屋里很久没人住了。

赖寿章让士兵去找来几个居民询问，居民告诉他，西诺父母四五年前就下南洋了。赖寿章向居民们追问赖西诺的去向，居民告诉他去年还见赖西诺回过家的，后来就一直没见她再回来。

赖寿章就大声问了句：“难道赖西诺也下南洋去了吗？”他这一问就像给人提了个醒似的，居民们就都顺着说他们也一直是这么认为的，她父母在南洋生意做大了，怎么可能把宝贝女儿一个人留在家里呢，西诺这孩子也一定去了南洋找父母了。

赖寿章只能带着士兵们空手返回茶阳，把情况先向马团长作了报告，也表达了担忧：“中间人下了南洋，我不但没找到周成，现在连找周成的线索都没了，后悔在曹瑞瑛面前把话说大了，现在不知怎么去向他交代。”

马大鋆听了反而哈哈大笑，说：“天要下雨娘要嫁人，谁管得了呢？当时的出资人下南洋去了，周成案不更成无头案了吗？姓曹的有本事追到南洋去找那个中间人呀。当事人远走高飞了，此案也只能束之高阁了，这不是天意吗！咱们是什么说什么，就看他曹瑞瑛还能怎么折腾吧。”

“可我还是怕……”

“怕什么？天掉下来我比你个儿高。”

“好，团长这么说，那我这就去向曹瑞瑛交个差吧。”

5

赖寿章来到曹瑞瑛办公室的时候，曹瑞瑛刚刚接完上司吕文超的电话。吕文超在电话里向他通报，中共正筹划向赤区大规模转移人员的行动计划，南京总部要求沿线各站一定要严加防控，决不能放任一个中共首脑越过封锁线抵达目的地。

上司的这道指令对曹瑞瑛而言就像往他身上又注入了一针鸡血，他顿时兴奋起来，感觉一洗上回失手之辱的机会来了。

刚放下电话，赖寿章就来了。曹瑞瑛一看他马靴上还沾着污泥，该是执行任务刚回来，曹瑞瑛希望他兑现前天的承诺，没抓住周成也带回个找周成的线索。然而，他的希望很快就从赖寿章那张失落的脸上破灭了。

“对不起曹站长。”果然，赖寿章一开口就是失败的口吻，“前天把话说大了，我是来向您请罪的。”

“你是在玩我吗？”曹瑞瑛说话声音很低，语气却让人不寒而栗。

“我原以为只要找到那个中间人就能找到周成的，可是我带着人一口气赶了三十多里，到那个中间人的家里才知道，他们一家早就下南洋了。”

曹瑞瑛听了像是没有反应似的坐了下来，也不说话，就这么看着赖寿章。

赖寿章接着说：“那个中间人跟我还同姓，也姓赖，上下几代一排，还和我同宗，你说这事巧是不巧？我走访了许多人，都证明他们一家早就下南洋了，一所老宅也早已人去楼空长满青草了，追查周成的线索也就这么断了。我向曹站长请罪，并请求给我宽限时间，我会继续寻找这条线索。”

曹瑞瑛说：“听上去像个故事。”

赖寿章说：“可气的是这不是故事，是事故。说到底我还是命背，失去了为党国建功的机会。俗话说吃人饭得由人管，说实话要不是碍着我的上司，我早就想到找那个中间人了。”

曹瑞瑛过了好一会儿没说话，突然完全抛开了这个话题：“赖副官辛苦了，这事先放一放，我正有更紧要的事要你帮忙。”说完走到门口，对楼下喊了声“黑子！”

黑子应声上楼。

曹瑞瑛对赖寿章和黑子说：“我向二位通报，接下来恐怕会有大批的中共要员过境，我们必须睡觉也要睁着一只眼，严防死守，决不能再让一个中共要员从咱们的眼皮底下溜过去了。从今天开始，对来大埔却提供不出本地落脚点的人，无论有否发现身带可疑物品，一律要追查来源和去向。我希望赖副官再给黑子调些官兵力量，你看行吗？”

赖寿章连忙说：“什么行不行的，我们团长都说了，今后曹站长指哪里79团打到哪里。”

曹瑞瑛说：“那就好！黑子，你听好了，我们要把篱笆越扎越紧，中共一定会自投罗网的！”

第十章 『大表哥』过境险象环生

1

上海贝当路的一幢小楼，以前是个茶叶商人的私宅，后来茶叶商人生意破产，小楼就易了主，几经转手，小楼就成了中央交通局的秘密办事处。

凌风刚从外面回来，脱下外衣就招呼早在屋里待命的四五位年轻干部，说有紧急任务布置。

“我刚刚去见了伍豪同志。伍豪同志指示，中央交通局当前的主要任务，就是要有计划地分批护送上海的同志向中央苏区转移。这次人员转移从‘大表哥’开始，给我们的准备时间只有两天，两天后必须要让‘大表哥’离开上海。我们今天要通宵达旦完成的工作，就是要为‘大表哥’设计一份滴水不漏的身份履历，不能疏忽每一个细节。同志们，时间不多了，马上开始吧。”

凌风说完后在黑板的中央写下三个字：大表哥。然后以这三个字为中心，分上下左右划了几条线，在每条线的端点又画了个问号：“同志们，把这几个问号填上经得起核查的内容就是你们天亮之前必须完成的工作。”

这四五个交通局的年轻干部都是训练有素的特工人员，一看黑板上的题，就都明白各自该干什么了。他们分工领走黑板上的一个个问号，调动一切人脉储备开始“解题”。

在上海街头行人稀少，还下着毛毛细雨的深夜，一场“无中生有”的身份设计工作就在这幢小楼的地下室紧张而细致地展开着，所有参与者都明白，必须要做到让这份“无中生有”的身份履历事事确凿，经得起核查，其中只要有一处漏洞，都将对“大表哥”的安全构成严重威胁。他们对每一项设计都反复验证，并直接通过电话或明码电报进行预演，确保万无一失后，才交凌风审阅定案。

凌风有着多年担任隐蔽战线领导人的经验，他以极其尖刻的眼光在年轻特工们熬红双眼完成的作业中寻找着破绽。

凌风起身走到黑板前，把年轻特工们经一夜设计的内容一一填补在那几个问号上。

祖籍：广东佛山

现居地：佛山恩宁街状元巷32号

职业：香港华富公司董事

“祖籍佛山，与大表哥只能说一口广东话相吻合，口音上不会露出破绽。”凌风评点着，“这个现居地门牌号是我们的暗桩，也经得起核查；职业是香港的香港华富公司董事，香港总站也能落实细节，这几项设计都没有漏洞。”

年轻特工们刚刚松了口气，老辣的凌风却找出了一处破绽：

“现在最关键的是此行目的地和行程事由还经不起盘查。”

年轻人的神色顿时肃然。

凌风哗地抖开一张地图摊开在八仙桌上，然后用铅笔从上海、香港、汕头、潮安这么一路画着，但到了大埔就停下了。

“粤东大埔是个边缘小镇，几乎没有大的商机，一个大公司董事去那里干什么？这就是一个无法圆说的漏洞。”

经凌风一提醒，大家顿时恍然大悟。凌风又拿起笔从汕头向东一撇，画到了厦门。

“厦门！”凌风坚定地说，“这也是个商埠之地，一个香港的大公司董事，从香港出发，经潮汕，到厦门去考察业务应该是可以圆说的。只有把厦门作为‘大表哥’的目的地才与一个大公司董事的身份吻合。”

凌风一说，所有人都赞同，就把计划作了修改。

第二天一大清早，凌风腋下夹着一叠报纸，拄着拐杖不紧不慢地走在大街上。突然被几个便衣拦住。

“拿的什么？”

凌风指了指腋下的报纸：“刚买的。”

便衣一把夺过报纸检查，一页一页地翻着，并无什么可疑之处，便衣就把报纸还给凌风扬长而去了。

凌风再往前走了一段，就进了一幢私人小楼。

“大表哥。”按交通线上的纪律规定，一旦确定代号，就不能以真名或职务相称，凌风走进屋子后也对这位职位在他之上的护送目标以代号相称，“伍豪同志指示，您明天就要起程了。”

大表哥操着一口广东话说：“我已经做好准备了。”

“出发前您还要做门功课。”他拿起脸盆，倒进清水，然后从一叠报纸中找出其中一页放进清水里，不一会儿，只见浮在水面的报纸上渐渐显示出一段文字。

凌风说：“这是我们给您做的简历，要辛苦您一字不差地把它背下来记在心里，不能有错，任何再小的错误都可能会造成最严重的后果。”

大表哥表示没问题。凌风就小心翼翼地将湿报纸从水里捞出，平放在桌面上，然后用毛巾吸了吸水。

“离出发只有一个昼夜的时间，您必须利用这点时间全部记住这些内容，出发前把它销毁。”

大表哥呵呵一笑：“考验我的记忆力了，我保证满分！”

“好！除了记住这些内容，在到达瑞金之前，您还必须忘掉自己的身份。哦，还有一点最为重要，就是一路上，您必须无条件服从沿途交通员的指挥，需要的时候还得像孙悟空一样七十二变。”

大表哥风趣地说：“我肩膀上扛着的可是颗价值十万大洋的脑袋哦，一路上除了自己的同志护送，一定还有国民党军警特务的‘陪伴’，想必不会寂寞。不过我已经给自己定了两个目的地，一个是直接去见马克思，另一个是顺达瑞金继续革命。如果是前一个，我坦然无悔，要是后一个，我就要给老蒋发一份通电，报一个平安，这一定会让他摔碎几个杯子的。”

大表哥的这种坦然让凌风悬着的心总算放下了一半，和大表哥紧紧地握了握手就离去了。

大表哥立即开始反复记忆这份“无中生有”的履历内容。直到深夜，他确信已经熟记于心后，才划亮火柴，点燃了那张报纸。

第二天清晨，大表哥经乔装打扮，以一个华侨富商的身份，在上海十六铺码头登上英国人的邮轮。他在登上舷梯前，正好看见几个警察在码头上张贴通缉中共首脑的告示，告示上的头像和化妆前的大表哥有着百分之八十的相似度。大表哥心里发笑着，嗬，十万大洋，行情看涨哦。

到了香港，大表哥住进了一家豪华酒店，香港总站站长华山准时来到酒店客房见这位生意上的“合作伙伴”。

华山刚一坐下，就拉开皮包，掏出一张表：“这是香港华富公司的全体董事名单，和公司的一应材料，辛苦大表哥在上船之前记熟。明天将由我把您护送到汕头，另外还安排了总站交通员小童作为您的贴身跟班。”说着他到门口打开门，把小童叫进了客房：“小童，快来见过香港华富公司的霍董，从现在开始，你就是霍董的跟班。”

小童上前想和大表哥握手，被华山挡了回去：“你见过仆人和东家握手的吗？”

小童立刻领会，就退了一步：“东家，您有什么吩咐？”

大表哥哈哈一笑说：“你们用得着这么如临大敌吗？”

“这是伍豪同志的要求，也是党中央的指示，我们不能心存丝毫的侥幸啊。”

“好吧。”大表哥说，“凌风同志给我的要求是，一切服从沿途交通员的指挥和安排，我是个军人，我会做个服从命令听指挥的表率的。”

“好，现在您的任务就是……”华山指了指那些要大表哥记在心里的材料。

大表哥毫不拖泥带水地迸出四个字：“服从命令！”

2

床头的电话铃声骤然响起，熟睡的吕文超一翻身坐了起来，一把抓起话筒：“哪位?”

电话里传来的是彭庚年的声音：“哈哈，吕站长，不好意思，搅了您清晨的好梦了吧?”

“庚年呀，这一大清早的有什么要紧事吗?”

“我也是没办法了才斗胆给您打电话试试运气，这件事还实在不好意思开口呢。”

“你跟我还客气什么，有事说事。”

“我想借您的座驾接个客人，您看方便不方便啊？不方便可千万别勉强，实在不行就只能黄包车了。”

吕文超听了身子往前坐了坐，问：“什么尊贵客人要你到我这儿来借车恭迎?”

“哎，俗话说吃人家饭就得看人家脸，这次来的可是总公司的大董事，还带着大老板的圣旨，明里考察商务，实际是来查账的，我不得不巴结人家一点哦。”

彭庚年向吕文超借车接大表哥是经过一番筹谋的：第一，他知道吕文超喜欢结交富商大贾；第二，大表哥到了汕头有调查科站长的座驾迎接是最安全了；第三，他也是想用借车的理由，让吕文超先知道一下有位总公司董事要来汕头查他的账，这反而会大大降低调查科对大表哥的注意。至于吕文超借不借车就顺其自然了。

出乎彭庚年意料的是吕文超满口答应借车。

就在彭庚年等着调查科站长座驾的时候，一件让他措手不及的事发生了，吕文超竟然亲自驾着车来了。

吕文超把车停在华富电料行门口按了几声喇叭，彭庚年只得匆匆向顾玉峰和罗挺交代了几句，赶紧下楼奔到吕文超的小车窗口，一副诚惶诚恐的样子：“哎呀，吕兄您怎么亲自驾车来了，这让我哪辈子才能还您的情呀?”

“整个汕头没几个能有你老兄这么大面子了吧?”

“是啊是啊，吕兄这是往我这泥菩萨脸上贴金，把我打扮得金光灿烂啊。”

“少废话了，你们大老板的船不是八点到港吗？赶紧上车走吧。”

彭庚年拉开车门一只脚跨进车里又回过身来向顾玉峰招手：“顾会计你快过来一下。”

顾玉峰就跑了过来。

彭庚年就一条腿跨在车上一条腿站在地面上，对顾玉峰说：“老顾你抓点紧把那笔账做平了，要让他查出我们那点猫腻，你我可都落不得好啊。”

顾玉峰心领神会：“彭经理放心，我都核了两天了。”

彭庚年这才坐进车里关上车门：“嗨，调查科站长亲自为我开车，明天和他们几个坐在一起打牌，他们会和我争宠的，哈哈……”

吕文超边驾车边说：“别把我抬得那么高，其实我不过是吃皇粮俸禄的一个小站长而已，真正春风得意的还是你们这帮商人啊。哦，今天来的这位老板也是我们上海人吗?”

彭庚年说：“是上海人倒好说话了。他是广东人，具体广东哪里我也不是很清楚，反正是一口广东口音。”

吕文超说：“广东籍的富人还是多啊。哎，听你的口气这位老板不太好说话?”

“哦，那倒也不是，这次说来就来，说是商务考察，其实是想翻翻各地子公司的账本。”

“听出来了，你是屁股不太干净吧?”

“呵呵，在吕兄面前我不说假话，这年头有屁股干净的吗?”

吕文超失声大笑：“哈……倒也是。”

3

香港来的客轮已经靠岸，旅客开始下船。但由于出码头处有检查站，旅客下船就成了蜗牛搬家。

彭庚年站在车旁眼睛盯着旅客出口处张望着，他没见过大表哥，只能寻找陪同大表哥的华山。终于看见华山的身影了，他断定紧挨着华山的一位华侨富商派头的男人就是大表哥，现在的身份是华富总公司“霍董”。

“来了来了。我们老板来了。”

吕文超扔了烟头推开车门刚想下车，彭庚年又说了句：“不着急，还要排队等着过检呢。”

吕文超听到这句话，一条没迈下车的腿就往回抽了。

“哦，你在这儿等他们出来吧，我到前面调个头。”说着坐回驾驶室，拉上车门，发动汽车，往前开了。

彭庚年就朝出口处走去。

检查口的军警检查完华山、大表哥和跟班小童的行李箱子后，他们就出了卡口。彭庚年连忙迎上前去：“霍董、华总，二位一路辛苦。”

吕文超把车停在前面，在反光镜里把他们在出口处寒暄的情景都看在眼里，见他们出来了，才一脚油门把车调了个头，绕回到刚才停车的位置。

车一停下，吕文超就从驾驶座上下来：“嘿，老彭你这经理白当了，这么长时间过个检查站。你为什么不提我呢，你提我他们不早放行了吗？”

彭庚年说：“正常手续就不搬您这座大山啦。哦，二位，我介绍一下，这位可是中央调查科汕头站的大站长啊。霍董您看，汕头调查科站长亲自开车来迎接，二位的面子可够大了吧？”吕文超也彬彬有礼地说：“哦，华富在海内外可是响当当啊，就连我们的徐大老板都和华富高层有交情啊。今天会霍董，也是吕某的荣幸。”

大表哥一开口就是广东口音：“嗯，你刚才说的徐大老板系哪位？”

吕文超说：“哦，就是我们中央调查科大老板徐恩曾啊。”

大表哥听了脸上做了个不无夸张的表情：“哦，那可系CC系的嫡系红人啊，偶这几年常驻香港，下南洋的时间比回内陆的多，跟他们打交道就机会毋多，可偶们老大常常在偶面前炫耀徐大老板系金靠山哦。”

吕文超听了哈哈一笑，亲自为霍董开了车门：“霍老板请上车。”

富林大饭店是汕头最高档的酒店，彭庚年昨天就为“霍董”预订了这家酒店里最豪华的大套房。

一行进了大套房后，互赠了名片，刚说了几句客气话，华富电料行的会计顾玉峰就捧着一叠账本来敲门了。

顾玉峰见套房里坐着这么多大人物，就站在门口不敢进了：“哦，彭经理，这是我们这一年来的总账，我都给大老板送来了。”

彭庚年连忙起身到门口接过账本，捧到霍董的面前：“霍董，汕头这一年的经营情况都在这里了，您……”

“小彭你做事情怎么连道理都不懂，能在生意场上混好吗？吕站长有那么多工夫来听你向偶汇报公司的事吗？把你的烂账本快放下。”

“哦哦哦，一会儿再说、一会儿再说。”彭庚年连忙把账本放在一边。

吕文超哈哈一笑：“没事没事。哦，你们还有公事，那我先回办公室了。晚上我做东，请二位给个面子。”

华山一听连忙说：“哪有让吕站长破费的道理。彭经理你安排一下，晚上请吕站长赏光，霍董您说呢？”

“偶说什么？这还用得着偶说吗？”

“不不不，”吕文超还想客气一番，“今天晚上还是让我来尽一次地主之谊吧。”

“吕站长，是这样的。”华山解释说，“霍董这次商务考察在汕头也只能逗留一天，我呢负责把霍董从香港送到汕头交给彭经理，明天也返回香港了，您就把晚上这个机会留给我们吧。”

吕文超不禁问：“霍董远道而来，明天就要离开汕头？”

华山说：“不瞒吕站长，霍董此次考察，重点不在潮汕，还得走好几个码头呢。”

吕文超说：“噢，华富公司的影响力可真是遍布海内外。行，那我就恭敬不如从命，晚上见。”

彭庚年连忙起身：“吕兄我送您。”

“不用不用。”吕文超指了指那叠账本，“你还得过关呢，忙你的吧。”说完出门还顺手带上了房门。

彭庚年站在门前，驻足片刻，看似是在恭敬地目送吕文超，等确认吕文超走了，才回过身来松了口气。

“大表哥，一路风尘，您先到卧室休息吧。”华山说。

大表哥就走进卧室休息去了。华山回头就质问彭庚年：“老彭，你怎么搞的？怎么会让一个国民党特务机构的站长掺和进来？”

彭庚年解释说：“对不起，华山同志，我本意是想拉面大旗当虎皮，借他的车一用的，可没想到吕文超会亲自开车去码头接站。”

华山说：“要不是你和他关系太好，他可能就对你起了疑心。”

彭庚年说：“我早已摸透这个人的心理，他喜欢和富商大贾交朋友。”

华山说：“可他毕竟是国民党特务机构的人，嗅觉灵敏，要是让他嗅出什么味来，后果不堪设想。”

彭庚年指着账本说：“所以我们做了预案，防止他起疑心。”

“那好，我想听你说说你们的预案和下一步的行动计划。”华山说。

4

吕文超离开富林饭店回到调查科，掏出那两张名片看了又看。真不愧是个老特务头子，用肉眼看不出丝毫破绽的名片，却让他用鼻子闻出点异味来，那名片上还有着淡淡的油墨香味，这显然是两张刚刚印出来的名片。

“许秘书。”吕文超把他的秘书叫进办公室，递给他两张名片，“这两张名片上都有香港的电话号码，你马上给我们香港站同事发电报，我要核实这两位的身份。哦，你在电文上要注明：汕头立等回复。”

许秘书拿着名片去机要室发电报了。吕文超坐在椅子上，双手十指叉在一起，凝神想着什么。

中统香港办事处收到汕头同僚发来的加急电报，立即按提供的电话号码拨打电话：

“系香港大新物贸公司吗?”

接电话的也是一口粤语：“系啊，系啊，你系边位?”

“请华经理接一下电话，我有要紧事揾佢。”

“对唔住，我哋华经理陪香港华富公司霍董去汕头了。”

这位蓄着小胡子的中统办事处特务就挂断了电话，告诉两位同事，这位姓华的经理身份属实。

小胡子又拨打另一个电话号码，那头接起电话的也是一口粤语：

“喂，香港华富公司。请问你系边位?”

“我系霍董嘅亲戚，想揾霍董问点私事，方便请佢接个电话吗?”

“冇问题，你稍等下先，我去请霍董过来接电话。”

小胡子一把捂住话筒，像是有大鱼咬了钩似的兴奋起来：“穿帮了，穿帮了，这个真正的霍董人还在香港!”

“马上给汕头电报回复?”

小胡子指了指话筒：“等一下，等真正的霍董接了电话再回复汕头。”

与此同时，保持高度警惕的华山和彭庚年商量后，为以防万一也决定要启动预案。彭庚年给电料行留守待命的顾玉峰打去电话，只说了一句话：“大老板到了，可能要换个房间。”

顾玉峰一听就明白了：“小罗，启动预案。”

“明白。”早有准备的罗挺起身就走了。

香港中统办事处的小胡子手上拿着话筒足足四五分钟后，才等来对方重新接电话的声音：“喂，你好。”

小胡子连忙改用粤语：“你好，你好。霍叔，你总算来接电话了，我系虎仔哦。”

“对唔住了”，电话那头还是刚刚接电话的那个人，“我唔系霍董。我刚知道，霍董唔喺香港，早两天去咗厦门，要半个月……”电话挂断了。接电话的放下话筒，侥幸地呼了口大气：“嗬，好彩事先都想到了。”

那个挂断电话的小胡子心里犯起了嘀咕：霍董明明是去了厦门，为什么是汕头站让我们核查呢？

小胡子还算办事谨慎，他没有急于回复汕头，而是让两个手下到铜锣湾的大新物贸公司再实地核实一下华经理的身份。

在那个大套房里，华山和彭庚年反反复复地推演着预案的每一个环节：“大表哥”的套房在饭店五层，万一发生紧急情况，由彭庚年带着大表哥出套房外，顺着门口走廊到底，有一道供酒店员工上下的简易楼梯。从那道简易楼梯下到底层，拐进罗挺事先开好的一个客房，让“大表哥”更换装束，然后由罗挺带着大表哥直接从事先已经打开的后门离开饭店。

距大饭店后门几十步远处，就是个可靠的接头户。罗挺带着大表哥敲开接头户的门的时候，按时间推算，此时特务们发现霍董离开大饭店了，就开始以大饭店为中心展开搜捕了。

而赶在敌人大搜捕前进入接头户家的罗挺和大表哥，会在接头户的带领下，快速穿过后门的一个大院子，出了院门就是一道弯里八曲的小巷，小巷的尽头是一条臭水河，河里停泊着一条装运垃圾废品的小船。罗挺和大表哥上了这条小船，就能摆脱特务们的追踪了。

彭庚年向华山第三次推演了他们事先设计的预案后，华山才松了口气：“看来我错怪你了，老彭，你们为这次行动已经煞费苦心，预案想得很周到了。”

彭庚年说：“这可是出不得丝毫差错的使命啊，我们接到通知后，就花了几天时间，对这次接送任务中可能发生的意外作了推演，备着第二套方案。”

华山说：“好，那就看接下来会发生什么了。”

彭庚年起身将套房里的一个花盆放在了套房的窗口，正好对着一楼罗挺开的那个房间。对罗挺来说花盆就是信号，花盆一撤，就立即实施第二套方案。

华山看了看怀表已经四点一刻了，就让彭庚年去给吕文超打个电话，也可趁机试探一下吕文超的口气。

彭庚年起身下楼到前台去给吕文超打电话。

吕文超喜欢结交富商巨贾，但他毕竟是国民党特务组织的头目，在对付共产党的问题上他决不会含糊，任何一丝疑点都不会轻易放过，从一张名片上嗅出了墨香，他就尽一切手段去求证这个疑点的真伪。给香港同事的协查电报发出后，他便整个下午都在办公室坐等香港方面核查的回复。可眼看着快到饭点了，还是没等到香港的回复。

电话铃骤然响起。是彭庚年从富林大饭店打来的电话。

“吕站长，您看这一晃就下午四点多了，我们老板知道您是大忙人，怕您有别的安排，让我提前给您打个电话提个醒，今晚富林饭店不见不散哦。”

“哎哟，我这一个下午忙这忙那还真连一泡尿都憋半天了，不过再忙也要腾出吃饭时间的。你放心，我准时到。”吕文超挂断电话，把许秘书叫进办公室，交代他一分钟也别离开机要室，香港那边的回复一到，要以最快速度立即把电文送到富林饭店。

许秘书应命刚走出办公室，吕文超又把行动队队长叫到面前，向他交待：“从现在起，行动队全体原地待命，接到我的行动命令后立即赶到富林饭店实施抓捕。”

行动队队长问：“老板既然有了行动目标，为什么不让我们直接到富林饭店去提前布控呢?”

吕文超说：“呵呵，我不想屎不出屁先臭！放心吧，从这到富林饭店跑步十五分钟，我会给你们留出二十分钟的时间。”

交代完了，吕文超才戴上礼帽驾着车去了富林饭店。

十五分钟之前就站在饭店门口等吕文超的彭庚年，终于看见吕文超的小汽车驶进了饭店前的那条巷子。车还没停稳，他就连忙迎上前想去替吕文超拉开后座的车门，可没等他的手搭上门把，吕文超就自己推开车门下了车。一下车吕文超就盯着彭庚年：“庚年兄，看你脸色阴郁，怎么啦?”

有句俗话说，人的心都是写在脸上的。彭庚年的确心里不踏实着，被吕文超这一点破，他脑子飞速一转，知道要否认他的观察结果，只会更让他作出此地无银的判断，于是就顺着吕文超的话说：“还真让吕兄看出来了，我们这位老板可真是精明不过啊，就那么两笔小账不符合规定，就把我当儿子似的骂得没鼻子没脸。”

吕文超听不出破绽，就说：“原来如此。端人饭碗由人管，这很正常。他们不是明天就走了吗？人走茶凉，他今天再怎么骂你明天就翻篇了不是？”

“倒也是。可就感觉被人像儿子一样骂好没面子。”

“哈……面子这东西说重也重，说轻也就是吹一口气的事。我们都一样，你可不知道我在上峰面前挨训的时候恨不得掏枪……哈哈，不说了不说了。一会儿我帮你美言几句，我是局外人反而好说话，你说对不对？”

“对对对，那您就帮我说说好话。我把该补的利润补上，也没几个钱，下不为例就是了嘛，还要课我五倍罚款就太让人寒心了，他们真这么做我只好请辞了。”

吕文超连忙说：“别呀，你走了不就三缺一了吗？哈……”

二人并着肩一路说着话向富林饭店大门走去。

交通员小童坐在玻璃窗前，眼睛死死地盯着彭庚年手上拿着的一卷报纸。他们事先约定，要是报纸掉在了地上，他就马上发信号启动第二套方案，掩护大表哥迅速转移。可报纸一直紧紧地攥在彭庚年的手上，直到二人走进大堂。

5

许秘书自老板交代后，就一直留在机要室坐等香港回复。直到过了五点，机要员才收到了香港方面的回复电报。

许秘书一看这份电文是用密码发的，就立刻意识到这是份绝密情报。机要员快速地译出电文，许秘书接过电文一看，转身就奔出了机要室，边快速下着楼梯边大喊着：“行动队集合，行动队集合！”

许秘书一冲出后门，行动队特务们早已等候着。

“许秘书，是老板下命令了吗？”

“香港发来密电，严重漏洞。我这就去富林饭店向老板报告，行动队原地待命。”说完他跨上自行车就走。

天将入夜，富林饭店亮起了灯火，靡靡之音中，拉开了繁华商埠大饭店夜生活的序幕。

大表哥在吕文超、华山和彭庚年陪同下，谈笑风生地从楼梯上下来，去饭店最豪华的一楼包厢共进晚餐。

当他们走下楼梯的时候，许秘书突然气喘吁吁地闯进了大堂。吕文超一看许秘书的神色，像是感觉到什么似的站住了，对身边的大表哥说：“霍董，这是我的秘书，请稍等。许秘书，什么事说吧。”

“老板，香港回电了。”许秘书说。

一听“香港回电”，华山心里就一下子明白了。但这一切都在他们的预想之中并都有了预案，不可能会出什么纰漏的，所以他反而松了口气。

吕文超上前几步，从许秘书手上接过电文看了看，轻声对许秘书说：“在包厢外等我命令。”说完回到霍董和华山身边，抱了抱拳：“呵呵，你们看看，当差的就不如做商人自由啊，吃个饭都会被扫了兴。我们大老板来了个电报，三天两头习以为常了。走走走，入席吧。”

金碧辉煌的包厢里，吕文超向大表哥和华山频频敬酒。华山和彭庚年也一次次给吕文超敬酒，直到酒过三巡，菜品五味，吕文超才摘下餐巾抹了抹嘴，突然问：“华经理，香港华富公司应该有两个霍姓的董事老板吧？”

此言一出，全场一下子安静下来。

只有华山心有底气：“呵，吕站长喝多了？”

吕文超看了看大表哥，眼神里的意思就是请霍董给解释解释吧。大表哥则不惊不慌、不紧不慢地点燃了一支雪茄抽着，一副与己无关的神态：

“呵呵，你们的口音我系半懂半不懂，也搭不上你们的腔，我就闷声发财，只顾吃喝了。”说着拿过酒杯，一干而尽。

吕文超说：“霍董豪爽，真将军也！”

华山听了这话差点杯子都要掉地上了。吕文超点出“将军”，是大表哥的身份被识破还是他顺口一说呢？华山心里不免骤然紧张起来。

吕文超感觉一切都在他的掌控之中，但要是当即摊牌，对外来二人他会手起刀落毫无顾忌，而彭庚年与他称兄道弟交往日久，这一下子成了中共，难免会牵连到自己也会招致百口莫辩，所以他心里还是有点犹豫的。

场面上各有盘算，也就好一会儿的沉默。

“呵呵，诸位，我上个洗手间。”彭庚年起身想走出包厢，才发现门口已经站着两个便衣，出不去了，彭庚年顿时连自己的心跳都能听见。

“呵呵，吕兄是不是有什么误会?”彭庚年想变被动为主动。

吕文超说：“我只是想知道，香港的华富公司是不是有两个霍董，不算难题吧？怎么就给不了我一个答案呢?”

“要是还有一个姓霍的，那肯定是我儿子，哈……”大表哥说。

吕文超有点咄咄逼人了：“要是只有一个姓霍的董事，那么怎么又会有一个霍董去了厦门呢?”

华山立刻接过话头：“吕站长到底是调查科徐老板的爱将，职业敏感令人佩服啊。”

“直接回答我，今天这顿酒还能往下喝，要不然这酒喝着可不痛快哦。”

“当然只有一个霍董，哪有另一位霍董去了厦门之说?”

吕文超料定他们无法圆说，就准备摊牌了，拿出电文：“可我们香港同事发来电报，香港的华富公司告知，他们的霍董三天前就去了厦门。”吕文超以为这一拳击出，他们一定会原形毕露。

不料华山听了却哈哈大笑。

“吕站长。”华山解释说，“白天我不就告诉过您了，霍董此次商务考察的重点不是汕头，汕头只是路过，下一站要去的正是厦门。你们问香港公司，香港公司不就告诉你霍董三天前就去厦门了吗？可他们也许并不知道霍董还在去厦门的路上和吕站长喝酒呢。”

这一解释逻辑上是合理了。其实吕文超心里也巴不得是自己多疑，这样也就不至于和彭庚年掀桌子了，于是语气也就缓和了许多：“哦，原来是这样，难道是我们香港的同事办事不周?”

霍董这才从西装口袋里掏出一个文件，递给华山：“你们的口音真要命，我不能百分之百听懂你们在说什么，可我还是听进去了几句，废话三千不如亲眼所见。”

华山接过文件对吕文超说：“吕站长你看，这是香港华富公司董事会的会议纪要。会议作出三项决议：第一，霍启东董事即日起程考察厦门商务，于月底返程向董事会提交考察报告；第二，公司来年的业务……哦，下面还有两项就没关系了。哦，您看看，还有明天去往厦门的船票都订好了，这还哪来的两个霍董呀？”

吕文超虽然没有一把夺过看个仔细，眼睛却迅速对纪要上的公函文稿和印章看了个清楚，果然是自己多疑。其实这也是他所希望的结果，便放声大笑起来：“哈……你看看，我说这一个公司还能出两个同名同姓的董事老板吗？香港的同事脑袋被驴踢了还是让门挤了？差点闹出误会来了。我给诸位赔罪。来来来，今天这顿酒还不能结束，还得往下喝。”

所有人又都情绪高涨起来。

彭庚年说：“再开一瓶吧。”

吕文超说：“不，两瓶！”

宴席散时，四人喝得都七颠八倒地站了起来。华山在彭庚年的桌前放了个什么，就让彭庚年送一下吕站长，自己扶着霍董先上楼了。

彭庚年抓过华山留在桌上的那个物件：“吕兄，这是霍董的一点意思，您收好。”边说边塞进吕文超的衣袋里。

吕文超装作没看见：“哎，酒虽喝多了，可今晚有幸结交几位商界大佬也算开心，开心！哦，对了，你们老板明天乘船去厦门，还用我的车送到码头。”

彭庚年把吕文超送上大门外的小汽车，小汽车离去后，就返身回到套房，一下子瘫倒在沙发上：“啊，有惊无险啊。”

大表哥深有感触地说：“我见惯战场上的你死我活，可第一次见到交通线上的生死一线和惊心动魄。你们是真正的英雄，了不起！”

第二天一早，许秘书就按老板的吩咐，开车送霍董、小童和彭庚年去了轮船码头。

“真不好意思，昨天因为香港发过来的电文不详，差点闹了点小误会，吕站长让我向二位诚恳道歉。”许秘书边驾车边一个劲向身后客座上的霍董和彭庚年重申着老板的歉意。

“既然是误会就一阵风吹过别再提了。我跟吕站长可是兄弟，兄弟之间能为一个小误会计较吗?”彭庚年轻描淡写地就把事化于无形了。

车至码头检查卡口，彭庚年让许秘书停车，说要按规定下车过检。许秘书却没有停车的意思：“这是我们老板的专座，我直接送你们进去。”说着摁了摁喇叭。检查站的军警一见站长的专座，就都让开了路，许秘书直接把车开到招商局“海通号”客轮的登船口。车一停下，他就赶紧下车为霍董打开车门，护着头等霍董下车。

彭庚年从另一边下车赶紧绕过来，向许秘书表示感谢，还往他口袋里塞了一叠票子。许秘书假意客气一番也就顺其自然了。说怕老板要用车，就先回了，说着就上车走了。

许秘书把车开到出码头的位置停下，但没熄火，他调整了反光镜，从反光镜里一直看着他们三人夹在人流中走到检票口，并掏出了船票，他才一踩油门驶出了码头。

交通站对这种情况也早有防备，不引人注意的小童一直在观察着小汽车的去向，见它停在上坡时，他们就随着人流一直往前走着，小汽车刚一离去，小童一个示意，三人就立刻掉头，借着旅客队伍的掩护，逆行了十几米，就脱离了上船的旅客队伍，随着抵岸旅客的人流出了码头，转道前往潮汕铁路。大表哥在中途换了装束更改了身份，顺利登上了发往潮州的火车。

6

摆脱了汕头吕文超的纠缠，彭庚年金蝉脱壳，护送大表哥乘火车前往潮安。在潮安交通站的接应下，把大表哥交给了来潮安接人的卢清泉，由卢清泉带着大表哥顺利登上了去大埔的电船。

然而，真所谓道高一尺，魔高一丈。尽管彭庚年、潘雨青和卢清泉早把护送大表哥的行动和行程计划得滴水不漏，却还是在曹瑞瑛把控的大埔码头发生了惊动全党的重大意外。

下午太阳刚刚偏西，卢清泉和大表哥搭乘的电船刚驶入茶阳电船码头，码头上就风云突变，大批军警特务涌向电船的下船口，行动队队长黑子手上拿着个铁皮话筒高声喊着：“本地人先下船，其余的都在原位置上坐着别动。”

卢清泉见状心里骤然一紧，扭头看大表哥，大表哥也正回过头来看了一下卢清泉。卢清泉就装着要往前挤的样子挨近到大表哥身边，刚想对大表哥说什么，小童“挤”到卢清泉的身边，凑近他耳朵说：“你先下船，我们随后跟着你见机行事。”

卢清泉是允许先上岸的本地人中最后一个下船的，他前脚刚踏上台阶，黑子就带着他十几个手下呼啦啦地冲上了电船，控制了船舱，挨个进行身份核查。

卢清泉站在岸上接站的人群里，不知道船舱里到底会发生什么，心里紧张得能听见自己的心跳声，感觉时间怎么那么久长。又看到有几个排除疑点的旅客被放行上岸了，却始终没有看到大表哥和小童的身影，卢清泉感觉要出事了。

果然，特务们最后押着剩下的十几个旅客出了船舱。黑子手提驳壳枪，大声命令：“都带走，谁要敢逃跑，当场击毙！”

卢清泉一看被押着走在最前面的正是大表哥，脑子里轰的一声炸响，几乎失去理性地就要朝大表哥冲过去，却被一双有力的大手一把拽住。及时制止了卢清泉冲动的人正是潘雨青。

潘雨青看到江边那幢小楼露台上挂出了一条鱼干，知道电船抵岸，就领着黄朝华、江志良和张超到码头上来“拉客”接应大表哥。可一到码头，他就从卢清泉的神色中判断出大表哥一定就在那被扣押的十几个人当中。如果让卢清泉冲动上前，只能帮着敌人证明谁是他们要找的人，到了这步田地，冷静下来想办法营救大表哥才是“王道”。

潘雨青和卢清泉眼巴巴地看着大表哥被押往调查科关押。回到食杂店后的卢清泉像一头被逼疯的狮子一样在里屋团团转着。潘雨青让卢清泉保持冷静，却遭到卢清泉的怒喷：“你站着说话不腰疼！让我冷静，我能冷静吗？大表哥是我从潮安接到大埔的，可就在我的眼皮底下被抓走了，责任全在我呀！”

潘雨青说：“现在不是讲责任的时候！当务之急，是要马上向上级报告。”

卢清泉说：“有脸吗我？我有这个脸向上级报告吗？”

“那你说怎么办？”潘雨青也有点按捺不住了。

“人既然是在我手上出的事，我就是拼了一条命也要把他营救出来。”

“你怎么营救？”潘雨青终于禁不住大声说，“就算赔上你、我，还有你七十多岁的老父亲也只会枉送性命！不但救不出大表哥，还会导致交通线全线中断，而这条生命线中断一天都会给全局带来严重的影响。你当过特委领导还用得着我说吗！”

卢清泉这才冷静了一点：“对不起，这事太突然，我、我脑子糊涂了。”

“现在你我必须冷静下来，想想下一步如何营救大表哥。”

“我现在脑子很乱，听你的吧。”

潘雨青想了想说：“第一，必须尽快报告上级；第二，我去找一个人。”

“你能去找什么人？”

潘雨青没有直接回答，只说“我们分头去办”，说完就先从后门走了。

卢清泉赶紧到茶阳邮局给身在汕头的彭庚年发了份加急的明码电报。

这份加急电报在一小时后就送到了华富电料行，顾玉峰看到“表哥急病住院”的电文，就像一个晴天霹雳在他头顶炸响，令他浑身血液一下子直冲脑门。

“小罗，大表哥出事了，赶紧让老彭回来。”

罗挺说：“老彭是陪霍董去厦门的，他要是当天就回到汕头就全穿帮了，后果会非常严重。”

“可这事太紧急了呀，怎么办？”

罗挺一把抓起电话。

罗挺要通电话的是汕头火车站附近的一家旅社，这家旅社其实和电料行只相隔十几里。彭庚年从潮安回到汕头，就在事先订好的这家旅舍住下。他必须要过了明天再回电料行，才能圆了送霍董去厦门的谎。

这时他正在房里躺床上计算着“大表哥”的行程，猜测他们此时应该在潘雨青的小船上了。忽然听见掌柜的叫他接电话，彭庚年不禁一惊，知道自己行踪的只有罗挺，除非十万火急罗挺绝不会这个时候给他打电话。他忽然意识到可能是大表哥出事了，这一想他的后背就冒出汗来，赶紧奔出客房去接电话。果不其然，他一接起电话，罗挺就直接把大埔发来的电文念了出来。

“大表哥病急住院”。

彭庚年不愧是久经风浪的老特工，坐实了是坏消息后他反而瞬间冷静下来：“哦，我哥哥住院啦？可天都快黑了找不到车了，我也赶回不去呀。”

罗挺在电话里说：“那你就先别着急往回赶，我们在家里先想办法去联系好医生吧。”

“好好好。”彭庚年见旅馆掌柜的正看着他，“你们马上给上海的凌风医生发个电报，请他调动一下医界人脉，务必要尽最大努力及时救治我大哥！”

就在罗挺和彭庚年在汕头通电话的同时，大埔的潘雨青已经在79团军营附近蹲守了个把小时了。

潘雨青在等一个人的出现。

虽然他不敢断定这个人在这个关键时刻一定能帮助他们力挽狂澜，可他确信这个人就算不愿帮忙也不会出卖他。理由呢？理由就是已经不止一次，在他们执行任务遇到危急情况又“天助我也”般地化险为夷的时候，都出现过这个人的身影，尤其是无线电专家过境的时候，正是这个人无意中向他泄露了同天饭店暴露的消息，才令他能赶在无线电专家出现之前及时发出警报，避免了无线电专家落入敌人的罗网。

那真是这个人无意中向他泄密的吗？还有，这个人对一个船老大吟诵那首古诗，也一定不是临时的诗情大发，而更像是在用我党隐蔽战线上常用的暗语在试探自己。

这一切在潘雨青的脑子里不知道捋过多少遍，而所得出的结论只有一个，那就是这个人可能是我们的同志。然而，即便他对此有百分之百的把握，也没有百分之一的权力未经上级批准，擅自违反纪律去主动联络这个人。可现在发生了“大表哥”被捕的万分紧急事件，哪怕急流中漂着的是一根稻草，也能激发他的求生本能，既然这是唯一的希望，他就一定要见到这个人。

这个人就是79团副官赖寿章。

赖寿章终于脚步匆匆地走出了79团兵营的大门。

潘雨青退到一棵大树后，一直等到赖寿章走过他身前，才跟在他的身后，直到赖寿章拐进了一条脱离兵营视线的巷子，才紧走几步追了上去。

“赖副官，好久不见了。”

赖寿章一看是潘雨青追着他，就有点吃惊：“你……你敢跟踪我？”

“我一个撑船的，哪敢跟踪您挎大枪的呀。呵呵，我猫在这儿等您大半天了。”

“什么事？”

“有个麻烦事，想请你帮个小忙。”

“不知道我一个当兵的能帮你撑船的什么忙？”

“是这样，今天调查科收押了一批他们称为不明身份的人，其实都是些过客而已，我老婆有个亲戚也进去了……”

“你老婆的亲戚叫什么名字？”

潘雨青这才意识到还没编个名字呢，就装作像是刚想起来：“呀，完了，早上出门前一急我都忘了问老婆她亲戚叫啥了。那是我老婆的娘家亲戚，我也从来没见过面，我老婆就交代我把亲戚接回家。”

“连名字都不知道我又怎么帮你？”

“赖副官要不这样行不行？您就帮我打听打听有没有什么人被当局判为共产党的，要是一个都没有，我那亲戚不也没事了吗？这不会太让您为难吧？”

“哦，要这么说你还真找对人了，调查科人手不够，刚才曹站长打电话让我去帮他们一起核查嫌疑人身份呢。”

“哎呀！那太好了！赖副官，那就拜托了，拜托了。”

赖寿章走了。

潘雨青此时已经不认为赖寿章只是根救不了命的稻草，而是真正的救星了。

话分两头，留守汕头华富电料行的交通员顾玉峰和罗挺在电话里得到彭庚年指令后，立刻去邮局给上海发了份加急电报，用的也是交通线上约定的暗语：表哥急病住院，急盼良医救治。

凌风接到这个电报后万分震惊，立刻启动预案。

一场营救大表哥的紧急行动，就在相隔两千公里的上海和大埔两地同步展开。

7

深夜的时候，大表哥和小童被关押在一间黑屋子里，小童急得坐立不安，大表哥却处惊不乱地倒头大睡。过了深夜十二点，大表哥才从监舍被带走。大表哥走出监舍的时候，还冲着小童打了两个哈欠，小童明白这是首长向他传递信心，他不禁对这位经历过腥风血雨的首长生出更多的崇敬之情。但毕竟他们都陷于叫天不应、叫地不灵的境地，作为交通员，他只能冀望外面赶紧启动解救预案，让大表哥化险为夷。

大表哥被带进审讯室。屋子里的灯泡下坐着黑子，黑子指了指中间的凳子。大表哥就在凳子上坐下。一个特务把大表哥的箱子放在桌上。黑子先打开箱子，抖出箱子里的所有物品，显得极为细致地一一检查，当他看见箱子里有半块肥皂和一包烟叶时，掏出把匕首，将肥皂切开，把烟叶包装割开，里面都没有什么。黑子的神色多少有点失望。

"姓什么叫什么?"黑子问。

大表哥刚要回答，一个特务进来，说老板找他，让他马上去。黑子就放下这里的审问走出审讯室。正好赖寿章刚从另一个审讯室出来，黑子就上前打个招呼："赖副官，辛苦。"

"嘿，都是为了党国大业，你跟我客气什么。"

"赖副官，老板找我有事，你能不能再辛苦一下，替我把里面这位……"

赖寿章一听就明白了："可以可以。老板找你你就快去吧，这个交给我了。"

"多谢多谢。"黑子又交代他一个手下留在审讯室，好好协助赖副官。

赖寿章推门进屋，上下打量了一下大表哥。

"干什么营生的?"

大表哥开口就是广东腔："收购烟叶的。"

"哪里人?"

"佛山人。"

"详细地址。"

"佛山恩宁街，状元巷32号。"

“在哪儿营生?”

“中山。”

“佛山为什么跑中山去谋生?”

“是我叔父在中山开了个卷烟作坊，我是投亲靠友。”

“这回你大老远从中山跑大埔来干什么?”

“我不是来大埔，是路过大埔。”

“要去哪儿?”

“去永定。”

赖寿章一听去永定，就多看了他一眼：“去永定干什么？找共产党吗?”

“生意人找什么共产党？永定是产烟区，我每年都要去收购烟叶的，要是错过了季节，我叔父的卷烟作坊就要关门歇业了。”

赖寿章突然伸手摘下大表哥戴着的那副只有一条镜腿的黑框眼镜。没有了眼镜的掩饰，赖寿章不禁心里暗暗一惊：这张脸和县政府刚刚贴出的通缉令上的中共首脑画像高度重合。

赖寿章这么想着的时候，忽然感到身后那个黑子的手下也从桌子后站了起来，就一个转身把那副破眼镜凑近到灯泡下，像是要检验一下镜片真假似的照了照，那个黑子手下的目光随着他的动作从嫌疑人的脸上移开，转到那副破眼镜上来了。赖寿章没看出镜片有什么毛病后，就回身把眼镜交还给大表哥。

“戴上你的眼镜，仔细看看，这里记录在案的内容和你的供述有没有出入。我警告你，我们可是要一一核实的，有一个字谎言都有可能会要了你的命。”赖寿章说着这话时向身后那个黑子手下要过记录。大表哥也赶紧戴上眼镜，接过记录认真地看着。

“没错，这都是我说的，也都是事实。”

“你骗鬼!”赖寿章突然大声说，“你要真是个走南闯北做烟叶生意的商人，会连一副眼镜也换不起吗?”

“老总要是不信，可以核查的。”

“好。那就先把他押下去，等我请示了曹站长，核查后再下定论。”

赖寿章走出审讯室，正好见黑子陪着曹瑞瑛走来，他连忙上前。

“曹站长……”

曹瑞瑛看着被带出审讯室的大表哥，问赖寿章：“这个人有问题吗？”

赖寿章说：“我刚想去找您报告呢。这个人说是去永定收购烟叶的，永定可是个半赤半白的地方，我怕他没有说实话，想请示一下曹站长，能不能动用调查科遍布全国的关系网，核实一下他的口供。”

曹瑞瑛一听永定也十分敏感，问：“他说去永定干什么？”

“他说是去收购烟叶的。”

“要核查！跟我来。”曹瑞瑛说完掉头就走。

黑子追着问：“老板，那两个怎么办？”

“用点手段！”曹瑞瑛扔出这句话头也不回地和赖寿章回办公室去了。

曹瑞瑛带着赖寿章一回到办公室，就要给汕头打电话，被赖寿章拦住了。赖寿章说，现在都凌晨时分了，您给谁打电话也不合适呀。

曹瑞瑛说：“可共产党一分钟也不会歇着的，我们为什么就不能多几个废寝忘食呕心沥血的党国忠臣呢？”边说边又抓起了电话。

骤然响起的电话铃声把吕文超从梦中惊醒，看了看挂钟上的时间，一下子就猜中这个时间会给他打来电话的是谁。“喂，瑞瑛吧。”

“对不起老板，这么晚了……”曹瑞瑛在电话里说。

“别废话，说正事。”

“我想我们的南京总部一定会24小时有人值班的吧，我需要核实一个嫌疑人的身份。请您记录一下我需要核查的身份内容。”

吕文超一听连忙从床上下来，取出笔和纸：“你说。广东佛山……恩宁街，状元巷……再说一遍，几号？”

赖寿章在曹瑞瑛身边递着词：“32号，32号。”

“32号。”曹瑞瑛说，“哦，还有，广东中山市石岐街89号，宝元卷烟坊……”

吕文超用脖子夹着话筒边听边记录着：“嗯嗯。好，我都记下了。老弟，我马上给南京发报。”他挂了电话就叫来许秘书，让他马上给南京总部发报，请求对这几个信息进行核实。

许秘书离去后，吕文超往床上一坐，发了句感慨：“国民党党员里要有一半的人像曹瑞瑛一样，剿共大业恐怕早就大功告成啦。”

调查科南京总部接到汕头发来的电报后，连夜向广东佛山和中山两地的调查科站点发出核查指令。

而上海贝当路上的那幢小楼地下室里，也是彻夜不眠。凌风和他的特工小组成员已经通过各种直接或间接的联系方式，给涉及大表哥身份证明的佛山和中山的中共地下组织发出了指令，两地都有人彻夜守候在和身份信息完全一致的地点或电话边等待查询。

凌晨三点的时候，佛山的恩宁街状元巷32号和中山市石岐街89号宝元卷烟坊，几乎同时遭到便衣和警察的突击检查。警察对这两处的人员、年龄和去向一一核实后，直到天将亮才离去。

上海黄浦江海关大楼的钟声敲响四点的时候，贝当路那幢小楼地下室里电话铃响起。凌风一把抓起话筒。

“伍豪十分挂念大表哥的病情，让我问问找到名医了吗？”电话那头问道。

凌风说：“请转告伍豪，名医正在给大表哥把脉诊断，争取天亮之后开出良方。”

“好，静候佳音。”电话挂断了。

屋子里四五个青年特工都心情紧张地围在凌风身边。整个地下室里弥漫着焦虑不安的气氛，青年特工们不知不觉又不约而同地解下领带，扯开衣领。

“几点了？”凌风问。

“凌晨四点。”

“夜长啊！”

一直在办公室等待上峰回复的曹瑞瑛又重新换上了新的茶叶，泡了壶更浓的茶。他虽然眼睛里布着血丝，却丝毫没有倦意。而赖寿章却是一个接一个地打着哈欠。见曹瑞瑛又给他的茶盅里续满了热茶，他自愧不如地表示：“呵呵，我这当兵的居然还扛不过您这个搞政治的，无地自容啊。”

曹瑞瑛笑了笑，突然说：“哦，那我们何不聊聊能提点精神的话题。比如，可以聊聊那个周成。”

这话一说，赖寿章就有点抬不起头来了：“哎呀曹兄，您这不是哪壶不开提哪壶吗？为这个周成我真恨不得找个地缝钻进去呢。”

曹瑞瑛从抽屉里取出一份印有中共首脑头像的通缉令。

赖寿章心里大吃一惊，难道曹瑞瑛也从那个收购烟叶的佛山人身上发现什么了？

“呵呵，这份通缉令刚刚贴满了茶阳的大街小巷。自从曹站长来大埔后，连这位蒯县长办事也变得雷厉风行了。”

“说起这事我真是越来越看不起那个蒯某人了。白天他居然派人给我送来这张通缉令，还带来一句大言不惭的屁话。你猜他怎么说的？”

“呵呵，那我猜猜。他该不会说这不仅是一张上头发下来的通缉令，还是一张二十万大洋的银票吧？”

“百发百中！”曹瑞瑛说，“这头肥猪说的和你猜的一字不差。”

赖寿章捧腹大笑：“哈哈……其实我刚才根本没用脑子，是用脚趾头猜的。这家伙还果然做着发财的春秋大梦呢，可这份通缉令早已经贴遍全国啦，这个值二十万大洋的中共首脑怎么可能会跑到大埔来成全他一个发财梦呢？”

“行了，行了，不说那老东西了。”曹瑞瑛言归正传，“你看看，这画像画得像不像中共的一个军事领导人啊？”

“哪位领导人？我又没见过。”

“我见过！”

赖寿章脱口而出：“什么时候见的？”

曹瑞瑛说：“当年北伐时在军中和他打过一个照面。我肯定画这幅人像的画师也没有见过他本人。可画像是从哪儿来的？我听人说过，有一种画界高手，只要听人把一个人的容貌准确地描述出来，他就能把这人画出来，跟相机拍的无异。我肯定这张画像就是这么来的。所以我要找到这个人，把他请到大埔来。”

“曹站长请一个画家来干吗呀？”

曹瑞瑛呷了口茶说：“我先卖点关子，到时候会让你大吃一惊！”

电话铃骤然响起。

曹瑞瑛一把接起电话：“喂……”

电话是吕文超打来的：“五分钟前汕头站刚接到南京总部的回复，核查结果可能要让你失望了。”

一个通宵的等待，等来的却是身份属实，嫌疑排除的结果，曹瑞瑛大失所望，以至于连话筒都不能放准位置，一屁股跌坐在沙发上。

赖寿章连忙为他挂好电话：“怎么了？核查结果是……”

“赖兄，辛苦你了。回去补个觉吧。”

赖寿章拖着疲惫的身子刚走出调查科，就发现身后有条尾巴，直到走出直街他才放慢了脚步。跟着他的是潘雨青。潘雨青见赖寿章放慢了脚步，就明白其实他早被赖寿章发现了，就紧走几步上前。

“赖副官，辛苦了。”

赖寿章笑了笑：“我为党国通宵达旦，你一个船老大向我道什么辛苦？”

潘雨青被他这么一说，只能自嘲解窘了：“呵呵，我……我不是也有事托付您了吗？”

“你托付我什么？”

“我有个老婆的亲戚……”

“你老婆的亲戚又关我什么事。”说完就走，又驻步回头，“这查了一夜共党，白忙活了。”

赖寿章虽然没有明说，但潘雨青却完全听明白了，心里一块石头落地，人就像是会飘起来一样地在小弄里越走越快，最后竟撒腿跑了起来。

潘雨青刚出弄堂口，卢清泉突然站在他的面前，二人久久地对视着。

卢清泉从潘雨青脸上直往外溢出的兴奋中已经看出了结果，一种突然放松的心情让他几乎晕厥，他蹲在地上泪水直淌。

同样境遇下，人的情绪是会传染的，潘雨青也支在小弄的墙上释放地抽泣了一阵，然后二人又不约而同地转身紧紧拥抱在一起。

此时，远处的晨阳正慢慢爬上山梁，炫光把二人和那条无限长的青砖小巷一起光化了……

8

获悉“大表哥”平安到达目的地后，彭庚年才松了口大气。可罗挺向彭庚年说起的一件事，让他刚刚松弛下来的神经又骤然抽紧。

罗挺说“大表哥急病入院”的那天，明明应该知道彭庚年送老板去厦门不可能当天回到汕头，可吕文超却打电话到华富电料行找彭庚年，难道是他健忘了吗？

彭庚年听完立刻作出了判断：“吕文超恐怕已经起疑心了。”

彭庚年给吕文超打了个电话，意在试探一下吕文超。

“喂，吕兄吗？我是庚年。”还和往常一样，彭庚年和吕文超交流时说的都是上海话。

吕文超一听是彭庚年打来的电话，有点猝不及防，他停顿了几秒钟才接话。

“哦，庚年，你有什么事吗？”

“好些日子没玩了，晚上想约几个老板一起放松一下，三缺一……”

“我有公务，以后再说吧。”吕文超挂断了电话。

虽然二人没有一句涉密的话，可凭着特工的敏锐，彭庚年从吕文超的语气中听出了异常。

“要小心了。”彭庚年放下电话后说，“立刻全面清理一下，把所有和商业无关的文件字据全部销毁。哦，小罗，我身上有去厦门的船票，却没有回程票。”

罗挺一听就明白了：“我去想办法。”

吕文超不仅仅是对华富电料行已经疑神疑鬼，而且感到自己闯下大祸了。

事情缘起于他手上拿着的一张通缉令。通缉令早不来晚不来，恰恰在他用自己的小汽车把“霍董”送到码头去了厦门的第二天来了。他从当地警察局看到了这张通缉令，上面的人像竟然和他刚送走的“霍董”有着七分相似。这一发现当时就把他吓得变了脸色，难道这个价值二十万大洋的中共首脑恰恰是从自己的手上溜过去了？

他虽然心中起疑却不声张，一方面他希望这不是真的，免得自己像踩了泡狗屎一样撇不干净，同时他又希望这是真的，即便那个“霍董”追不上了，可华富电料行还在汕头。这意味着，如果他能亲手破了一个中共交通站，功过相抵，哪怕得不到青天白日勋章，也不至于被上峰追究而丢官罢职。所以他当时就一个电话打到华富电料行，却被告知彭经理送大老板去了厦门。他心里犯起嘀咕，难道党国通缉的这个中共首脑和那个香港大老板仅仅是面容有些相像？这几天，他一坐在办公桌前，就会拿出那张通缉令看着。他似乎感觉通缉令上那个价值二十万大洋的中共首脑的嘴角上流露出了对自己的嘲讽。

对于吕文超这样的老牌特务，有了疑点是绝对不会轻易放过的，更不会怕影响自己的前程而轻言放弃，他要采取行动了。

第十一章

赖西诺替夫送情报

1

邹叔宝又去了趟古木督，到第二天天黑时才回到伯公凹。家里人早已习惯，谁也不会问老二这趟去古木督是什么任务。

吃饭的时候，邹叔宝才告诉家里人，自己还要出趟远门，恐怕要好几天才会回家。家人们听了照例没有多问什么。吃完饭，老大才问了老二一句：“什么时候走？”

“明天一早就走。”邹叔宝说完就回屋了。

等赖西诺帮大嫂收拾完碗筷回到屋里的时候，见邹叔宝面壁而坐，闭着眼睛不知道在干什么。

“叔宝。干什么呢？”

邹叔宝身子一动没动，说：“你先睡。”

赖西诺见他的样子，抿嘴笑了：“你这副样子像学堂里学生背书。”

邹叔宝脱口而出：“一个字也不能记错。”

“你真在背书呀？”

邹叔宝像是才发现妻子站在身后：“西诺，你先睡吧，我还有点事，等会再睡。”

“叔宝……”赖西诺支支吾吾地说，“我想和你商量件事。”

邹叔宝却像是没听见，依然聚精会神地沉浸在学生背书的状态中。

赖西诺心想明天再说也不迟，就先上床睡觉了。可就在她迷迷糊糊将要入睡的时候，邹叔宝忽然走到床头，问她："西诺，你刚才说有什么事和我商量？"

赖西诺不禁失笑："人家问你的时候你没长耳朵，人家快睡着了你又来问了。我都忘了想说什么了。"

"忘了就说明事情并不重要，那就睡吧。"

"我又想起来了。"赖西诺从床上坐了起来，"叔宝，你去干什么我不能问，可我是你妻子，你去哪儿总能问问吧？"

邹叔宝迟疑了一会儿："汕头。"

"汕头？那不是要路过茶阳吗？太好了，我跟你一起走。"

"我是执行任务去的，怎么能带着老婆同行呢？西诺你别闹。"

"我没闹。我姑父走了几年了，姑妈一个人很孤单的，我一直想去看看她，正好，你路过茶阳，就顺道带上我，我去陪她几天。要是这也不行，那你就别管了，你走后我自己去吧。"

邹叔宝觉得妻子的这个要求并不过分，想了想就答应了。

2

要不怎么说曹瑞瑛对追捕共产党有着一种病态的执着呢，自从他看到那张通缉令上的头像后，他就下决心一定要找到画头像的那位画师。没几天，还真被他找到了，他还立刻通过上峰把这位神仙画家秘密请到大埔，然后让大埔监狱的那个老狱卒坐在办公室里，向画家描述周成的形貌。

只半天工夫，画像就完成了。当曹瑞瑛把画好的画像翻过面让老狱卒看的时候，老狱卒顿时目瞪口呆，喃喃地说道："长官手上握的是马良神笔呀，和真人一模一样。"

赖寿章走进调查科的时候，曹瑞瑛正处在情绪高涨之中："赖副官，你来得正好。"说着他从堆在办公桌上厚厚的几摞印刷品中抽出一张，"我说过要让你见证奇迹的。你看看，这个人你眼熟吗？"

那是一张印有画像的通缉令，而那画像正是当年的周成。赖寿章不知这画像从何而来，却被曹瑞瑛不达目的决不罢休的特务本能震惊了！

"啊？这人很像当年的周成呀。"

"就是周成！你说，按图索骥和瞎子摸鱼哪个效率更高？"

"那还用说，这通缉令一贴出去，调查科又悬以这么高的奖赏，周成还真是无处可藏了。"

"法网恢恢，疏而不漏。不揪出周成这条泥鳅，曹某愧对党国！"他当即打电话给蒯县长，要他命令县警察局和民团全体出动，在全县境内张贴通缉令，撒下一张搜捕周成的天罗地网。

深更半夜，赖寿章提着几盒点心去看望姑妈。

姑妈凝视着这位堂侄，问他："你这么晚来找姑妈，有什么要紧事吗？"

"哦，也没有特别要紧的事。这几天睡眠不好，老睡不着觉，就来姑妈这儿坐坐。"

赖寿章的言不由衷没有逃过姑妈的眼睛。

"你是来打听西诺消息的吧？"姑妈又问。

"算是吧。姑妈，我想尽快尽早见到西诺。"

"我也想她呢。"姑妈说，"可是自从她那天给你留下一封信，就再也没来过我这儿了。"

"姑妈，你不会也和西诺一样，误会我是在利用她找到共产党吧？"

"姑妈可没想那么多。"

姑妈置身事外地这么一说，赖寿章就接不下话了。沉默了一会儿后，赖寿章突然又问："西诺是周成接走的吧？"

"周成？谁是周成？我可没见过呀。"

赖寿章有点急了："姑妈，我跟你说实话吧，西诺十之八九是和周成在一起。"

"周成是她什么人呀？"

“与其说周成是她同志，我情愿说是她恋人。”

“不可能呀。”姑妈说，“西诺要真的谈婚论嫁了，一定会来征求一下我的意见的，可她从来没在我面前提起过谁呀。”

“如果不是，西诺会花两百块大洋让我帮他捞人？”

“有这回事呀？我可一点也不知道。”姑妈是真不知道，所以语气里也没有丝毫假意。

赖寿章起身走了几步，回到姑妈面前：“姑妈，我们都是同一个太公的亲戚，您告诉西诺，寿章不像她想得那么坏。念着三代沾亲，我这个堂哥多少也要尽一点兄长责任的。”

“寿章，你这话让姑妈听不太明白呀。”

赖寿章掏出一张折叠起来的纸，放在桌上，就告辞走了。

姑妈打开一看，是一张印有图像的通缉令，通缉的共党要犯正是周成。

姑妈隐隐感觉赖西诺恐怕真的是错怪寿章了。

3

邹叔宝带着妻子，一早从伯公凹出发，赶三十里山路，到青溪的时候，已经是午饭时间了，他们即刻换乘客船，直奔茶阳。

这几天没有任务，潘雨青就天天起早贪黑在汀江上跑船载客。刚刚从码头揽了几个客人，正带着要上自己的船回青溪，忽然瞥见邹叔宝刚下了一条从青溪过来的船准备上岸。潘雨青吓一大跳，他刚在茶阳镇上看到了印有邹叔宝头像的通缉令，可没想到邹叔宝恰恰这时候来茶阳撞枪口了。潘雨青当机立断，把两位青溪船客甩给了别的船家，迎着邹叔宝走去。

邹叔宝看见潘雨青向他走来，知道他有话要说，就让西诺先走。

潘雨青走近邹叔宝，就以一种命令的口吻说：“无论你有什么理由，都必须立刻掉头。”

“我在执行任务。”

“把任务交给我!”

“这不符合纪律!”

“我负责！你不能再往前走了。”

“为什么?”

潘雨青用最简洁的话告诉他茶阳到处张贴着画有他头像的通缉令。

这一说，邹叔宝也踌躇了。可他携有闽西交通大站站长李叔岩亲自交给他的任务，这是闽西交通大站为后续护送人员的安全而新开辟的一条秘密交通线的联络地图，必须以最可靠、最安全的方式尽早把联络地图送到汕头交通大站，以便在下一拨人员过境的时候制订周密安全的护送计划。

“不行，就算有危险我也得去闯一闯。”

“可你要是一进茶阳就被抓了，还怎么去完成任务?”

“如果我出事了，只好你亲自跑一趟永定古木督重新接受任务。”

“你怎么那么死心眼?!”潘雨青此刻几乎吼了起来，“你把任务交给我不就……”

“我没法交给你!”邹叔宝也急了，“因为我所密送的情报都在我脑子里，我没法一下子挖出来交给你，明白吗?”

潘雨青一听这话就无语了，只好岔开话题问邹叔宝：“那是谁?”

“那是我妻子。”说完他就加快几步追上了妻子，夫妻挽着手向茶阳镇上走去。

潘雨青了解邹叔宝，看上去文文气气，可倔起来三头牛也拉不回头的，正着急着，见黄朝华和江志良带着两个客人准备上船，他赶过去，让他们让掉船客留下来。

黄朝华和江志良也不多问，就把客人让给了别的船，跟在潘雨青的身后返回茶阳。

丈夫和一个自己从没见过的船老大站一起说了半天话，赖西诺就问他：“刚才那个船老大拦着你干什么?”

邹叔宝却突然跑向江边，暗中把手指抠进喉咙，哇哇地呕吐起来。赖西诺赶紧过去相扶。

“前面围着一些人你看见了吗？”邹叔宝问。

赖西诺扭头一看，是一群人围着在看一张告示。

“那是通缉令。”邹叔宝说。

“通缉谁？”

“上面有我的头像！”

赖西诺吓一大跳：“啊，他们哪来你的头像？”

“别问了。别让人看清我的脸。”

赖西诺急中生智，从拎包里拿出一块毛巾，往水里一浸，拧干了捂在邹叔宝的脸上：“走走走，快走快走，上医院上医院。”

夫妻俩就这么从围着看通缉令的人堆里通过了。或许是人们太专注于通缉令上的奖赏了，根本没人注意到有一个捂住大半张脸的“牙疼患者”从他们旁边走过。

赖西诺知道电船码头那样的交通要道上肯定也贴着通缉令，就把手臂往丈夫胳膊下一挎说：

“先去我姑妈家再想办法。”

4

邹叔宝和赖西诺突然出现在姑妈面前的时候，把姑妈吓了一大跳，不是因为他们来得突然，是因为姑妈一眼就认出了西诺身边的这个人正是通缉令上的周成，她这才相信了赖寿章向她说的都是真事。

趁姑妈离开的时候，赖西诺劝说丈夫放弃去汕头的计划：“就这情形，无论如何你也上不了电船的。”

邹叔宝却坚持要想办法走：“反正我身上没有能被搜出来的文件机密，就算是被捕也不至于给组织造成损失。”

“可你要是出去就被抓了还怎么去完成你的任务，白白送死去吗？”赖西诺声音都大起来了。

姑妈过来了，把赖寿章留给她的那张通缉令放在他们面前，说："弄口都被国民党军把持了，你只要一出门，就是自投罗网。"

赖西诺一看通缉令大吃一惊："姑妈，您这个是哪来的?"

"是你寿章堂哥留在这儿的。"

"什么？赖寿章追踪到这儿来了?"

"西诺，"姑妈说，"你恐怕对你堂哥有些误会了。"

"姑妈，您这话什么意思?"

"寿章虽然在国民党军队里当个小副官，可那也只是为了谋个生计，他不会对自己人下黑手的。现在，只能找你寿章哥帮你们离开茶阳。"

正说着，忽然听见门口姑妈家的伙计叫了声："赖副官来啦。"

姑妈让西诺夫妻先到里间去避一下。他们刚进了房间关上房门，赖寿章就跨进了后堂。

"寿章来啦，快坐。"姑妈给赖寿章倒水。

赖寿章看见姑妈身后的那个房间门上的门环还在摇晃，就心中有数了。

姑妈说要去厨房给赖寿章做点心，赖寿章也起身跟着进了厨房。

"姑妈，"赖寿章一进厨房就轻声对姑妈说，"告诉西诺，让他们千万别出门。"

姑妈听了心里暗暗一惊："啊？你让我上哪儿找西诺去说呀?"

"姑妈，你就别瞒我了，我看见他们两个进来了。这几天大埔查得很严，特别是车站码头，他就是长着翅膀也飞不过去的。"

"你……你为什么要来告诉我这些呀?"

赖寿章说："那个曹瑞瑛办事非常鬼，他不知从哪里找来一个画像高手，按着当年狱警的回忆，居然画出了周成的画像，他一出门就会被认出来的。哦，姑妈别忙乎了，我有公务在身，我走了。"

送走赖寿章，姑妈就推开了那间房，把赖寿章的话告诉了赖西诺和邹叔宝，最后说："我看寿章没什么恶意，你们就安安心心在我这儿住着，等过了风头再慢慢想办法。哦，你们还没吃饭吧，我去给你们做。"

姑妈说什么邹叔宝和赖西诺都没听进去，他们夫妻两个一个想着如何乔装登上电船，一个在想着如何劝丈夫停止执行任务，结果两人同时叫了对方。

“我先说。”赖西诺要抢主动。

“不，我先说。”邹叔宝心里比妻子着急。

“行，那你说吧。”

“西诺，我跟你说实话吧，我有一份极为重要的情报要送往汕头，要是耽误，会给组织造成很大的麻烦，接受任务的时候我宣过誓……”

“你等等。”赖西诺大眼睛一闪，忽然说，“我有个主意了。”

“你有什么主意？”

“你不就是必须尽快把情报送往汕头吗？可你一出门就被抓了，还怎么完成任务呢？”

“所以我……”

“所以你已经不可能去完成任务了！”

“不行，要是不完成任务……”

“要是完成不了任务，会给组织造成严重后果，对不对？”

“对！”

“我替你去完成！”赖西诺说。

邹叔宝想都没想就说：“开玩笑，这不可能，绝不可能！”

赖西诺坚持说：“我知道你不放心的，可我有三条理由：第一，我虽然还不是共产党员，但我是共产党员的妻子；第二，我是个女人，不太会引起军警特务的注意；第三，也是我最大的优势，我们赖家有个亲戚在汕头，早年去过几回，我就有去的理由，经得起盘查，回头让姑妈给我汕头的亲戚拍个电报，让亲戚到汕头码头接我，就是最好的掩护。”

邹叔宝听了妻子的三条理由，依然没有丝毫商量的余地，说：“别说了西诺，你还是帮我想想办法怎么乔装……”

“你以为这是唱戏呀，扮什么就是什么了？你现在是困在这里一步都出不了门，除了我去替你完成任务还能有别的选择吗？”

邹叔宝：“可你知道吗，任务都在我这儿！”他指了指脑袋，“我能挖出来交给你送到汕头去吗？”

赖西诺这才想起丈夫从古木督回来那天，一直面对着墙在背什么课文，原来是在记情报。

“西诺，”邹叔宝说，“这也是我还想去闯闯鬼门关的原因，即便我被捕了，他们也搜不出情报，所以我不担心会泄密……”

“叔宝，”赖西诺说，“我读的书比你多吧？论背书记数，我也不会比你差，你能记住的东西，我也一定能！”

邹叔宝这才把妻子的话认认真真地想了想，果然找不出比这更可行的办法了，他就把妻子搂进怀里，说：“西诺，那你今天晚上就不能睡觉了。”

赖西诺：“相信我，我能记住每一个字。我们抓紧吧。”

门开了，姑妈端着两碗点心进来：“再急的事也得吃饱了饭才有力气去做。”

“姑妈，”邹叔宝边往嘴里扒着食物边说，“麻烦您给我找几张白纸来。”

“我不识字，家里没有写字的纸，只有烧给西诺姑父的冥纸。”

“行行行，能写字的都行。”

吃完饭，邹叔宝就把记在脑子里的交通联络图准确地复原在了姑妈给他的黄纸上，然后一遍又一遍地让妻子记住。十几个交通站点，不同的联络暗号、路线距离，不能有丝毫差错，否则，交通就会中断。

西诺毕竟是个读书人，背书记数果然强于叔宝，到了后半夜，她就能复述出所有站点和联络暗号。邹叔宝把那张自己画出的图纸收了起来，在妻子面前放了一张黄纸，把笔递到妻子的手上。赖西诺就像接受一次闭卷考试一样，接过笔，脑子里复习了一遍，就一口气写出了刚刚灌进记忆中的那张联络图。邹叔宝拿出自己画的那张一对比，分毫不差。

邹叔宝看着熬了个通宵眼圈发黑的妻子，不禁眼眶湿润了，他向妻子张开双臂。赖西诺此时才感觉到疲惫，就软软地投进了丈夫的怀里嘤嘤说：“叔宝，能让我眯会吗？”

“不行，”邹叔宝硬着心肠说，“还有一项最最重要的作业。”

“还有什么？”

“你到汕头找到我们的秘密交通站，必须要用暗号联络的，暗号要是错一个字，轻则对方会中止行动，重则会引起误会，那你就会有生命危险。”

“啊！那你快把联络暗号交给我。”

邹叔宝又开始向妻子口授联络暗号。直到天亮，赖西诺才把一串奇奇怪怪的问答记住。

天亮了，外面不知道什么时候淅淅沥沥地下起了小雨。赖西诺整理好行装，准备上路。邹叔宝揽着妻子的双肩说：“西诺，我就在这儿等你回来。”

西诺忍不住笑了：“这句话你一早上已经说了三遍了。”

5

潘雨青一大早就在电船码头揽客，目光却四处搜寻着邹叔宝的身影。虽然知道截不下邹叔宝，但他还是想尽一切可能策应邹叔宝。

昨夜，他让黄朝华、江志良到别的道口蹲守，自己则一直守在电船码头。电船码头是通往潮汕的必经之路，潘雨青坚信邹叔宝哪怕是化了装易了容他也不会认不出来。他时而在明处揽客，时而隐蔽在暗处观察，可是始终没看见邹叔宝的身影。难道他知难而退，放弃执行任务了？

就在他心里这么想着的时候，忽然见一柄大红油纸伞朝他迎面而来，伞下是一老一少两个女人，那个年轻的女子正是邹叔宝的妻子。她们到电船售票窗口，却只买了一张去潮安的电船票，显然那年长的女人是来送行的。

怪不得他们一晚上没等到邹叔宝的出现，原来邹叔宝妻子在茶阳有落脚的地方。潘雨青一直看着邹叔宝的妻子和年长的女人告了别登上了去潮安的电船，这才大大松了口气。他终于可以确信邹叔宝暂时不会冒险上路，去撞敌人的枪口了。

从茶阳经潮安换火车到汕头，事先接到姑妈电报的表姑早早去了火车站接站。姑侄见了面，一路寒暄叙旧着就到了表姑家。表姑只当西诺是来探亲游玩的，就要安排女儿陪她到处走走。没想到西诺却说这次来汕头，就是来看看表姑的，也没有什么游玩的计划，不用人陪，就想一个人随便到附近转转，找找小时候的记忆，表姑也就随她去了。

出了表姑的家在门口随便转了转，西诺就转到大街，上了一辆黄包车。

“海平路108号。”

不到十分钟，黄包车就拐上了海平路。赖西诺坐在黄包车上注意着大街两旁，一块华富电料行的招牌映入她的眼帘，但她没有下车，一直让黄包车夫拉到108号，才付钱下车。黄包车夫拉着车跑远后，她才掉头往回走。她知道华富电料行在海平路48号，出于小心，她故意让黄包车夫把她拉到108号再下车步行往回找。几分钟后，她就走进了华富电料行。

行里只有一个十五六岁的小伙计。赖西诺上前打量着他，小伙计却显得很热情。

“阿姐是要买什么电器吗?”

赖西诺迟疑了一下，反问：“怎么称呼你呀?”

“他们都叫我小汕头。”

小汕头是电料行刚刚招收的新伙计，也是彭庚年考虑到他们这么一家外来公司，长期不招收当地人容易引起怀疑，才招了这个外号叫“小汕头”的伙计。赖西诺自然不知道第一次登门遇上的竟是个才上三天班的小伙计。

“小汕头？哈哈，好记。”赖西诺显得很自然地接了小汕头的话，就突然问，“还记得外婆家的路吗?”

小汕头不禁一愣：“外婆家的路？阿姐你认识我?”

赖西诺听到小汕头这么反问，心里“咯噔”了一下。她想是不是刚才自己问错了，就稍微放慢速度又问一遍：“还记得外婆家的路吗?”

小汕头就一头雾水了：“不瞒阿姐说，我还没出生外婆就死了。”

赖西诺想起叔宝教给她联络暗号的时候再三交代，如果暗号对不上，就必须停止联络，立即撤离，否则会有危险。赖西诺见暗号没对上，心里不免骤然一慌，就急急忙忙离开了电料行。

住在表姑家的第一个晚上，她躺在床上翻来覆去地复述暗号，确定并没有出错，可为什么对方不接她的暗号呢？按叔宝的分析，暗号对不上有两种可能，一种是没有问对人；第二种是交通站已经遭到破坏，站里的人很可能是守株待兔的特务。所以，暗号对不上，无论是哪种情况，按纪律都必须立刻终止联络。

可赖西诺不甘心就这么无功而返。她知道要是完不成任务，对叔宝来说是何等的挫败。叔宝不也说暗号对不上有两种可能吗？如果是第一种，岂不就错过了？她就这么自问自答地这么想着、想着，天就亮了。

赖西诺再次走进华富电料行，柜台里坐着的还是那个叫小汕头的大男孩。

小汕头一眼认出了这位昨天来过的阿姐，就显得比昨天更热情："阿姐来啦？我知道阿姐昨天来，今天又来，一定是有大生意要做吧？"

"大生意可不能和小伙计谈，我想见你们经理。"

赖西诺话刚说完，突然有五六个骑自行车的侦缉队队员旋风似的到了门口。侦缉队队长一下车，就边往里闯边大声喊着："停止营业，接受检查。"

赖西诺见状赶忙说是来买个电灯泡的，家里灯泡坏了。可那帮侦缉队的才不管这些，大着嗓门把她推出门外去了。

她在大街上边走边想着下一步该怎么办，不知不觉走到了汕头邮局的门口，就顺便走进门内，给姑妈发了一份电报。

彭庚年、顾玉峰和罗挺都被侦缉队控制在办公室里，七八个侦缉队员开始不放过任何角落地搜查，足足花了两个多小时，也没有找到任何疑点，只剩下一叠账本，正被两个女侦缉队队员逐条审核。

女侦缉队员忽然发现什么，就向队长使了个眼色。队长过去一看，伸手从账本上拿走了什么，往制服口袋里一塞，就向彭庚年说了声："对不起了彭经理，我们这是例行公事。"说完欠欠身就带着一帮队员们走了。

侦缉队一走，顾玉峰就说："老彭，幸亏我们事先想到，清理了一下，要不然还真出事了。"

"知道这是怎么回事吗？"彭庚年说，"这是吕文超想擦屁股。"

果然，搜完华富电料行的侦缉队队长，把两张船票放在了吕文超的面前，说："吕站长多想啦，华富电料行一点共产党的气味也没有，大哥你身上没沾上狗屎。"

那两张从汕头到厦门第二天又从厦门到汕头的船票，坐实了彭庚年送"霍董"去了厦门的事实。如此看来，通缉令上的中共首脑和"霍董"只是相像而已。吕文超为总算擦干净那泡狗屎而暗自庆幸的同时不禁又有点失望，失望的是，他太想破获中共交通站了，可搜查的结果，却让他想通过破了中共汕头交通站而获得一枚青天白日勋章的希望彻底破灭了。

吕文超把抽屉里放了好几天的那张通缉令扔进废纸篓里，伸手往侦缉队队长肩头一搭："走，哥请你喝酒去。"

小汕头提着水壶走进办公室来给彭经理续茶时嘴里骂了一句："狗日的侦缉队。"

彭庚年不禁问："哟，小汕头，你小小年纪怎么和侦缉队结上仇了？"

"就是侦缉队把我刚接上的一个大顾客赶走了。"

"呵呵，那个顾客要买什么？"

"她还没说呢。"

"没说你怎么就知道人家是大顾客呢？"

"这个姐姐一看就是有钱人，昨天来了今天又来了，肯定是有大生意要做呀。"

"她说什么了？"

"昨天来的时候她问我一句话我没听懂，今天她来了就说要和经理谈大生意，我刚要引她上楼见经理，侦缉队就来了。"

听小汕头这么一说，彭庚年就站了起来："昨天她问你什么了？"

小汕头说："她问我记不记得外婆家的路，我说……"

没等小汕头把话说完，彭庚年就起身奔到门口，叫来了罗挺。彭庚年让罗挺跟着小汕头去把这位来谈大生意的顾客追回来。

罗挺问小汕头知不知道这位顾客在哪里落脚。小汕头摇着脑袋说不知道。罗挺一把拉上小汕头，就往火车站、码头去碰运气了。

见罗挺带着小汕头行色匆匆地出去，顾玉峰就上了楼。一进办公室，看见彭庚年一脸急色地在来来回回走着。

"出什么事了，老彭？"顾玉峰问。

"交通员来接头，碰在小汕头的手上，没对上暗号，就走了。要命的是，这位交通员身上带着闽西交通大站送来的交通图，没有这张交通图，会给我们接下来的人员护送计划造成极大困难！"

顾玉峰赶紧安慰老彭："小罗他们不是去追了吗？兴许……"

"不可能追上的。你不知道交通纪律吗？暗号对不上必须立刻停止一切联络。即便小罗他们找到她，她也绝不会承认的。麻烦了，麻烦了。"彭庚年从来没有如此焦急失态过，这让顾玉峰感觉到这件事的后果一定非常严重。

6

邹叔宝蹲在西诺姑父的灵位前给亡者烧纸，烧的正是那几张他和西诺画过联络图的黄纸。

那天送走西诺后，邹叔宝正要销毁这些纸的时候，正好被姑妈看见，姑妈说这是用来烧给亡者的黄纸，烧给西诺的姑父吧。邹叔宝说："可纸上有……"邹叔宝没说完，姑妈就接着说："没事的，我看出来了，你们和我丈夫走的是一条道。"邹叔宝向姑妈细问缘由，姑妈却只是笑笑，没再多说。

邹叔宝刚烧完黄纸，身后的门"咣"地推开了，姑妈急匆匆地进来："叔宝，快看，西诺发电报来了。"

邹叔宝一把接过来，拆开一看，电文只有五个字：表姑不在家。

邹叔宝这一惊非同小可，"表姑不在家"是他们约定的暗号，表明西诺没有对上暗号，而按交通线的纪律，一次对不上暗号就必须停止联络。更让邹叔宝感到严重的是他推断过的两种结果，第一是没有找对人，第二是交通站已经遭到破坏，对不上暗号的人可能是守株待兔的特务。如果是后者，则意味着西诺已经暴露在特务面前，并且已经很难摆脱特务的跟踪。

想到这里，邹叔宝当即决定要赶往汕头去营救妻子。

"等等，"姑妈拦住了他，"你到门口看看，你能出得去吗？门口到处是79团的官兵，你只要跨过门槛就会被抓，还会连累到我。"

姑妈的最后一句话警醒了邹叔宝，如果自己被抓，姑妈必然受到牵连。邹叔宝踌躇了。

其实姑妈是故意强调自己会受牵连，她知道这时候只有这么说才能让年轻人冷静下来。果然，邹叔宝安静了许多。姑妈就向邹叔宝分析着西诺的电报。第一，西诺还能发回电报，说明她本人还是安全的；第二，“表姑不在家”也只能说她没有见到要见的人；第三，西诺在联络失败后不是回大埔而是发来电报，说明她还在等待机会。邹叔宝和姑妈你一言我一句地分析着。邹叔宝也确实想到这事也许还有转机，就听从姑妈的建议，耐心等待西诺的消息。

邹叔宝虽然同意不出门，但无法掩盖的焦虑却写在脸上。姑妈理解他的心情，却也不忍心看着年轻人一夜白头，就想找什么话宽慰叔宝。

“叔宝，西诺的姑父说过，夜很长，但天一定会亮。”

罗挺带着小汕头跑遍了汕头所有的交通站点，也没有追到“大客户”的踪影，罗挺只能回电料行向彭庚年报告。

顾玉峰这时说：“要不咱们多留点神，说不定她还会再来。”

彭庚年说：“你是老交通员了，忘了交通线的组织纪律了吗？两次联络中断，是绝对不可能也不允许继续执行任务的。”彭庚年深感这次情报传送失败后果严重。

罗挺想了想说：“万不得已我跑一趟闽西，取回这份交通图。”

“来不及了！”彭庚年的这句话像是喊出来一样，让罗挺和顾玉峰感觉到事态的危急。

彭庚年告诉他们，下一批向苏区转移的同志已经离开上海。按计划，这些同志在香港只能滞留两天就会经过汕头北上，可是现在汕头交通大站依旧还没收到新的联络图，他们就无法制订往下护送的计划，人员就会滞留在汕头，这不仅是纪律不允许的，也是非常危险的。

正当他们三人都感到走投无路的时候，小汕头突然“咣”地推开经理室的门闯了进来，激动不已地说：“彭经理，来了来了，大生意又回来了。”

彭庚年一听拔腿就奔下楼去。

等候在柜台前的赖西诺听见下楼脚步声回过身来，一看到迎她而来的经理模样的人，心里就有了判断。刚想说什么，却被彭庚年截住了话头。

“这位女士好！”彭庚年说，“听说女士有一笔大生意要做。”

赖西诺也谨慎了一下："哦，是的，但要价格合适。咱们能坐下来谈谈吗?"

"那太好了，楼上请。"

彭庚年领着赖西诺走进经理室，顾玉峰和罗挺就退了出去。

"请问女士想做什么生意?"彭庚年问。

赖西诺打量了一下彭庚年，在落座的时候，像是不经意地问："还记得外婆家的路吗?"

"记得，有一座桥，叫八里桥。"

终于对上了，赖西诺心里一阵喜悦，从座上站了起来："八里桥真的有八里路长吗?"

"没有，只是因为那座桥的地方叫八里镇，八里桥由此得名。"

"那桥究竟有多长呢?"

"桥有三孔，也就三丈上下。"

暗号对上了。几天的煎熬，一瞬间换成了圆满的结果，赖西诺激动不已，眼泪止不住地夺眶而出。彭庚年上前紧紧地握着赖西诺的手，也是如释重负。

"同志，辛苦了。"

赖西诺告诉彭庚年，因为在茶阳受阻，不得已才由她代替丈夫来完成任务。

"果然是个顶替的交通员，否则，按交通工作的纪律，一次接头失败必须立刻停止，你大概并不知道有这条纪律吧?"

赖西诺说："我丈夫也对我说过，万一接不上头就要停止行动，立刻撤离。可我不死心呢，想了一夜，还是想来碰碰运气。幸亏来了，要不然就错过了。"

彭庚年听了赖西诺的这番话忍不住哈哈大笑，说："你是歪打正着，挽救了交通线的一场危机啊!"

"是吗?"赖西诺嘴一咧也笑了。

"你把情报交给我吧。"

赖西诺指了指自己脑袋："情报都藏在我这儿。"

彭庚年一下子明白了，赶紧让罗挺拿来纸笔交给西诺。赖西诺一点一滴地把记在脑子里的交通图复制出来，反复检查，确定无误后，才交给彭庚年。

邹叔宝从姑妈手上接过妻子发来的第二封电报的时候，竟好一会儿不敢拆封。

姑妈看懂了叔宝的心思，就提醒说："这可是西诺在汕头邮局给你发来的电报。"言下之意是提醒邹叔宝，要是西诺出事了，还能给你发电报吗？

邹叔宝这才忙不迭地拆开电报封套。电报上还是六个字：表姑病愈出院。这也是他们约定的暗语，表示任务已完成。看完电报的邹叔宝鼻子一酸，眼里就涌出了热泪。他知道第一份电报到第二份电报之间，妻子克服了多少困难。这时候他无以言表，就对姑妈说："姑妈，赖家的女子个个了不起！"

姑妈欣慰地笑了："你这么说我听着可惭愧啊。其实我是直到他临终前那一刻才知道他是共产党。可我什么都没能帮上他，他就走了。哦，我一直都没看出来西诺能这么争气。过去我的堂哥，就是西诺的父亲，总担心这孩子行事太任性，听不进劝，怕嫁不到好人家呢。我就劝他别瞎操这份心，有主见的人才有主意。你看，还是我说得对吧！"

邹叔宝为妻子担心，一整天没吃东西，此时一下子觉得饿坏了："姑妈，你听，这是什么声音？"那是肚子咕咕叫的声音，姑妈笑着就转身奔进厨房："你啊你，热了三回了你都没动，姑妈再给你热热去。"

邹叔宝三顿没吃，这一放下心，就一连数碗地狼吞虎咽……

7

完成任务后的赖西诺归心似箭，赶着最后一班电船回到茶阳的时候，天已经黑了。走进通往姑妈家的那条小弄的时候，她的脚步轻盈得如同飞燕，越走越快，却丝毫没发现身后有条黑影，一直看着她在昏暗的路灯下进了姑妈的家门，那黑影正是赖寿章。

赖西诺到家后一头扎进丈夫怀里："对不起叔宝，我差一点就办砸了你的大事。”

邹叔宝紧紧抱着妻子说：“西诺，你要再敢说我的妻子半句不是，我就要像几年前那样再休你一次。”

赖西诺破涕为笑：“现在我再也不怕你休我了。第一，我怀着你的亲骨肉呢；第二，我已经知道了汕头交通站的秘密，你敢休我不怕泄密吗?”

“只要不再失去你，我什么都不怕！西诺，你干得太棒了，要不是你为我挺身而出，这次任务就根本不可能完成。是你挽救了交通线上的一场危机，你已经不仅仅是我的妻子，你也是一个立下大功的交通员了。”

西诺听了脸色一正：“那完蛋了!”

“怎么了?”

“老公交通员，老婆交通员，等我们的孩子出生长大后不是也只能是个交通员了吗?”

“子承父业、女继母仪，这不好吗？不过，等我们的孩子长大，恐怕用不着他当交通员了，那时候新中国建立，他将成为新中国的建设者。”

“知道我最喜欢你什么吗？我就喜欢你不管今天有多么糟糕，却总是对明天有那么多的憧憬，这会让人感觉一天比一天活得更好。”

正在夫妻呢喃燕语的时候，忽然听到外堂的伙计喊了声：“赖副官来啦!”

随声，赖寿章就掀开通往外堂的门帘走进了后堂。

姑妈上前招呼着要去给赖寿章泡茶。

“不用了，姑妈。”赖寿章盯着那扇房门说，“您还是把他们叫出来吧。”

房内的人把赖寿章的话听得清清楚楚。显然这是躲不过了，赖西诺就让邹叔宝别动，自己打开房门走了出去。可还没等赖西诺对赖寿章开口，邹叔宝也紧跟着出了房，抢在妻子之前说：“赖副官，老话说，欠的债总是要还的，但这和西诺没有关系。你可以把我抓走，但不要牵累西诺，毕竟你们是亲戚。”

赖西诺一把拉开丈夫，冲到赖寿章面前：“除非你先把我打死，否则我决不能让你抓走我的丈夫和我孩子的父亲!”

“都有孩子啦？作为堂兄我该向你们道喜!”

赖寿章的诚恳让西诺不知该如何反应了。她暗想：“姑妈也说过，我们可能误会了堂兄，难道他真的不是我想象中那样的人?”

就在赖西诺愣着的时候，赖寿章把目光投向堂妹身后的邹叔宝。

“赖副官，”邹叔宝迎着赖寿章的眼光说，“放过西诺，我跟你走。”

“枯藤老树昏鸦，”赖寿章却突然吟起那首小令，“小桥流水人家，古道西风瘦马……”吟诗时他的眼睛一直没有离开过邹叔宝，他希望邹叔宝能接完最后两句。

可邹叔宝却对此毫无反应。赖寿章深感失望地就要离去时，忽然听见姑妈的一声啜泣。

“姑妈，您怎么了?”赖西诺被吓了一跳，忙扶住姑妈问。

姑妈连忙掩饰说：“没什么没什么。哦，寿章，你还是会顾念亲情的吧?”

“姑妈，”赖寿章收拾起无比失望的心情对姑妈说，“虽然我和他们不在一个阵营，但我还没有疯狂到不讲亲情的地步。今天的夜挺黑的。”赖寿章说完这几句话就走了。

赖寿章离去没一会儿，外堂的小伙计就跑进来告诉姑妈说，这条弄堂的守兵都走了。

邹叔宝和赖西诺听了都有点不相信，可姑妈却似乎并不意外。姑妈说：“叔宝，西诺，听见他刚才说的话了吗？他说今天的夜挺黑的呀，快，趁着天黑，你们赶紧出城。”

邹叔宝和赖西诺就借着夜色的掩护赶到江边。正愁深更半夜雇不到船的时候，一条黑影在他们前面站了起来。

邹叔宝神经骤然一紧的时候，那条黑影已经走到他的面前，正是潘雨青。

“叔宝，弟妹，我等了你们好几天了!”

邹叔宝双臂一张，就和潘雨青拥抱在了一起……

第十二章

护送『上海爷叔』闯三关

1

凌风走进贝当路的一处住宅的时候，早已等候在屋里的一个剃着小平头的年轻人站了起来。

“凌风同志，出发的时间定了吗？”

凌风没有直接回答他，却反问了一句：“肖岩昌同志，你做好准备了吗？”

“作为党的交通员，我时刻都准备着去完成党交给我的一切任务。”

“好！”凌风掏出两张船票，“这是你们的船票。”

肖岩昌接过一看：“明天一早就动身？”

“有什么问题吗？”

“当然没有问题。可这次为什么不经香港而是从上海直达汕头？”

“这是组织的决定，你执行就是。”

“是！那我回去拿点生活用品。”

凌风把一只事先准备好的箱子放在桌上，说：“路上的生活用品都给你准备好了，你看看还缺不缺。”

肖岩昌打开行李箱，里面换洗衣物、洗漱用品一应俱全。

“比我自己想得还周到。”

“明天你在十六铺码头等候。”

“首长几点到码头？”

“七点。哦，我提醒你，没有首长，只有上海爷叔。”

“明白。”

第二天，肖岩昌早早地就赶到上海十六铺码头等候上海爷叔。他目光向四处一番逡巡，十六铺码头各个角落都有他熟悉的“摊贩”“黄包车夫”或是“流浪汉”的身影，上海交通局的特工们几乎全体出动，可见中央交通局对爷叔的离沪早已制订了周密的计划。肖岩昌知道，代号“上海爷叔”的人是我党最重要的领导人之一，出不得丝毫的差错。这次护送任务使命之重大，怎么形容都不为过。这让他在见到爷叔之前心里不免感到有点紧张。

上海海关敲响的七记钟声余音未消，一辆黑色小卧车准时驶入十六铺码头。乔装成商务襄理模样的凌风先下了车，快步绕到另一边，拉开车门。戴黑呢礼帽穿长衫，一块大围巾裹住半张脸的爷叔下了车。肖岩昌连忙迎上前去接上爷叔，两人就登上了从上海到汕头的邮轮。

海关大钟敲响八点的时候，随着一声汽笛长鸣，邮轮准点启航了。

邮轮刚离岸，上海爷叔就起身上了甲板，迎着黄浦江上的习习晨风，解下大围巾，露出他蓄着胡子的真容。

肖岩昌还是有点担心爷叔被什么人认出来，就说：“爷叔，外面风大，还是回舱里吧。”

可爷叔迎风而立，望着渐行渐远的大上海城廓，像是问肖岩昌又像是自问：“离开不是永诀，你相信我们不久还会回到这座城市吗？”

肖岩昌说：“我坚信不疑！”

从上海直达汕头的邮轮刚从十六铺码头启航，汕头交通大站接送“上海爷叔”的行动就开始了。顾玉峰提出再动用一次吕文超，却遭到彭庚年的一口否决。彭庚年说：“这次过境的上海爷叔和上次的大表哥不一样。大表哥在党内露面不多，不容易被认出来，可上海爷叔当年三次在潮汕地区领导过东征战役，现在也是党的主要领导人之一，辨识度较之大表哥要高得多。这次必须神不知鬼不觉地把上海爷叔接送过境。”

顾玉峰听彭庚年这么一说就明白了。他自告奋勇要去码头接人，却被彭庚年否决了，彭庚年说：“不得不防。吕文超表面解除了对华富电料行的怀疑，暗中却还在监视我们。我们这三张熟脸都不能去码头接爷叔。”顾玉峰就问：“我们三个都不能出面，那找什么人去接站呢？”

彭庚年像是早就想好了似的说：“小汕头，让小汕头去接站。”

彭庚年叫来了小汕头，吩咐他去码头接个大客户。

可小汕头不解：“是大客户？经理，你怎么能让我这么个小伙计去接站，黄了大生意我可担不起哦。”

彭庚年故作高深地对小汕头说：“因为太想做成这票生意了。生意场上就是这样，越想做成的生意越不能让人看出你想做成，否则对方就会杀你的价。”

听经理这么一说，小汕头就咧开嘴呵呵笑了：“原来挣钱的生意都是这么你骗我我骗你做成的。”

2

小汕头站在客轮码头旅客出口处，把一张写着“上海爷叔”四个字的纸牌高高地举过头顶，等着那位大客户来认他。一直到船上下来的旅客差不多走完了，才有个人站在小汕头的面前。

“小兄弟，是二舅家的吗？”肖岩昌问。

经理教给小汕头的接头暗语，小汕头早已一遍遍地记得一字不差了：“二舅崴了脚不能下床，让我替他来接上海爷叔回家。”

暗号对上，小汕头就带着两位大客户，抄小弄走近道，没多久就到了经理预订的旅社附近。上海爷叔走着走着，对这条巷子越来越觉得熟悉起来，不禁放慢了脚步问小汕头：“小兄弟，你们给我订的是哪家旅社？”

小汕头回答说：“金陵旅社，前面拐个弯就到了。”

上海爷叔一听就停下了脚步。

肖岩昌和小汕头不解地看着上海爷叔。

“走吧。”上海爷叔想了想还是跟着小汕头走进金陵旅社的大门。然而，就在上海爷叔踏入旅社大门的一瞬间，余光一瞥之下，发现在大门拐角处的一个玻璃框里有一张照片。爷叔对这照片记忆犹新，那是1925年汕头市各界欢迎黄埔学生军大会的集体合影，当年的爷叔引人注目地居于照片中央。为了避免暴露身份，爷叔立刻与肖岩昌离开了金陵旅社。

早在金陵旅社等候爷叔的顾玉峰连忙从大堂里追了出来，才知道了这个谁也没有想到的疏漏。他立刻按预案作出调整，把爷叔带往棉安街的一个小旅店。

肖岩昌推开那家小旅店的客房门，把爷叔挡在门外，想自己先进这个看上去十分简陋的客房作一番检查，可爷叔也紧跟着进了客房。

“放心吧，这里不会装窃听器的。”

“爷叔，还是让我细细检查一下。”

“我给你说说这家旅社的来历吧。这儿过去是一个国民党师长开的，现在也不会易主。连警察都不敢光顾的地方，谁敢来安装窃听器?”

见爷叔对汕头的事如数家珍，肖岩昌这才放心地关上房门，给爷叔打水洗尘。

彭庚年接到顾玉峰的电话，气喘吁吁地赶到棉安街春风旅社的时候，顾玉峰已经在楼梯口等急了。老彭一到，他就上前提醒说：

“老彭，金陵旅社这么大一张相片都被我们疏忽了，你可得要做好挨批评甚至受处分的思想准备。”顾玉峰提醒说。

“我知道。几号房?”

顾玉峰把爷叔的房号报了一下，彭庚年就快步走到那间房门口，按三长两短的节奏敲门。

门开后，彭庚年一进门就先作检讨：“首长，对不起，是我的计划疏漏了那张照片……”

爷叔从房里唯一的一张椅子上站起来，打断了他：“庚年同志，你只是来负荆请罪的吗?”

彭庚年有点手足无措：“首长，我愿意接受组织的任何处分。”

“哈……”爷叔大笑着说，“你来当这个站长可是我点的名，这段时间你们的工作非常出色，中央是知道的。怎么，难道你不想和我这个推荐人先来个拥抱吗?”

彭庚年被爷叔这么一说，愧悔交加，差点眼泪就要流下来了，连忙上前和爷叔拥抱。

“首长辛苦了!”

爷叔把客房里唯一的一张椅子让给彭庚年坐，自己在床沿上坐下。

彭庚年哪肯就座，他坚持站着听爷叔的指示。爷叔也站了起来说：“你看，你站着我坐着，你腰酸我脖子疼，那我也站起来和你说话。”

彭庚年只好坐下，可心里还是对自己工作上的疏忽过不去：“首长，这件事您怎么批评，组织怎么处分我也不为过……”

“这件事先不说，”爷叔打断了彭庚年的话，“我想对你说三句话。第一句话，我们有那么多物资和人员在你们的护送下，平安到达苏区到达瑞金，我们的红一方面军取得一次次粉碎国民党大兵‘围剿’的胜利，也是离不开你们的贡献的，交通线为革命立下的功勋是永远不可磨灭的；第二句话，革命还在路上，甚至还处在非常艰困的起步阶段，交通线的使命也还是个开始，接下来还会有更繁重的任务需要你们用勇气和智慧克服一切困难去完成啊。我们共产党人不怕牺牲，但党中央要求在接下来的人员护送中确保万无一失，这个要求是不是有点不切实际呢?”

“不!”彭庚年坚定地说，“我们的工作出不得丝毫差错，万无一失不是不切实际，而是秘密交通线的底线。”

“好，你这个大站长有这么高的觉悟和认识，让我感到欣慰啊！庚年同志，去年，党中央是下了最大的决心要建立这条交通线的。我说过，宁可放弃一个县也要建好交通线，这才有了全党协调，抽调精兵强将建起了这条三千公里的交通线。中央对交通线上的每一个负责同志都是精挑细选，是充分信任的，这一年来的实践也证明这条交通线的工作是让中央放心的。”

“我会把首长的指示精神传达到各个交通站点，让每一位交通员都进一步坚定理想信念，增强使命感。哦，首长还有第三句话没说呢。”

“第三句话就要说说金陵旅社的这件事了。这件事表面看是个小疏忽，没什么大不了，可也说明在我们的工作中还存在细节上的疏漏，别的方面出点小纰漏还有弥补的机会，可在秘密交通工作中哪怕是出现一根头发丝那样细微的漏洞，都可能毁掉整条堤坝，酿成无可挽回的巨大损失啊，这一点我们党是有着深刻而惨痛教训的。我希望我们党和党的各级组织，都能从一次次血的教训中变得越来越聪明，越来越成熟。只有这样，我们才有资格和勇气，去和比我们强大十倍百倍的敌人进行斗争，我们才有信心去争取最后的胜利！”

“请首长放心，我们一定深刻反省，接受教训，确保接下来的人员接送工作做到万无一失。”

爷叔马上就翻过了这一页。他让彭庚年说说这次行程的计划。彭庚年立刻掏出一张地图，地图上已经画出了爷叔从汕头起，经潮安、大埔、永定，然后由闽西交通大站护送首长经长汀达瑞金的行进路线……

3

潘雨青天没亮就起床出船，急急忙忙地赶到茶阳同丰食杂店来见卢清泉。

“汕头下来了紧急通知，有位上海爷叔已经在来大埔的路上了。”卢清泉没让人喘口气喝口水就说，“可大埔自从来了那个曹瑞瑛，口子扎得越来越紧了，对每一个来大埔的外地人都要进行严格的身份核查。这一招真让咱们找不到空子可钻了，要赶紧想出个办法。”

“清泉同志，自从来了个曹瑞瑛，是把大埔这个口子越扎越紧了。最近曹瑞瑛还调来两条巡逻快艇，不分昼夜地在韩、汀两江巡逻封锁，人员在茶阳这一关怕是不好过啊。”

“你手下还有些人手，想办法调动一下，但原则是绝对不能暴露我们的意图，否则就算这一次成功也没有下一次的侥幸了。”

“我明白。”潘雨青说，“交通工作是在刀尖上走路，只能智斗不能蛮干，任何人在任何时候都不能逞一时之勇。”

卢清泉：“你这句话算是说到点子上了。我们交通员都应该把你这句话作为对敌斗争的原则！”

潘雨青并不知道将从大埔过境的上海爷叔是什么人物，但对于交通员而言，上级要求的每一次任务无分轻重都必须做到万无一失。这在来了曹瑞瑛之后的大埔，几乎成了不可能完成的任务。

这天，潘雨青带着沉重的压力回到青溪，妻子热了三回的饭他没吃一口，脑子里就想一件事，那就是如何让爷叔上岸。他怎么想都觉得这是一块无空子可钻的铁板。怎么办？他一次次地睡下又起来，一个个方案被他自己一次次推翻。直到东方露白，他像忽然在那块铁板上找到一丝缝隙似的眼睛一亮。

同样一夜未眠的妻子秋莲，早已习惯了丈夫遇难事的时候这种不吃不喝的状态了。她知道这种时候最好别去打扰他，所以一整夜她虽然每时每刻都在关注着丈夫，却从来没有出过一声，直到她看见丈夫一直紧皱的眉头忽然展开了，便知道他找到办法了。她连忙起来想为丈夫热饭，可还没等她点着灶孔里的柴火，潘雨青早把一碗冷饭扒着吃完了。

潘雨青把饭碗一推转身就走。可刚一脚跨出门槛，又忽然抽了回来，像是才想起自己还有个同灶共床的妻子似的，语气透着丝丝歉意："秋莲，我知道昨晚你也没睡。天还早，再去睡会吧。"说完扛起船桨就走了。

谢秋莲看着丈夫大步离去的背影，猜不透他今天又会去执行什么样的任务，一种害怕他这一去就不再回来的想法袭上心头，她就再也没有睡意，她会一直等到丈夫回来。

潘雨青上船后，把笠帽往桅杆上一挂，不出十分钟，就从各个方向的角落走出了黄朝华、江志良、张超、杨雄初、温仁宝、余维头等十五六个靠水吃水的船老大和船工。他们每个人都像是各走各路，很自然地上了各自的船只，然后和先划离码头的潘老大保持着一定距离地向着茶阳方向顺流而下。

潘雨青的船行驶到汀江一处水面宽阔芦苇丛生的地带时，放慢了船速。后面的几条船也先后靠近，五六条船就聚在了一起。锚定后，撑船的、坐船的都跳上了潘雨青的船。

潘雨青的面前放着一副赌具，所有人都很默契地掏出点钱来放在各自面前，摆开了聚赌的场面。

潘雨青说："这次的关键是要转移电船码头军警的注意力，掩护上海爷叔下船上岸。"

“那咱们该怎么做?”

“声东击西。”潘雨青接着给大家布置任务，“阿华、阿良还有阿超和我，是常年跑汀江的熟脸，我们就以船老大拉客为由负责接上过境人员。杨队长还有温队长，你们几个平时很少在茶阳露面，都是生面孔，你们的任务就是把军警特务的注意力从码头引开。”

正说着，忽然传来巡逻快艇的马达声，潘雨青一个眼色，大伙都默契地把钱拿在手上开始押大押小地赌开了。

快艇过来后，发现一群撑船的在聚赌，类似情况在这条江上并不罕见，巡逻艇没发现什么可疑之处，也就一加油门走了。

巡逻艇一走远，潘雨青立刻放下赌具继续给大伙布置具体任务。

4

爷叔在汕头只住了一个晚上，第二天一早就和肖岩昌离开了旅店。

为了避免被人认出来，爷叔改了装束，打扮成一个画家模样。按汕头交通站事先制订好的计划，他们要从汕头乘火车到潮安，再转大埔。二人买的是二等车票，可上车一看，二等车厢里只有他们两位旅客，感觉太显眼了，爷叔就同意挤进人多嘈杂的三等车厢。

在三等车厢找到座位，可刚刚坐定，危险出现了：一个列车员进了这节车厢，正挨个地检票。爷叔一眼就认出了这个列车员。1925年国民革命军东征时，爷叔曾担任过东江行政公署专员，而正向他们走来的这位列车员当年曾到公署向爷叔请示过工作。虽然时隔四五年，可要是二人再照面，肯定还能认出来。

爷叔把这事告诉了肖岩昌，并拉低鸭舌帽扭过头去看窗外。肖岩昌连忙站了起来，把爷叔挡在身后，掏出车票递给列车员。列车员接过票一看，又回头看了看这两位买了二等座却挤进三等座的旅客，指着前面的二等车厢说：“二等车厢空着呢，你们回到二等车厢去坐吧。”如果他们马上起身去二等车厢，爷叔就避不开要和列车员面对面了。正在这个时候，忽然一个从后面一节三等车厢过来的旅客把列车员拉了过去，情绪激动地说有人强占他的座位，要列车员去主持一下公道。列车员看旅客情绪那么激动，只好暂停这节车厢的检票，去后面车厢解决纠纷去了。

这位拉走列车员的旅客正是汕头交通站的交通员罗挺，彭庚年安排罗挺悄悄跟在这趟列车上，暗中护送爷叔。罗挺看见列车员纠缠肖岩昌，急中生智就找了个由头支走了列车员。爷叔和肖岩昌则赶在列车员重新回到这节车厢检票之前，又回到了二等车厢。一场眼看爷叔将要被认出来的危机，就这么被化解了。

火车一小时后就到了潮安。事先接到秘密通知的潮安交通站交通员准时站在火车旅客出口处等着了。终于从人群里看到背着长柄伞的肖岩昌，他就上前对了暗号，双方确认身份后，潮安交通员轻轻说了句“跟我走”。爷叔和肖岩昌就随着潮安交通员在火车站坐上黄包车，不到十分钟就到了电船码头。潮安交通员把两张船票交给背长柄伞的肖岩昌，也不作什么告别就走了。肖岩昌就和打扮成画家的爷叔登上了电船。

逆水而行的电船，要走四五个小时才能到达大埔。

卢清泉也在这条电船上。他是按通知一早从大埔赶到潮安，下船后在码头附近吃了个午饭，就一直盯着上船的道口。终于看见背长柄伞的和另一位蓄胡子、背着画板的男人登船了，他去买了一张船票，也登上返程大埔的这趟电船。

电船上他一直没有主动去联络他们，却一直把背长柄伞和背画板的两人置于自己的视线之内。他发现有个戴黑帽的男人贼眉鼠眼地在旅客身上打转，而且对画家似乎多看了几眼。他怀疑这家伙是个密探。

画家和背长柄伞的起身出了船舱，卢清泉把这一切都看在眼里，就赶在暗探跟踪之前，也装作要伸个懒腰透口气的样子走出船舱。

电船的小甲板上，画家已经架起画板对着两岸山水作画了，背长柄伞的男子打开大伞为画家遮着太阳。

这时，那个戴黑帽的暗探也来到甲板上，伸着懒腰正要靠近画家，卢清泉先挨上前去，凑近了看着画板：“哟，这画还真不错啊。先生，这画卖吗？”

“旅途上的涂鸦，哪能卖钱，你想要，等画完送给你就是。”

“那可太谢谢了。不管怎么说这可是我看着画成的呀，值钱！哈……”

那个戴黑帽的也伸着脖子凑到大伞下看了看。那画还真是人家一笔一画画出来的，没看出什么破绽，就讪讪地走开了。

卢清泉突然说：“我是家里的。”

肖岩昌就问：“大舅好吗？”

卢清泉说：“我爸吃得下睡得着，好得很呢，就是这两年眼神不太好了。”

“那你们得给大舅配副老花眼镜了。”

“买了。我爸说戴着它什么都能看清了。”

暗号对上后，卢清泉就说：“这条船上经常有狗，刚才那个就是。”

肖岩昌说：“我们早看出来了。”

卢清泉就把到大埔后如何下船登岸的方案告诉了爷叔和肖岩昌。

卢清泉和肖岩昌说着话的时候，爷叔的一幅山水写生画也完成了。他从画板上取下这幅画，交给了卢清泉。卢清泉如获至宝地拿着画回到船舱，见那个戴黑帽的密探身边空着个座位，他就一屁股坐下，还一个劲地向密探显摆运气好，得到一幅亲眼看着画家画成的赠画。

5

潘雨青手下的交通员分散在各个角落里等待着行动命令，但除了潘雨青没有人知道这个行动命令将会从哪里发出。潘雨青蹲在船头吃着用小瓦罐煮的饭，时不时地朝远处一座三层楼房的露台上看几眼。

一直等到天色将暮时，潘雨青才看到有个女人的身影，在露台上挂出了一条大鱼干。他收拾起瓦罐碗筷，拿起笠帽上了岸朝茶阳走去。

黄朝华、江志良、张超、杨雄初他们也三三两两、前前后后地向茶阳镇上汇聚而去。

电船靠岸，旅客陆续下船时照例要经过军警的严格搜身盘查。潘雨青和黄朝华、江志良、张超几位船老大都手持笠帽在码头旅客出口处等着揽客。

卢清泉手上拿着那幅画稿，兴奋地和上海爷叔、肖岩昌走出船舱，一路上还感谢画家赠画，跟在下船旅客后面往码头出口移步。

潘雨青看见卢清泉一路在跟背着画板的人说着话，身边还有个背着长柄伞的男子，就确定这两位就是爷叔一行，他往前走了两步，想占据个好位置便于揽走这两个船客。

卢清泉是本地人，很快就放行了。就在轮到爷叔过卡的时候，调查科行动队队长黑子突然来到码头，所有人的神经一下子紧张起来，他们知道这位黑子队长是对共产党永远怀着宁可错杀一千不能放过一个的主，盘问中出一点纰漏他是不会放过的。卢清泉正担心上回大表哥的危机将重现的时候，忽然五六个人冲着卢清泉围了过来，这帮人正是杨雄初和他的兄弟们。

杨雄初奔到卢清泉面前，向卢清泉拱了拱手，大着嗓门说："老板，我们家主人让我们几个来接你。"

卢清泉愕然："啊？你们认错人了吧？"

杨雄初打断他："怎么会呢？请吧请吧。"

还没等卢清泉反应过来，杨雄初和余维头就一左一右"挟持"着卢清泉走了。

黑子身边的便衣正要上前问个明白，被黑子伸手拦住："先别动他们，盯着他们。"

杨雄初发现有特务跟着，就大喊一声："快跑！"顺势架着卢清泉就下了江堤，跑进了镇子小巷。

黑子一看，果然有鬼，一挥手带着便衣们追了上去。这一突发事件一下子吸引了所有军警和路人的注意力。上海爷叔和肖岩昌正好趁乱过卡，几个军警也心不在焉地搜了搜两人。盘问时，爷叔他们用设计好的身份有问有答，军警就放行了。

爷叔刚出卡口，潘雨青就迎上前去："两位先生要雇船吗？最后一趟生意了，你们随便看着给点就行。"边说边用笠帽在他们面前乱晃。因为事先卢清泉跟他们说过上岸计划，所以他们已经知道潘雨青的身份，就跟着潘雨青走了。黄朝华和江志良见船客下完了，也揽不到客了，甩几句丧气话，也跟着离开了码头。

再说卢清泉被杨雄初他们这帮人“挟持”着在小巷里奔跑，刚跑出巷口，就被黑子领着的特务们的枪口逼住了。

杨雄初抱拳上前：“老总们误会了。”

黑子问：“为什么跑？”

杨雄初说：“呵呵，我们都是小老百姓，见你们来追，心里一害怕不就跑吗？”

“他是谁？”黑子指着卢清泉。

“哦，他是我们家主人的……”

“你们家主人是谁呀，你们凭什么绑我呀？”卢清泉突然喊了起来。

黑子上去就啪地扇了卢清泉一个耳光：“挺会演呀。叫什么？”

“我姓卢，叫卢清泉，就是这个镇上的人。”

杨雄初一听就说：“哎，你干嘛骗老总啊，你不姓霍吗？”

卢清泉急得顿足：“天在上地在下，我祖祖辈辈都姓卢，什么时候改姓过霍呀？”

“啊？你不是霍仁贵吗？”

“什么霍仁贵，我是活见鬼！”

“你没带我们家主人要的那个……大烟？”

“什么大烟？我给你们家主人带泡大屎！”说着哗地撩开衣襟，“你们搜搜，我连香烟都不抽，还哪来的大烟？我家就在高福路78号，同丰食杂店就是我家，不信你们去看看呀。”

杨雄初这才知道接错人了，连忙向卢清泉抱拳说：“对不起对不起，是我们认错人了。老总，误会了，误会了。”

“是不是误会一会儿审完了再说。把他们都带走。”

便衣们不由分说地把杨雄初他们都押走了。卢清泉怒气未休地说：“就该把他们抓起来蹲班房！枪毙！”

回青溪船逆水摇出三里路，天就黑了下来。

潘雨青的船在前，江志良和张超各一条船保持一定距离跟在后面，万一发生什么不测，他们要负责策应。

船到汀江中心，潘雨青把橹交给黄朝华，他钻进船舱说："爷叔，为了安全，到青溪后还要连夜赶三十几里的山路，很辛苦的。现在到青溪还有两个多小时的时间，你们抓紧在船上休息一下吧。"

肖岩昌正要对这么紧张的安排提出异议，可还没张嘴就被爷叔挡了回去。

爷叔说："一切都听从你的安排。"

潘雨青说："那我就不打扰您休息了。"边说边掀开座位下的木板，取出一条旧被子，"爷叔快休息吧，今天后半夜咱们还要走三十几里山路呢。"

爷叔说："你不用担心，我保证不会拖你们后腿。"

6

由于是在黑夜里行船，从茶阳到青溪这三十多里水路没遇到什么麻烦，两三个小时后船就到了青溪。

这边船在靠岸，上面的检查站里正巧永丰客栈老板娘黄玉莲来给检查站的弟兄们送夜宵吃。几个值夜班的士兵吃得正香的时候，夜归的潘雨青领着两位客人上了岸。潘雨青远远看见黄玉莲正站在检查口和士兵们有说有笑的，就大老远喊了起来：

"老板娘，有客人要住店喽。"

黄玉莲扭头一看，不禁欢叫起来："嘿，弟兄们你们看，我给你们送这一顿夜宵可算是赚着啦，谁想得到这么晚了还会有店客上门。潘老大你可真是我的财神爷！"

说着话时，潘雨青就把爷叔和肖岩昌领到黄玉莲的面前："幸亏这两位客人，要不然我摇着空船来回这一天，一个子没挣着还白搭了一身的力气。你看这两位才是你我的财神爷。快把财神爷请走吧，老板娘。"

黄玉莲尖着嗓门说："雨青老弟真不懂规矩，这不让弟兄们检查一下我能把人领走呀？哎，弟兄们快把夜宵放一放，先办公事。"

两个士兵就边嚼着食物边很随便地打开爷叔他们的行李箱子，看了看就放行了。

看着黄玉莲高高兴兴地领走了爷叔他们二人，潘雨青才想起自己这一天都还没吃过饭呢，就扛着船桨回自己家了。

潘雨青刚到家门口，正想着把手脚放轻点别惊醒了熟睡的妻子，门槛上忽然就站起一条身影，正是妻子谢秋莲。

潘雨青急走几步上前，还没开口，妻子就一头扎进他的怀里紧紧地抱住丈夫。潘雨青虽然没看见妻子的脸，可他知道妻子一定是泪流满面。

"怎么了秋莲，这么晚了你还没睡呀？"

"你不回来，我睡不着。"

"看你这傻女人，这我要是一晚上不回来，你就在门口坐一宵呀？"

"不见你回来我会一直这么坐下去！"

潘雨青一听就接不上话了。他知道妻子从不干预他做任何事，但妻子早就知道他是个干什么的人。自从交通站建立以来，自己早有了应对一切危险甚至牺牲的思想准备，遇惊险时是肉跳而不惊心，可妻子却每天都送他出门，盼他回家，承受的既是心惊更是肉跳。虽然妻子不是交通员，也不是党员，可她嫁给了一个共产党的交通员，就命中注定过不上安生的日子了。他今天虽然早早出船，到深更半夜还算是有惊无险地回来了，可明天早出后能不能安全晚归却是谁也打不了包票的。想到这儿，丈夫双手紧了紧扎在自己怀里的妻子，表示安慰和歉意。

妻子像是怕一松手就会失去丈夫似的，一直紧紧地抱着丈夫站在门口。潘雨青知道要让妻子摆脱这种担惊受怕的情绪积压，最有效的办法就是转移她的注意力。

"秋莲，你听见什么了吗？"

"什么呀？"

"我肚子里的咕咕声呀。你再摸一下，前胸后背都贴紧了呢。"

果然，听丈夫这么一说，妻子立刻破涕为笑："我这是怎么了？你这个时候回来不饿才怪呢，晚饭还都在锅里呢。催把火，热一下咱们就吃饭。"

看着妻子忙着在灶下生火热饭，潘雨青不禁鼻子泛酸，他知道妻子不见他回来，是不会揭开锅盖自己先吃饭的。

吃完饭后，妻子忽然拿出一双千针百衲的布鞋，让丈夫试脚。其实潘雨青早就发现妻子在偷偷地给他缝制这双鞋，却故意保留着妻子的这个秘密，只当什么也不知道。今天妻子终于拿出这双不知道辛苦了多少个日夜的布鞋时，他故作惊讶地叫了起来："哇，你这是从哪儿买的好货？你看这鞋底衲的可不是一般手艺哦，我猜你准是从哪座庙里去求来的。"妻子扑哧一声笑了出来："你怎么扯到和尚庙去了？"潘雨青就说："庙里的老和尚不都自称老衲、老衲，那不就是有一手衲鞋的好手艺吗？"丈夫的话逗得妻子笑得直不起腰来。

妻子笑声的余音还在绕梁呢，几下有节律的敲门声又让他们的心揪了起来。这个时候来敲门的是永丰客栈的余良廷。余良廷是赶来告诉潘雨青一个坏消息的：他的妻子在和那几个在关卡值守的士兵聊天时听说，大埔调查科的站长曹瑞瑛要来青溪视察。

"为什么不早说？"没等余良廷把话说完，潘雨青就发起火来。

余良廷被潘雨青这一突然的暴喝给镇住了，他不知自己这个消息犯了什么事。

潘雨青见余良廷犯着愣，又吼了一句："还站着干什么？快走呀。"

"呃，雨青你急什么呀？"余良廷还是有点懵。

"你说我急什么？上海爷叔还在青溪呢，可你却到这个时候才来告诉我那个长着狗鼻子的特务头头要来青溪……"

余良廷连忙解释："不不不，你听错了。那几个小兵只是听他们副官说，曹瑞瑛要来青溪看看，并没说什么时候来呀。玉莲白天刚听到这消息，我晚上就来告诉你了也不算晚呀。"

潘雨青这才冷静下来："对不起余哥，我太紧张了。余哥，夜长梦多，咱们要立刻赶路。"

"差这么半个夜吗？就让他们今天睡个好觉，明天再……"

"你我谁是站长？"

"当然你是站长呀。"

"那就听我的！你快去通知阿华他们，马上集合上路。"

“等一下。”谢秋莲在潘雨青前脚已经跨出门槛的时候叫住了丈夫，她手上捧着的正是那双布鞋，“青哥，每次看你夜行回来脚上都是血泡，换上吧。”

潘雨青心急如焚，像是一刻也不敢耽误似的接过鞋揣进怀里，对妻子说了一句，等会再穿上，就匆匆走了。

潘雨青一走进永丰客栈，就要上楼把爷叔从床上叫起来，却被肖岩昌挡在了楼梯口。肖岩昌说爷叔刚刚入睡。潘雨青则毫无商量余地，说他太了解这个曹瑞瑛了，谁也算不到他会什么时候突然出现在你的面前。肖岩昌认为在这个时间点上曹瑞瑛出现的可能性很低。

“哪怕只有百分之一的可能，我们也要百分之百地防备，否则怎么做到上级要求的万无一失?”潘雨青又急了起来。

“不要争了。”爷叔忽然站在了楼梯顶上，说，“过境人员必须无条件服从命令，这是我定的纪律！中站长同志，我已经做好夜行军的准备了。”

杨雄初他们还滞留在茶阳，护送爷叔去下一站伯公凹的路上，就只有几位船老大而没有武装班保护了。潘雨青带着一行人，连平时人们走熟的山路也不敢走，因为但凡有路的地方在月光下都是泛白的，几个人走在路上会很显眼，这是潘雨青和交通员们在一次次运送和护送中积下的经验。潘雨青在前面领路，避开正路，尽在柴草丛里走。

紧跟着首长的肖岩昌看到爷叔一脚一滑走得气喘吁吁，就叫住走在前面的潘雨青。

“既然这里是两省交界的通道，怎么会没有路呢?”

“有路。”

“那你为什么不上路走?”

上海爷叔一听，就把话接了过去：“我来替他回答吧。中国革命走的就是前人没有走过的路。雨青同志，我说得对吧?”

“太对了！”潘雨青忽然想到，就问，“咦，爷叔您怎么知道我的名字?”

上海爷叔没有告诉他谜底：“呵呵，走吧。”

7

到达伯公凹的时候，天还没有大亮。潘雨青让黄朝华、江志良和张超三人返回青溪照样载客出船，以免曹瑞瑛突然到了青溪，会从那几条未营运的船上追查船主的去向。黄朝华正要走，潘雨青又想起杨雄初他们几个可能还在调查科的手上，就让黄朝华他们到茶阳打听一下情况，要是被放出来了，就通知杨雄初带着武装班立刻赶到伯公凹来会合。

到了作坊，潘雨青让邹叔宝马上安排爷叔和肖岩昌休息。邹叔宝让老四到伯公凹口去警戒，让老大和老三照常晒纸作业，又让大嫂和西诺两人给爷叔准备晚饭，他说，看爷叔累成那个样子，到了吃中饭的时候多半也是起不来的。一切安排停当，邹叔宝就跟着潘雨青在爷叔休息的小屋外担任警戒。

“青哥，”邹叔宝突然说，“这位首长我好像有点眼熟。”

潘雨青说：“我也有这个感觉。可我们不能忘了纪律，就算认出来是谁，也放在心里别往外说。”

“知道知道。青哥，刚才我看见爷叔都累得脱不下鞋了，能不能让爷叔在这多休息个一天半宵的……”

“不行！”潘雨青断然说道，“我是因为白天赶路不安全，才决定让爷叔在这儿休息一个白天，天黑后必须立即启程赶路。”

邹叔宝表示收回刚才的提议。

一会儿潘雨青又说：“我知道爷叔太需要休息了。可我们就是有千条理由也必须要让位于安全，无论我们护送的是谁，都不能违反了这条铁定的原则！”

邹叔宝：“行，听你的。天黑之前，我让老大先去前面探路，确保安全再走。”

“这主意好。那个民团的张在林可能还在这一带到处寻找价值二十块大洋的周成呢。前面的路必须要每一步都走稳了，护送任务出不得半点差错。”

肖岩昌突然走出了小屋。

“你起来干吗？多睡会呀。”潘雨青说。

肖岩昌分别和潘雨青和邹叔宝握了握手说：“都在路上了，还没向二位作个自我介绍。我是中央交通局交通员肖岩昌。”

“你好，你好！”潘雨青连忙说，“不过你怎么能自报家门呢？交通线可是只认代号不问真名的，你这不违反纪律吗？原来咱们是一条线上的，哈……”

“给二位透露一个秘密。首长一路上都在表扬你们呢。首长说，战场上拼的是血性，交通线上的交通员们凭的是对党的赤胆忠心和面对敌人时的大智大勇。”

邹叔宝说：“等首长醒来，我们要多听听首长的指示。”

“叔宝我提醒你，这儿没有首长，只有爷叔，小心在别人面前说漏嘴了。”潘雨青这话既是对邹叔宝说的，也是说给肖岩昌听的。

肖岩昌当然听进去了，连忙检讨：“对不起，是我先说的首长，我检讨。”

潘雨青认真地说：“在刀尖上行走的人，保密这根弦是每时每刻都不能放松的。”

上海爷叔这一觉果然睡过了中午，直到日头偏西才醒来。潘雨青和邹叔宝见爷叔的房门开了，连忙迎上前去。

“爷叔，休息好了吗？”

“呵呵，两位一直在门口为我站岗的人，问我这个一觉睡到太阳落山的人休息好了没有，这让我情何以堪？”

潘雨青和邹叔宝听爷叔这么说，就呵呵傻笑起来。

爷叔被领到另一间小屋吃饭，走到门口就闻到一股香气，进门一看，桌上放着一钵炖得很烂的老鸭。爷叔见主人家的和潘雨青都没进来，就知道这只老鸭是主人专门为他一个人准备的，就说，他一个人战斗力有限，让其他人也都进来，合力打一场歼灭战。爷叔开了口，大家也不能不服从，就都进来围着桌子坐了下来，可谁也不愿把筷子伸进钵里去。

上海爷叔看出他们的心意，就风趣地说：“中国人总说吃什么补什么，我现在是一脚板的血泡，这两只鸭掌我就当仁不让了。这两条鸭腿我看就非你们二位交通站站长莫属了。哦，两位女同胞就分担这两个翅膀吧，比翼齐飞嘛。剩下的就留给老大、老四了，你们看我这么分是不是合理呀？”

见爷叔这么分配，赖西诺喉头有点哽咽了：“首长，您不像首长，就像我们家里人一样。”

爷叔说："我们是革命队伍，本来就是一家人。大家快吃吧。"

这一顿饭吃得大家都热泪盈眶。

正吃着的时候，在凹口望风的老四突然气喘吁吁地跑来，说有人来了，问了一句，"家里人来了吗？"

潘雨青一听这句话，就知道是杨雄初，他起身一口气奔到凹口。

果然是杨雄初到了。见到潘雨青，杨雄初把昨天的经历作了汇报，他们几个为掩护爷叔上岸，制造了一起接错人的事端后，都被抓进调查科蹲了半夜的班房。他们不管调查科的人怎么审怎么问，就一口咬定是接错了人。那个行动队队长没问出什么破绽，就在后半夜把他们放了。他们饿着肚皮赶回青溪，正好碰上黄朝华，让他们赶到伯公凹来会合。

潘雨青问："你的人呢？"

杨雄初朝山里学了几声布谷鸟叫，武装班的队员们就一个个从隐蔽的草从里走了出来，包括杨雄初在内，总共十三人。

潘雨青说："再往前一段，是常有民团白狗子和保安队出没的地区，我们天黑后上路。你们十三个人要拉开距离，负责全程警戒，保护爷叔前往下一站。万一发生什么不测情况，我还是重申武装班的纪律，不到万不得已，绝不允许暴露火力，杨队长对此要负起全部的责任来。"

潘雨青刚说完，邹家老四冬宝就提着一篮子煮熟的地瓜跑来。潘雨青接过篮子递给杨雄初："你们吃点东西都在原地待命。"说完他就匆匆回作坊去了。

太阳已经落山，天渐渐黑下来的时候，前去探路的老大邹仁宝回来了。可当他走进屋子时，妻子和兄弟们都吓一大跳，只见他衣服被撕烂，脑袋上还流着血。原来是遇到土匪了，反正土匪干不出人事，想勒索几个钱财，看他真没什么油水可榨，就把他打了一顿扔下走了，老大是装死等土匪走远了才回的家。

邹叔宝立刻把大哥遇土匪的事告诉了潘雨青和肖岩昌。潘雨青感到去永定路上的敌情比预计的还要复杂。

"你去永定的路线走得多，有没有别的路可走？"潘雨青问邹叔宝。

"只能绕道赤寨。"邹叔宝忽然想起还储存在他脑子里的联络图。

“不行!”

“为什么?”

“我知道赤寨是我们的红色基点村，可也是个常常遭到国民党兵、反动民团和土匪滋扰的地方，前年我去闽西经过赤寨时就遇上土匪杀人放火，差点就丢了命。”

“可现在赤寨也有我们的交通站了。”

“有交通站没有联络暗号也接不上头。再说，从赤寨往前还有很长的路程，沿途没有交通站怎么保证安全?”

邹叔宝指了指自己的脑袋：“有！都在我这儿装着呢。闽西特委正是考虑到永定虎岗的路线受阻，已经让闽西交通大站建立了一条备用交通线，沿途都有我们的秘密交通站接应的。”

听邹叔宝这么一说，潘雨青一下子来了精神：“天无绝人之路，这样就太好了!”

“不过，这样会比原先的路线多走四五十里路。”邹叔宝又补充说。

“不管走什么路线，”肖岩昌说，“也无所谓多走几十里路，重要的是必须确保爷叔的安全。”

肖岩昌说路线作这么大的改动，他先向爷叔汇报一下，听听爷叔的意见。

“为什么要听我的意见?”肖岩昌刚说了个开头，就被爷叔挡回来了，“别的同志过境时，我都要求他们遵守一条铁律，无论职务高低，沿途都必须无条件服从交通员的指挥，我不能自己定的纪律自己不遵守。”

爷叔让肖岩昌去告诉潘雨青和邹叔宝两位站长：“计划有什么改变，走什么路线，什么时候上路，都由他们说了算，无须再征求我的意见，在他们面前，我只是个服从命令听指挥的小兵!”

“明白了！哦，雨青同志还有个要求。”

“我纠正你一下，雨青同志对我的不是要求，是命令，我必须无条件服从。否则，就是对交通员同志的不尊重。”

“是。”肖岩昌一个立正，“雨青同志命令爷叔再换一身装。”他打开刚刚带进来的一个包袱，里面是一套绸缎面料的土豪棉袍。

上海爷叔一看哈哈大笑起来：“我们共产党朱毛红军从1928年开始就在

闽西打土豪分田地，取得了土地革命的初步胜利。没想到，今天却要让我当一回土豪了？”

肖岩昌把潘雨青及邹家兄弟妯娌叫过来的时候，爷叔穿着一身三件套装，戴着一顶黑呢礼帽，俨然一副大土豪的模样站在他们面前。

“怎么样，我这个假阎王还能唬一唬一路上的小恶鬼吧？”爷叔风趣地说。

潘雨青突然说：“有个破绽。穿这身打扮的土豪一般是不会穿您脚上的这种皮鞋的。”

爷叔抬脚看了看：“哦，这就有点为难了，我只有这一双鞋呀。”

潘雨青就从怀里掏出那双布鞋：“我早给您准备了，您换上这双老布鞋才更像本地的财主呢。”

外面的天已经黑透了，爷叔告别邹家的兄弟妯娌，在两位站长和十三名武装交通员的保护下上了路。

8

绕过永定走赤寨的路线上，中途有个秘密补给小店，那就是桃坑交通小站。去年邹叔宝带着两个弟弟向古木督运送物资的时候，也经过桃坑小站，今天重走这条线他是熟门熟路。天黑时他们从伯公凹出发，翻山越岭，凌晨时分到了桃坑，大家都饿急了。邹叔宝先进了村，找到那个秘密的交通小站，按三长两短的节奏敲了敲门。很快，微弱的油灯光就从透风的门缝里漏了出来。紧接着门就开了，主人手上的油灯火苗像一颗熟的黄豆，火苗后面是交通员陶根那张从来没有表情的脸。没有表情的陶根却有惊人的记忆力，他一下子就认出面前这个就是去年带着两个弟弟来过的交通员，可他眼光直直地瞪着面前这个人一声不吭。

“家里来的。”邹叔宝说。

“收山货吗?”

“行情看好，早点来备货。”

“你是来这里的第一个山货商。”

暗号对上了，可陶根还没有让他进门的意思，“这次来人事先没通知呀。”

“暗号都没错吧?”邹叔宝说。

“没错，哦，你进来吧。”陶根这才把门拉开，让邹叔宝进屋。

“后面还有人。”邹叔宝说着就从陶根手上接过油灯，当成伯公灯一样在空中画了个圈。

潘雨青和爷叔他们就走了上来。等他们进了屋，陶根要关门的时候，邹叔宝告诉陶根，外面还有13个人。也不知陶根听没听进去，他还是面无表情地把那盏只能照见持灯人鼻子的油灯往桌上一放，就进了里屋。不一会儿，陶根从里间出来，身后跟着睡眼惺忪、外衣扣着布扣的老婆。

女人一见爷叔吓得要往丈夫身后缩。

爷叔一下子明白了，就说：“大妹子别害怕，我这个土豪是冒牌货。”

陶根就催着老婆：“人多，米不够吃，就煮一锅番薯吧。”

陶根老婆一声不吭地转身去角落里取屋里仅够大伙吃的番薯，陶根也帮着去灶下点火添柴。

番薯煮在锅里的时候，屋子里谁也没有说话，就听见灶膛里发出噼噼啪啪竹节爆开的声音。当满屋子飘着番薯香气的时候，屋子里的人一个个肚子咕咕出声了。

爷叔下意识地掏出怀表凑近到油灯下看了看。潘雨青就想到，等一锅番薯煮熟时间确实有点长了，如果一行人天亮前到不了下一站的话，白天继续赶路就有危险，心里不免一急，就让女主人开锅了。女主人说，怕没熟透呢。潘雨青也顾不得熟不熟透，就自己走到灶前，揭开了锅盖。

大家在吃着半生不熟的番薯的时候，潘雨青问陶根：“到赤寨的路你熟吗?”

“去过几趟的。”

“那今天要辛苦你给我们当向导了。”

陶根回头看了看上海爷叔，轻声提醒说：“赤寨绕着山走要走一整天啊。”

潘雨青说：“可我们天亮前必须要赶到赤寨。”

“走近道可是要翻越两座山。”

邹叔宝说：“这我们知道的。”

陶根说：“那你们吃完就走吧。”

潘雨青：“爷叔，我们带着路上边走边吃吧。”

爷叔就服从地站起身来。

可陶根刚要去开门的时候，外面忽然传来脚步声，陶根“噗”地吹灭了小油灯。紧接着就有人敲门了，潘雨青一听三长两短的节奏，就把门打开。

门外站着的是杨雄初，他向潘雨青报告有两个黑影摸进了村子。

潘雨青几乎是不假思索地说：“马上转移。”

“来不及了。”杨雄初说。

“就两个黑影，要是朝这边来你就果断下手，但不要开枪。”

潘雨青掩上门，一屋子的人就在黑暗中屏着呼吸等待着。不一会儿，几个人的脚步声向这里靠近，杨雄初在门外轻声向屋里报告：“雨青，搞定了。”

潘雨青就一把拉开门。月光下，只见杨雄初的武装交通员们已经控制住了两个外来的不速之客。

“自己人。”那个被杨雄初控制的人突然说。

潘雨青让陶根重新点亮油灯一照，邹叔宝差点惊叫起来：

“李寿柱！怎么是你?”

“谢天谢地，总算找到你们了。”

邹叔宝向潘雨青介绍：“误会了。这位是闽西交通大站的交通员李寿科的双胞胎弟弟李寿柱同志，快放开他。”

“等等。”潘雨青还是不放心地问：“你们是怎么找到这里来的?”

李寿柱说：“李叔岩同志知道通往古木督的路线受阻，估计你们一定是走赤寨路线了，他知道这条路不好走，就派我们两个赶来接应你们。”

潘雨青这才一口气松了下来，紧紧握住李寿柱的手：“这一切就像老天安排好的一样，真是想什么来什么。”

9

李寿柱他们早把赤寨的路线摸得如自己手掌一样清晰了，在他们带领下，抄近路，绕险山，一行人紧赶慢赶，终于在天亮之前赶到了赤寨村。潘雨青决定白天就在赤寨休息，天黑后再继续往下一站赶路。考虑到赤寨村曾是红军的基点村，经常遭到白军、民团和土匪的滋扰，潘雨青出于谨慎，就让邹叔宝先进村里去找到赤寨交通站，确保安全后再让爷叔进村。

邹叔宝凭着当时记在脑子里的新路线上的地名特征寻找，果然见赤寨村头有户人家门口挂着块“岐黄世家”的牌子，邹叔宝在敲门之前，再确认了一下记忆中的赤寨交通站的要点：郎中周正清，联络暗号“我大哥摔断了直脚骨，想来求一服接骨疗伤的良药”。

邹叔宝正在心里复述信息的时候，忽听屋里“啊”的一声惨叫，他连忙趴在门缝里一看，屋里居然挤着一屋子的民团团丁，一个中年男人被五花大绑在柱子上。一个拿着把尖刀在逼问男人的正是大埔的民团头目张在林。邹叔宝这一惊非同小可。张在林民团怎么会跑这么远追到咱们刚建立不久的交通站来？邹叔宝刚要离去，屋里的人声音突然大了起来。

“周正清，你听好了。”张在林说，“老子四处打听着才大老远找到你这里来的。这张布告上的周成是你的远房亲戚，他现在值二十块大洋！你在这山窝窝里治跌打损伤一辈子也挣不到这么多钱。你把他可能落脚的地方都告诉我，帮我找到他，得了奖赏分你一半还不行?”

“我真的不知道谁是周成呀，天下姓周的多了，你打死我我也不能编瞎话骗你呀。”周正清说。话刚说完，就听见啪啪啪的几个耳光声，又听张在林喊了声：“弟兄们，这家伙不老实，赏他点苦头。”然后就传出拳打脚踢和周正清惨叫的声音。

邹叔宝想，从刚才的话里可以听出民团来此的目的是为了找周成，他们并不知道周正清是我们的交通员。

邹叔宝一口气跑出村口，把潘雨青从爷叔身边叫过来，轻声把村里的情况告诉了潘雨青。潘雨青听了第一反应就是立刻离开这里。

潘雨青把李寿柱也叫了过来。三个人合计，赤寨进不去，只能往下一站赶路。可邹叔宝说下一站的永定合溪，离这儿少说也有三十多里，天亮前根本无法赶到。他建议往前走，找个就近的村子投宿，休息一天等天黑后再奔合溪。潘雨青不同意，事关爷叔的安全，决不能在一个没有我们交通站的村子投宿。李寿柱提出，最近的交通站是不到十里的乌石村。邹叔宝立刻予以否决："去乌石村要倒走十里，一来一去就多了二十里，我们多走二十里没问题，可爷叔脚上满是血泡，这二十里……"邹叔宝话没说完，潘雨青就转身走到了爷叔的面前。

"爷叔，有件事想征求一下您的意见。"潘雨青说。

爷叔看他们三个人在一边合计半天，就知道潘雨青想说什么。他从地上站起来说："任何路线改变都不用征求我的意见。有什么行动你直接下命令就是。"

听爷叔这么一说，潘雨青当机立断："调头，退回乌石村!"

沉睡的青山顶上渐渐泛起鱼肚白的时候，他们已经神不知鬼不觉地退回到乌石村的交通小站蛰伏了。他们这么多人在黎明前悄悄潜入村子的时候，甚至连村里的狗都没有发出过一声吠叫。

10

潘雨青双眼布满血丝，他自己都不记得已连续多少个日夜没合过眼了。作为交通站站长，任务就像是一座大山一样压在他身上，顶着巨大压力的潘雨青，在爷叔安全到达目的地之前，他是根本无法安心睡觉的。到了乌石村，他仍然睡不着觉。下一段路程比原计划多出了十里，他担心爷叔承受不了这么翻山越岭的奔波，整个白天他都在围绕着爷叔想办法。

太阳落山的时候，几个壮汉抬着一顶简易竹轿子走进村子，轿子抬到一个院子门前时，潘雨青、邹叔宝和李寿柱就簇拥着"土豪"爷叔走出院子。

爷叔一眼认出这几个轿夫都是护送他的武装交通员假扮的。

“老爷您慢点。”潘雨青扶着“土豪”上轿。

爷叔也配合着大摇大摆地上轿坐稳。轿子过村的时候，一家一户的村民都隐在门后屏着呼吸偷窥“土豪”出村而去。

潘雨青和邹叔宝合计过，这一带赤白相交，时不时会有民团土匪出现，一直要过了合溪才进入相对安全的地带，所以今天一定要赶到合溪。为了降低遇上民团、土匪甚至国民党保安团的风险，他们不敢走大路，尽在人迹罕至的深山老林穿行。

轿子刚进山林，抬轿的没提出歇脚，坐轿的却要求下轿歇个脚了。可轿子刚一落地，爷叔下了轿就往前走了。潘雨青连忙追上，让爷叔重新上轿，他说这是为了安全。

爷叔笑了笑说：“在这荒山野岭，没有看戏的观众我也用不着再装土豪了，轿子也免了。”

“离下一个目的地还有几十里山路。爷叔您还是上轿吧。”邹叔宝也上来劝说。

“我可不上你们的当。”爷叔说，“我要再上这个轿子就成真土豪了。你们知道苏区最得人心的口号是什么？是打土豪分田地！我要是坐着轿子进苏区会被苏维埃群众打倒的。”说完继续往前走着。

赶到合溪镇的时候，天已大亮。爷叔听说这里正在召开永定县共青团代表大会，顾不得喘口气就直奔会场，给大会作了形势报告，会场上一次次地爆发出热烈的掌声。

潘雨青和邹叔宝站在会场大门口旁听着爷叔的形势报告，也是备感鼓舞。

“青哥，其实我早认出爷叔了。”邹叔宝说。

潘雨青哼哼了一声：“你以为就你眼神好？我在茶阳码头第一眼就认出来了。”

“我几次想跟你说，却没敢开口。”

“幸好你没说，要说了我会给你记上一笔违纪的账，秋后再跟你算！哈哈……”

二人回头看着爷叔在讲台上时而挥手，时而举拳地向共青团代表们作着形势报告，一下子被唤起了几年前的记忆：那年爷叔领导南昌起义后，率领着起义队伍一路南下，经过闽赣地区，一路播撒革命火种，潘雨青和邹叔宝正是那个时候亲聆过爷叔的多场报告，然后双双投身革命的。

潘雨青捅了捅邹叔宝：“任务完成了，我们该走啦。”

二人刚一回头，见肖岩昌正等着他们。

潘雨青上前说：“岩昌同志，从合溪到瑞金还有好几天的路程，你辛苦了。”

肖岩昌说：“接下去的行程是在我们自己的苏区，地方苏维埃也在沿途做好接送安排了，你们就放心回吧。哦，雨青同志，这是首长交代让我还给你的。”说着递上那双老布鞋。

“首长也太仔细了。一双我老婆自己缝的老布鞋还这么当回事。”

“首长可把你这双老布鞋研究透了。首长说缝成这双鞋的千针万线里恐怕有着一个好家庭的甜蜜故事呢。首长说他不能掠人之美，哈……”

潘雨青接过老布鞋，揣进怀里，转身就要走。肖岩昌又叫住他们，说：“我也是交通员，这次护送让我看到了基层交通员对党的忠诚和赤胆。我们后会有期。”说完他向潘雨青和邹叔宝行了一个庄重的军礼。

第十三章

『千里先生』蜀道难

1

完成对上海爷叔的护送任务后，潘雨青就像两只脚绑上了风火轮一样，不分昼夜地一口气从永定的合溪赶回大埔青溪的家。推开大门，一脚刚跨进门槛，妻子就一头扑进了丈夫的怀里。

“秋莲，我这次离家时间有点长，让你担心了吧?”

“我才知道什么叫度日如年。”

“我也才知道什么叫归心似箭。”

说完这两句话后，他们就相拥着好一会儿什么话也没说，享受着这几天小别后重聚的甜蜜。

忽然他们几乎同时听到一阵辘辘饥肠的咕咕声。还没等潘雨青开口说饿了，秋莲就从潘雨青怀里挣脱出来，奔到灶下去给丈夫生火做吃的了。可等秋莲做好了饭菜，潘雨青却早已和着一身汗衣倒在床上呼呼地睡着了。

秋莲看到潘雨青发了黑的眼圈，就知道他这趟任务一定又是多少个日夜没睡觉了，心想还是让他先睡一会儿吧，就轻手轻脚上前要为丈夫脱下沾着一脚泥土的鞋。没想到她手刚轻轻一脱潘雨青脚上的鞋，潘雨青突然从床上蹦了起来朝她抡起了拳头，秋莲吓得惊叫一声闭紧了眼睛。潘雨青的拳头猛地收住了，脑子才清醒了过来，连忙向秋莲道歉。妻子说：“不怪你，我知道这是因为你平时太紧张了才会这样的。”秋莲毫无怨怼的原谅反而让潘雨青感到作为丈夫对秋莲的亏欠实在太多。

这顿饭，潘雨青吃得狼吞虎咽，妻子看着忍俊不禁地笑了。

秋莲见潘雨青吃得打起饱嗝了，才想起一件事。

“青哥，前天晚上有个背一把长柄雨伞，挎一只市篮的人来过。”

潘雨青一听这装扮心里骤然一紧，急问：“他说什么了？”

秋莲说：“他就说了一句话，说南洋的大伯想回家了。”

潘雨青一听咣地推开碗筷：“你为什么不早说？”

“你刚回来就睡着了，我就一时没记得告诉你。”

潘雨青感觉要坏大事，一时间他脑子里除了任务什么都没有了，一把摘下墙上的笠帽扛起船桨就出门走了，这时天刚蒙蒙亮。

秋莲虽然追出门外，却并没有叫住丈夫。她知道这个时候叫他，他也听不见的，只能倚着门，什么也不问，像往常一样看着他风风火火地离去，然后就只有祈求老天保佑，等到他一身疲惫地回来。

秋莲听不懂那个人说“南洋的大伯想回家了”这句话是什么意思，可潘雨青一听就知道，这是又有人员要过境的暗语。这是两天前的通知，要是因为他没有及时接到通知而耽误了接送，那后果简直……潘雨青想到这些就心急火燎起来，恨不得长双翅膀飞到茶阳。然而，当他大步奔到码头的时候，却偏偏与刚到青溪视察的曹瑞瑛撞个正着。

碰上这个厉鬼，潘雨青只能心中暗暗叫苦，表面却不得不把十万火急掩盖得传不出一丝烟气来。

“哟，这不是曹大站长吗？小民出门能撞上您这个贵人，今天出船一定会开张好运，来回满船了。”

曹瑞瑛眼神里有毒，脸上却冷得像块冰，看不出一丝喜怒哀乐，说话更像是喉咙底下冒了个水泡泡：“你认识我？”

“嘿，茶阳镇上的人，曹站长认识的十之一二，认识曹站长的可就十之八九了。我不是跑汀江的嘛，常到码头揽客，在茶阳电船码头揽客的时候有幸见到过曹站长几次的。”

“你都揽些什么客呢？”曹瑞瑛的声音依然是轻得像蚊虫叫。

潘雨青也收了收船老大的大喉咙：“呵呵，有客就烧高香了，还能挑肥拣瘦呀？什么客都揽，不就是挣几个辛苦钱养家糊口吗？”

“可不能什么客都揽，有些客你揽了会掉脑袋的。”

“这我懂。曹站长说的是共产党吧？谁敢去沾共产党那是找死！不过，要是真碰上个共产党，报告政府还能发笔小财呢。我要有那好运还撑什么船呀？哈哈……”

曹瑞瑛依然是冰一样的面部表情，让潘雨青的笑很尴尬地收住了。怀疑一切是曹瑞瑛这个老牌特务的本能，他花了几秒钟的时间把潘雨青的话在脑子里重新过滤了一遍，想从中滤出几粒细沙也算是意外惊喜而不虚此行了。然而就算曹瑞瑛这样的高手，也没能从这位跑船老大的嘴里听出点什么共党的气味。

曹瑞瑛一直像是要在他脸上找出一两颗麻子的眼神，还真让潘雨青不寒而栗，他想尽快离开这个厉鬼。

“曹站长，我可以走了吗？”

曹瑞瑛这才把目光从潘雨青的脸上移开，并让出了半个身位让潘雨青通过。

潘雨青在过检查站的时候，发现今天这些荷枪实弹的士兵全都换成新面孔了，他这才想起那天“爷叔”过青溪时，就得到过曹瑞瑛要亲自到青溪视察的消息，他果然来青溪了。可潘雨青心里有急事，顾不得多想就上了船，摘下头上的笠帽顺手往船桅上一挂就出船了。

笠帽会招呼这条江上的交通员紧急集结，而集结地就是潘老大船行方向的茶阳，这是青溪站交通员们早已默契的行动指令。

赖寿章刚踏上大埔调查科楼梯的时候，就听见楼上站长办公室的电话铃声响了，他就缓了缓脚步在楼梯转弯角停了下来。

曹瑞瑛去了青溪，他让行动队队长黑子守他的办公室。黑子一把接起电话，话筒里传过来的声音让他本能地把腰板一挺：“老板好！不不不，我是黑子，曹站长去青溪了，让我暂管茶阳……什么？明白了，请老板示下，职下听着。”

从黑子接起电话后的这几句话，赖寿章得出两个判断：第一，这是他们汕头的大老板打来的电话；第二，汕头的大老板正在给大埔调查科下达什么行动指令。赖寿章轻轻再往上走了几级楼梯，驻步在办公室门外。

黑子在电话里问："老板，您说的这趟电船是几点从潮安发出的？三点五十，那船到茶阳应该刚刚天黑……老板放心，曹站长临走前都已协调好了，我有权调动大埔一切军警力量参加行动。卑职张网以待，决不会让中共人员通过！"

黑子挂了电话，又立刻重新拿起："给我接79团赖副官。"话音刚落，赖副官就笑呵呵地一步踏进门来。

"你什么时候来的？"

"这不是刚到门口就听见黑队长打电话找我嘛。说吧，有何吩咐？"

"真是说曹操曹操就到。你听我说。"

黑子要求赖副官立刻回去调一个连的兵力，到茶阳的电船码头布控。赖寿章笑呵呵地问："要一个连是要打大仗吗？"黑子也算是老到，涉及秘密的事是不会从他嘴里漏出来的。他脑子转了转就托词敷衍着告诉赖寿章说，是调查科上峰派了几个密探微服私访，汕头站吕老板要他们做点样子，别遗人话柄。赖寿章就满口答应，马上起身回兵营调兵去了。黑子静下心来想了想，就像是一件莫大的喜功正等着他似的精神亢奋起来。虽然离电船抵达还有几个小时，可面对这样唾手可得的大功，他已经急不可耐了。他取出两个空弹匣，压满子弹，就奔了出去，一路奔下楼梯的时候嘴里大喊着："行动队集合！"

卢清泉正为过了时间没见潘雨青来而急得团团乱转的时候，潘雨青来了。潘雨青一进门就说："清泉同志，你听我说……"

"不！我等了你一天一夜你先听我说！"

"我有紧急情报……"

"没有事比我的更急！"

"行，那你先说。"

卢清泉就直截了当地说："代号'千里先生'等三位重要人员今明两天要过境大埔！"

潘雨青一听就明白了，其实两人抢着说的是同一件事："不是今明两天，就是今天！"

原来潘雨青往同丰食杂店赶的路上，遇到正从调查科回军营的赖寿章，潘雨青就向赖副官打了个招呼。赖副官的反应却很奇怪，他一见潘雨青就说：“对不起，今天我没时间和你说闲话，调查科让我回去拉一个连到码头等今天的末班电船呢。”说完他头也不回地匆匆走了。潘雨青一想，这不明明是在告诉他调查科对今天末班电船有重要行动吗？卢清泉说的有三位我党重要人员过境大埔，不正好合着敌方的行动了吗？

听了潘雨青说的情况，卢清泉的额头上当即滚下了豆大的汗珠。离今天的末班电船到达只有几个小时了，船在江上行，他们根本没有办法给船上的同志报警，也没有各种相对应的补救预案，怎么办？

在长期的交通工作中，一次次地从绝路走向柳暗花明的有惊无险，已经潘雨青锻炼出了越是泰山压顶的时候越能处之泰然的定力。在卢清泉惊出一身冷汗的时候，潘雨青却格外冷静地思考着如何挽救这场危机。他正一个环节又一个环节地作着精确的计算。

卢清泉知道这个时候不能去打乱潘雨青的思路，可时间一分一秒地流逝着，十几分钟过去后，卢清泉终于还是忍不住开口了：“雨青……”

“老卢，”潘雨青也几乎同时开口，“有条03号电船上有我们的秘密特工吧？”

“我知道你想的是什么了。可我们并不知道他们乘坐的是哪班电船呀。”

“他们乘坐的一定是03号电船！”

“为什么？”

“就凭咱们交通线牵一发动全身的规程，有人员过境一定是由咱们汕头交通大站经过周密计划的，人员从汕头到潮安，也必然是有潮安交通站负责送上电船的，买的就一定是有咱们特工的那班电船，不可能会有任何意外。”

“你这么说也对。可问题是船在江上行，就算电船上有我们的秘密特工，我们也没有办法通知他呀。”

“天无绝人之路！我走了。”

“等等，我知道你可能有计划了，可我能做些什么？”

“你该做的就是隐蔽好自己，别的事我来。”说完潘雨青头也不回地从后门跑了出去。

2

太阳刚刚落山，处于两岸青山之间的韩江就被落下了大幕似的夜色迅速覆盖了，电船也打开了灯光航行。

从潮安驶往大埔的电船，启航三个半小时后，离目的地大埔就差四五十分钟的航行时间了。那位神秘船工站在船头，为电船航行的安全观察着前方航道上的船来船往，时不时还举起铁皮喇叭对江上的小船喊几句注意安全的提示。这位神秘船工知道，再往前百来米转过一个大江湾就能看见大埔了。可就在03号电船向那个大江湾驶近的时候，神秘船工忽然发现前方有条出了故障的木船漂在江心，四五个船工正在修理着船舵。让神秘船工一下子警觉起来的是那条船桅上挂着一顶笠帽，这是紧急情况下的报警暗号。木船抛锚在电船的正前方，想让电船停下来的意图明显。

神秘船工连忙进了驾驶舱，告诉船长前面航道上有条船。船长说："早看见啦，等我们靠近，他们会让出航道的。"电船就一声声地鸣着汽笛，丝毫不减速地朝着前方的木船驶去。

电船越来越接近木船，神秘船工也跑上船头举着铁皮喇叭大声呼喊他们让道，否则要撞船啦。木船上的人看上去也在努力想把船移开航道，可一时办不到。船上几个船老大眼看着要被大电船撞碎也不躲避，让神秘船工接收到一个信息，那就是绝不能让船上的中共人员乘着电船到大埔，即便木船被撞翻在江心，只要能迫使电船停下来，他们也在所不惜。

好在开电船的船长在最后关头还是认怂摁下了制动按钮，把电船停了下来。船刚一停稳，船长就气急败坏地奔到船头，指着那条木船上的船工破口大骂。木船老大潘雨青向船长举着一个断了把的船舵，大声辩白说，他们的船断了舵，换好舵立马让道，还一个劲地点头哈腰喊着对不起、对不起。大家都是吃水上饭的，船长也知道断了舵的船出现这种情况情有可原，只能回到驾驶舱去等着了。

神秘船工钻进轮机舱，见轮机工正好趁着停船去解手了，就立刻把手伸进轮机的一个关键部位拧松一颗螺丝，电船就一下子断了电，船上所有的照明灯都灭了。

潘雨青见电船上的灯光全灭了，就判断出是船上的特工在呼应他们，就对着电船大声喊：“舵修好了，马上让开航道。”

木船让开道了，可电船却出了故障。船长正在发着脾气的时候，神秘船工打着手电筒来向船长报告，说他到轮机房看了，是活塞的问题，刚才刹车猛了点，就出故障了，轮机工正在努力维修，用不了多长时间就能修好的。

船长一听就把一肚子怒气泼向了他们的船东：“早就要求他们更换零件了，谁也听不进去，这些黑心的资本家……”船长拿着手电筒一路骂骂咧咧地也钻进轮机房去了。

神秘船工就拿着一只铁皮喇叭走进客舱。

“各位旅客请注意，电船轮机出了点故障，很快就能修好，请旅客们注意安全，不要离开船舱。”神秘船工喊着喊着，就走到他事先通过暗号对接上的那几个特殊旅客身边，抓住其中一个戴鸭舌帽的男子的手臂用力捏了一下，附在他耳边说了句“准备转移”，然后到电船左舷，拿手电筒朝那条木船的方向一灭一明闪了三下。

潘雨青看到电筒光的三闪，知道这是船上特工发的信号，就让黄朝华立刻把木船靠上电船。仅短短几分钟，木船就悄无声息地靠在了电船的左侧，潘雨青一下子攀上电船，钻进客舱，向正乱哄哄的客舱里喊了句别的旅客根本听不懂的话：“有家里来的吗？”

只有那个戴鸭舌帽的男子接了话：“来看望大舅的，大舅病情如何？”

“出院了，出院了。”

随即，船舱里站起来三条身影，在夜色的掩护下，跟着潘雨青潜出船舱来到左船舷，黄朝华、江志良和张超早已做好了接应的准备，三条身影就神不知鬼不觉地转移到了潘雨青的木船上，木船迅速脱离电船，驶向对岸。

那位神秘船工还在举着铁皮喇叭喊着：“各位旅客，故障很快就能排除，请大家少安毋躁。耽误了大家的行程，船方深表歉意。”

船长成了下手，打着手电给排除故障的轮机工照明。轮机工一边排除故障一边对船东不愿更换零件发着牢骚，这倒也契合了船长对船东的不满情绪。船长倒是认为这次抛锚是个好事，说不定就能倒逼着黑心船东们更换零件了。轮机工终于找到了故障所在，原来是一颗螺丝松脱了。他把松脱的螺丝重新拧上，然后推上电闸，轮机又开始转动起来。

电船恢复航行的时候，潘雨青的木船上只剩下划船的黄朝华，其他人都已经上了对岸。

茶阳码头上早已军警林立，戒备森严。03号电船一靠岸，黑子就一把抓过一个大喇叭对着电船破声大喊：“船上的人都不许走动，坐在座位上等待核查，不遵指令，企图逃跑者，当场击毙！”

命令一下，大批荷枪实弹的军警和便衣就涌上了电船，船舱里顿时喊叫声一片。而此刻，潘雨青已经带着千里先生他们一行，从对岸悄悄过了茶阳电船码头往上游方向脱兔而去了。

黄朝华独自摇着空船慢慢悠悠从电船左侧靠过去时，被船上的军警发现。军警大呼小叫着让小船靠近检查，黄朝华不紧不慢地把木船靠近后，十几支手电筒在船上乱照一气，见只是条空船，就放行了。

黄朝华依然不紧不慢地摇着船过了茶阳电船码头，江面上漆黑一片，凭着他对这一带地理的熟悉，就是在黑夜里也能找准方向，他就把船舵一拉，离开主航道，靠向对岸，把船泊在草丛里等待着。

不一会儿就听见布谷鸟叫，黄朝华回应了一声后，就见潘雨青他们气喘吁吁地赶到这个约定的会合地点。一行人重新上了船，船就无声无息地离岸逆水而上，就在身后的茶阳电船码头刀枪林立搜捕中共目标却一无所获的时候，我们的交通员已经带着千里先生等神不知鬼不觉地从韩江转移到了汀江水域。

他们从电船上接走人员，到船行驶在汀江上，这一路足足用了个把小时，交通员和被护送的人员没有作过任何交流。离茶阳七八里后，在潘雨青的木船后面，又不知不觉地多出两条尾随的小船，这是潘雨青计划中安排的武装班护航小船。看到它们后，潘雨青这才把船舵交给黄朝华，钻进船舱。

潘雨青没有寒暄也没一句废话，就是向黑暗中的三位过境人员通报了一件事：“按正常计划今天到达青溪已是深夜，三位就在青溪休息。可我们一早出门的时候才发现青溪国民党军警的布防变了，而且还有个千方百计想侦破我交通线的老特务今天也在青溪，这意味着这次过青溪困难极大。不过我们对这些都已经有应对的预案，无论发生什么情况，对三位只有一个要求，那就是服从命令听指挥。”

黑暗中传来回应：“放心吧，服从命令听指挥是我党的制胜法宝，我们都会严格遵守的。”

“谢谢！”潘雨青最后说，“现在就请三位赶紧休息，休息好了才有体力应对可能出现的各种紧急情况。”

黑暗中又有回应：“是！我们立刻休息。”说完后是几声善意的呵呵笑声。

船在万籁俱静的汀江上行驶出一段后，忽然传来了突突声，那是曹瑞瑛刚刚增设的巡逻快艇的马达声，它正以比手摇船快出数倍的速度向小木船靠近。忽然一道刺眼的探照灯光，随着巡逻艇转过江湾直接就照到了他们的木船上，立刻就听见巡逻艇上的电喇叭喊：“停船检查！”

“怎么办？”江志良一下子慌了手脚。

潘雨青一面让船舱里的人低下头，一面赶到船尾，用手电筒向后面跟着的两条小船发出指令，然后从黄朝华手上夺过舵把，把船停稳。

刚安排好这一切，巡逻艇就已直冲着小木船逼来，隔着十几米，机动船的强劲推力使木船摇晃起来，趁着这个机会，潘雨青暗暗把舵把一转，木船就像是受机动船的冲击而横了过来，使船舱避开了探照灯的直射。

快艇上站着十几个端着自动卡宾枪的军警，一个头目举着话筒向木船喊话：“都别动，谁动就开枪！”关了动力的快艇就顺着惯性慢慢靠近木船。

军官喊道：“为什么这么晚还在江上跑船？”

潘雨青说：“长官您是不知道咱们这一行的苦呀，长年在这条江上混口饭吃，有货就运，有人就载，谁还能顾得了白天黑夜？早出晚归那是常事，今天是跑了梅州，这一去一回不得到深更半夜呀。”

两个军警正准备跳帮过去检查船舱的时候，汀江后方忽然传来砰砰两声枪响。

汀江上传出枪声，那可是天大的事，巡逻艇上的军官立刻下令摆出作战姿态，驾驶员一个左满舵，巡逻艇就朝着枪声响起的方向扑去。

潘雨青赶紧拨正方向，很快消失在了黑夜之中。不一会儿，身后就传来了一阵密集的枪声，潘雨青听得出那是巡逻艇上军警们开的枪，枪声只持续了一会儿就停了，船上的人都为后头的武装班捏着把汗。潘雨青则更使劲地摇着橹，加快着行船的速度。他这时脑子里想的还不是后面两条船的事，而是能不能安全从青溪上岸。

汀江岸边和江面的一大片水草连成一片，刚才巡逻艇上的军官怕遭到武装分子的抵抗而造成伤亡，向前方的黑影密集开枪的命令就下得有点早。可对方并没有开枪还击，他们就停止了射击。靠上前去，只见两条小船船底朝天地扣在水面上，巡逻快艇的探照灯在草丛里来回照射了一番，没有发现一个人影。军官判断，刚才那两声枪响肯定是江洋大盗火拼，就下令继续往下游巡江而去了。

巡逻艇刚一离去，长着大片水草的水底下就浮出了一个个脑袋，正是杨雄初的武装班，他们嘴上都叼着潜水呼吸的小竹管，在水草的掩护下，他们悄悄上了对岸的江堤，消失在黑夜之中。

3

黑子在电船上查了个底朝天，也没有查到什么中共重要领导人的影子，唾手可得的大功却竹篮打水一场空，对他来说就像天都塌了一样无法自救了。

在行动之前，其实他曾想过要给正在青溪的曹瑞瑛报告的，可他贪功心切，就想等抓住那几个中共要员再给他老板一个天大的惊喜，就放弃了在行动前向老板报告。可没想到怎么算都是唾手可得的大功却弄丢了，明明就在那条船上的几个中共要员，就像空气一样蒸发得无影无踪，他怎么也想不出究竟是汕头给的情报不准，还是共党真的有隐身法术。

黑子毕竟是曹瑞瑛一手调教出来的特务，他虽然有种会被老板问责的恐惧，但也决定不向老板隐瞒事实。当然，他也知道，汕头大老板提供的情报，他想瞒也是瞒不住的。于是，他立刻取出电台，给曹瑞瑛发了电报，以期万一中共要员从茶阳溜过去了，也飞不过由曹站长亲自把关的青溪。只要能抓住中共要员，之前的一切都无所谓。

曹瑞瑛想在青溪逗留几天，就入住在青溪的永丰客栈。当曹瑞瑛一走进客栈的时候，余良廷一眼就认出了，这就是几年前带着国民党军在永丰客栈门口枪杀了六个青年的大特务，他没想到这家伙几年后会成了他的房客。

曹瑞瑛住在永丰客栈，客栈就不能接收别的客人了，永丰客栈就成了调查科的临时据点。余良廷夫妇表面上只是开客栈的，给他们做吃的换洗的，心里却多存了个心眼。这天深夜，忽然听见安放电台的房间传出一阵急促的脚步声，一直延续到曹瑞瑛的房门前。紧接着听见报务员向曹瑞瑛报告黑子队长的紧急来电，说有几位中共要员在茶阳脱兔，如果他们的目的地是闽西赣南，按时间推测，一个小时左右，他们就会到达青溪。

曹瑞瑛雷厉风行，立刻下令，召集人马严密监视汀江夜行的船只。曹瑞瑛一边穿上外衣一边下楼，住在楼下的余良廷夫妇连忙掩上了房门。

白天，余良廷认出曹瑞瑛后，就让黄玉莲去过潘雨青家。谢秋莲把潘雨青匆匆赶去茶阳的事一说，黄玉莲回来和余良廷一合计，就知道潘雨青是接到通知去执行紧急任务了。刚才曹瑞瑛接电报下令监视汀江的船只，很可能正是冲着雨青他们去的。现在曹瑞瑛已经在青溪张开大网，那就决不能让雨青他们在青溪上岸。黄玉莲让丈夫赶紧去发信号，余良廷就上楼点起了一盏马灯挂了出去。

黄朝华在后面摇着船，潘雨青和江志良蹲在船头，目光一直盯着前方三里之外的青溪小镇。小镇正处在夜深人静的时候，只能看见一个隐隐的轮廓。

而此时，曹瑞瑛已经让他的人在青溪码头附近埋伏着。他脑袋一扭，忽然看见有个手下正在抽烟，他不声不响地走到他的身边，伸手和和气气地从他手下的手上摘过剩下的半根烟，轻轻地把烟火吹得更红，那个手下意识到什么，刚要向站长求饶，曹瑞瑛就一下子把烟头摁在了他的脸上。那手下痛得惨叫一声，被曹瑞瑛抬起一个飞脚踢倒在地，又紧跟着上去狠踢几脚，直到那手下连痛都不敢叫出声来，才气急败坏地向身后的一个特务说了句："给我传令下去，今夜行动，谁暴露了目标，就地正法!"

此令一下，手下们别说抽烟、说话、随便走动，就连尿急了都憋着不敢随便撒。

"永丰客栈挂着灯!"越来越接近青溪时，和潘雨青一起蹲在船头的江志良忽然轻呼一声。

潘雨青站起来向后面摇橹的黄朝华挥了下手："减速！"

这是余良廷发出的警报。青溪果然上不了岸了，潘雨青只能决定改走多宝坑。

然而走多宝坑的路线，中途要过一段急流险滩，出于人员安全考虑，潘雨青以前一直把多宝坑作为备用路线，从建立到现在还从来没有用过，今天只能鼓起勇气闯闯险滩了。主意既定，他就让黄朝华立刻掉转船头，驶入汀江的一条小支流。船在支流水道行驶一段后，就听见船底擦到河床石子的声音，很快船就在石滩上搁浅了。江志良和张超跳进水里，从草丛里拉出一个竹筏。

可当两位首长钻出船舱，潘雨青在月光下看清他们年龄的时候，就对自己的这个改道决定后悔不已。原来三人中有两人是上了一定年纪的，经不起前方的急流险滩。可是事已至此别无选择，潘雨青不禁对这次任务的成败产生了担忧。在江志良催着船上的人快下竹筏的时候，他居然莫名其妙地发了火："催什么催！等着！"

三人中最年长的千里先生似乎明白是自己的年纪让这个交通员为难了，就笑呵呵地拍了拍潘雨青的肩膀："小伙子，你是在顾虑我这个老同志上不了竹筏吧？我告诉你一个秘密，我的年龄呀，不是从出生算起的，要从我参加党的第一次代表大会算起，1921年到1932年，也不过才11岁嘛，别人能过的急流险滩我也一定能过的。"

千里先生这么一说，透露了他是党的一大代表的身份，潘雨青就对他更加肃然起敬了。另一位长衫大师也说："你们放心，还有我们两位大哥哥，会一路照顾好我们这位11岁的小弟弟的，什么急流险滩只当闲庭信步！"

潘雨青听首长们这么说，紧张的心情也放松了许多，就扶着他们从船上下到竹筏上。人一站稳，就靠两根竹竿在黑暗中闯过了湍急的水流。潘雨青和张超一左一右保护着千里先生，而长衫大师和"鸭舌帽"也奋力抵抗着颠簸才勉强自保。

竹筏在险滩上有惊无险地搏斗了二十几分钟，好在没有一个人落水。待竹筏抵岸后，所有人都瘫倒在岸上，个个气喘如牛。

千里先生忽然指着天空说："好像有人在上面盯着我们看呢。"

长衫大师接过千里先生的话说："要有，那就一定是马克思他老人家。"

千里先生又说："还好，我们虽然仪容不雅，但总算没有在他老人家面前像条落水狗哦。"

几句话把大家都逗乐了。潘雨青见年长的首长也渐渐缓过来了，就想抓紧赶路了。

千里先生率先从地上站了起来，说："这里就数我年龄最小，我带头。走。"

千里先生的乐观鼓动，一扫所有人的疲惫，一行人继续踏上了青山野道，向五里之外的多宝坑出发。天虽然黑，但他们心中都有一个信念：过了最黑，就是黎明。

千里先生一行从多宝坑出发时，多宝坑交通小站站长许永祥加入了护送，顺利越过白区，提前两天进入了苏区。

曹瑞瑛站在一个能把汀江水道一览无余的位置上，几乎纹丝不动地等待着大鱼来撞他的网。可是，半小时过去了，一小时过去了，直到一个半小时后，远处的江面上才有点亮光。尽管那只是萤火虫那么一点点希望，也足以使他热血沸腾起来，他心里想着，真要能逮着几个中共要员，立不立功不重要，重要的是尽雪前耻呀！

然而，他最终还是意识到老天对他缺少眷顾，远处黑夜中的那只"萤火虫"长大得太快，原来是他的巡逻快艇返回了。艇上本身有发报机，但也没有给他发来截获什么可疑人员的捷报，这就基本上可以断定今夜的行动又是白忙乎了。此刻，他倒更希望黑子提供的情报有误，那就是今天本来就没什么中共人员过境，这样远比真有中共人员在他的把守下脱免对他造成的伤害轻得多。

快艇靠岸后，艇上军官向曹瑞瑛报告的时候，也添油加醋地把遇到的那个事件尽量按着他自己的推理，往江洋大盗互相火拼上扯，这一扯就把本来有的线索给扯断了。

曹瑞瑛有个盘算了很长时间的大计划，今天他作出了付诸实施的决定。

第十四章

最后一公里

1

曹瑞瑛心里酝酿已久的计划就是移师永定，他要和一次次像风一样从他眼前掠过却连影子也抓不到的共党，在最后一公里决战。

三天前，曹瑞瑛从青溪回来的第一时间就给汕头站吕文超打了个电话，报告了他移师永定的计划。吕文超本人对这个计划十分赞同，并表示会尽快向南京总部报告。

曹瑞瑛觉得他提出这个计划的理由足够充分，一定会获得南京总部的支持，所以这三天来，他已经在作着移师永定的准备了。果然，三天后，吕文超给他打来电话，告诉他计划已经获得南京总部批准，随时可以付诸实施。

曹瑞瑛放下电话，就来到79团驻地去找马大鋆解决最后一个问题。

马大鋆本来就是个油锅里滚出来的小军棍，根本不是省油的灯。见曹瑞瑛一改有事一个电话发号施令的做派，竟然满脸堆着少见的笑容走进他这个小军营里，就知道这家伙一定是有求于他了，他就江湖气十足地和曹瑞瑛打起了哈哈。

“哎呀，没想到曹站长光临，这可真给我这个小团长脸上贴满了金片片了。不知曹站长大驾光临有何见教?”

果不其然，曹瑞瑛开口就说了句：“无事不登三宝殿，还望大鋆多给面子。”然后就把南京批准他移师永定的计划向马团长作了通报。马大鋆听到他要移师永定，心里正暗暗庆幸这尊神总算要自己离开大埔了，没想到曹瑞瑛马上又给了他当头一击：曹瑞瑛继而要求马大鋆调拨两个营随其移师永定。马大鋆听了这话，像是没听懂似的大半天怔怔地看着这位真不知天高地厚的小特务，脸上渐渐浮起了蔑视的神色。

“曹站长，”马大鋆说，“我知道调查科是通天的，可我是大埔驻军，管我饭碗的不是你调查科南京总部，而是广东南粤王陈济棠总指挥，你们调查科手再长也伸不到我这个小小的79团吧？对不起，你无权命令我的部队调防，我却有权不拿你的鸡毛当令箭使。”

马大鋆的这几句话可以说是毫无商量余地地把曹瑞瑛挡在门外了。

可曹瑞瑛毕竟是吃政治饭的，对付一个小军棍还是绰绰有余。曹瑞瑛说：“呵呵，马团长说得有理啊。说实话，别说是我曹某人，就是调查科南京总部也无权命令79团调防，这个道理我懂!”

曹瑞瑛这么一说，马大鋆心里爽了一下，心想，自从这个姓曹的来到大埔，打过多少回口水仗，回回都没占到便宜，这回总算让曹瑞瑛败下阵去了。正得意的时候，曹瑞瑛接着又说：

“可是我没有要求你整建制调防，79团还是大埔的驻军，马团长可以留下必需的一个主力营的兵力驻守大埔。这样变通一下，你我还是有商量余地的吧?”

“我听明白了。”马大鋆心里更窝火了，“你让我留下一个营驻守大埔，把另外两个营的兵力交给你带到永定去作最后一公里决战对不对？你这是要把我这个团长降为营长吗?”接下来他的言语就更刻薄了，“我只是个小小的中校团长，没多少兵力，你何苦打我这千把人枪的主意，你要想过把带兵的瘾何不去向南粤王陈济棠总指挥要去，他那里一个团甚至一个师都不在话下。”

“马团长，”曹瑞瑛正了正脸色，“我是在和你商量一个严肃的问题，请你不要这么冷嘲热讽。更何况这也不是我曹某人心血来潮，这还的确是直达天听的计划，你作为一个党国军人，不管是中校还是中将，总该有个全局观念吧?”

“对不起，我只是个行伍之人，头脑里没有你那么多的政治弯弯，我只知道军人就是以服从命令为天职。除非国防部下文或是有我顶头上司的手谕，否则就是撤了我的职，我也不能把一个兵交给你带走。”

曹瑞瑛听了这话起身就要走。

一直坐在角落里不便插话的赖寿章连忙站了起来："曹站长别生气，别生气，这事还可以商量。"

曹瑞瑛说："你们不就是要顶头上司的一纸命令吗？行，等我三天，三天之内，我要是拿不到你顶头上司的手谕，算我曹某人没脑子！"说完就怒冲冲地走了。

赖寿章连忙示意团长赶紧叫住他缓和一下关系。谁想马大鋆砰地拍响了桌子，怒吼一声："有本事让他把我撤了去！"

赖寿章再也不敢多说什么了。马大鋆又忽然问："他说三天对吧？明白了，我这个团长也只有三天的当头了。寿章，你我兄弟那么多年，眼看我这个团长只有三天寿数了，你去弄几个菜，陪老哥喝顿道别酒吧。"

"不至于，不至于，"赖寿章连连安抚团座，"咱都是按着命令来的，谁也撤不掉马兄的职！"

曹瑞瑛还真是说到做到，第三天就拿着79团上峰的手谕来见马大鋆了。

原来三天前曹瑞瑛一离开军营回到调查科，就给吕文超打了电话，吕文超当即就去找汕头的驻军师长喝了顿酒，席间拼命地向这位马大鋆的顶头上司灌输政治思维，说："委座最近又重申了'不给赤区粒米勺水之接济，片纸只鸟之通过'的钧令，贵军要是能在封锁赣闽赤区的暗战中有所建树，那可就是件直达天听的大功啊。"

这位师长被忽悠得唯唯诺诺，就按着吕文超的意思给马大鋆写了手谕，命令他要以党国剿共大业为重，在兵力调用诸方面，作便宜行事。这封上峰手谕不是通过军中渠道传达，而是交给了汕头调查科。吕文超当即派人直送大埔，曹瑞瑛就第一时间拿着手谕出现在马大鋆的面前。

马大鋆把上峰手谕看了好几遍，知道这肯定是他们这帮吃政治饭的人做了手脚。可师长的手谕是白纸黑字的在手上，军令如山，他也只能忍下这口气，表示按曹站长的意思，让赖副官带一个营留守大埔，他亲率两个营随曹瑞瑛移师永定。

曹瑞瑛还让行动队队长黑子留守茶阳，自己带着十几个随身特务先行出发，让马团长率部三天之内赶到永定会合。

2

曹瑞瑛移师永定后，留守大埔的调查科就交给了行动队队长黑子。黑子趁着这两天风平浪静，对上次功败垂成的前因后果作了深刻的反省。当时是他接的吕站长电话，从来没有向任何人透露过一句电船上有中共人员的消息，怎么可能让笼子里的困鸟飞走呢？经事后调查，那趟电船在距茶阳几十分钟的距离外发生过临时抛锚的故障，他知道共产党神出鬼没，会不会就在那次电船抛锚时让中共人员离船脱逃了？可事实要真是这样，那说明中共一定事先得到了茶阳码头张网以待的消息，他们会从哪儿得到消息呢？他绞尽脑汁把所有人捋了一遍，只有一个人值得怀疑，那就是赖寿章。那天他刚接听完吕文超的电话，赖寿章就走进了办公室，他很可能从电话的片言只语中获得了这个绝密情报。可赖寿章是79团副官，和马大鋆关系非同一般，曹站长也说过赖寿章是他来大埔后唯一信任的兄弟，要是没有确凿的证据在手，他也不敢去动赖寿章。但特务的本性让他像闻到血腥味的猎狗一样欲罢不能，他就安排了一个心腹开始暗中监视赖寿章。

一阵上楼的脚步声打断了黑子的沉思。上楼的正是黑子派去监视赖寿章的一个绰号叫门板的心腹。门板一进屋就向黑子报告说，赖寿章又去那儿了。他说“又去那儿了”说明已经不是第一次监视到赖寿章去了同一个地方。

门板说赖寿章“又去了那儿”的地方，就是赖寿章的姑妈家。

赖寿章来的时候已经感觉到有人跟踪，他预感到自己可能已经受到调查科监视了。而这事发生在曹瑞瑛离去后，说明对他的监视行动是黑子瞒着曹瑞瑛干的，原因也只有一个，那就是他听到了黑子接听上峰的电话，然后黑子缉拿中共要员的行动就失败了，黑子一定会由此怀疑是自己把消息透露给了中共人员。这么一推测，赖寿章顿时被一种站在万丈悬崖顶上的临危感惊出一身冷汗，但他很快让自己镇静下来，迈着从容的脚步走进了姑妈的家门。

姑妈对堂侄的到来很是欣然。可在堂侄时不时走了神的谈吐中，她感觉到他可能遇上难事了，他不说她也不便问。

自从上次听到赖寿章在邹叔宝面前吟诵马致远的那首小令，姑妈就天天想见到这位堂侄。那年她丈夫以南洋商人的公开身份回到粤东大埔，第一项任务就是找到一位潜伏在国民党队伍里的下线同志，可丈夫出师未捷身先死，遭到了国民党特务的暗杀，出事那天他浑身是血地跑回家来，在生命的最后关头，才向妻子说出自己共产党员的身份，并把自己要找到一位下线的使命告诉了妻子，联络暗号就是马致远的那首小令……姑妈一直不愿回忆丈夫临终时的心碎场景，可她却记下了丈夫的遗托，那就是帮他找到这位下线。

她并不识字，靠死记硬背把马致远的这首小令记得一字不差，可她真不知道上哪儿去找到能听懂这首小令的人。那天忽然听见堂侄向邹叔宝背诵那首马致远小令的时候，姑妈一下子就忍不住热泪夺眶，她怎么也没有想到丈夫要他找的人竟然就是自己的堂侄。她知道堂侄此时多么希望邹叔宝能接下最后两句，然而，邹叔宝却毫无反应。当时堂侄失望而去的背影深深地扎进了她的心里，作为姑妈她恨不得当时就大声吟出“夕阳西下，断肠人在天涯”。可她知道即便邹叔宝是共产党，也不能在有第三人在场的时候对这个暗号，她忍下了。之后，她天天都在等着堂侄来看她。

赖寿章坐了一会儿，发现姑妈的眼睛里含着泪花，就有话没话地问了句：“姑妈，西诺夫妇他们最近没来过茶阳吧?”

一句张口就能回答的话，姑妈却好一会儿沉吟也没有开口。

赖寿章就站了起来，想让姑妈早点休息。

“寿章。”姑妈突然把他叫住。

“姑妈还有事要说吗?”赖寿章又在姑妈身边坐了下来。

已经热泪盈眶的姑妈声音颤抖地吟出：“枯藤老树昏鸦，小桥流水人家，古道西风瘦马……”姑妈再也吟不下去了。

“……夕阳西下，断肠人在天涯。”被惊得目瞪口呆的赖寿章吟出了最后两句。

姑妈就再也忍不住地一把将堂侄搂进怀里：“寿章，怎么会是你呀？天意，这真是天意，你姑父可以瞑目了。”

赖寿章也是做梦都想不到，原来他等待很多年的上线竟然就是已经作古多年的姑父，今天虽然由姑妈把这个头接上了，可他却高兴不起来，他心里敏感地产生了一个可怕的念头。

"姑妈，姑父临终的时候告诉过你怎么联系他的上线吗？"

问了这句话，赖寿章最担心的事发生了，一定是姑父在生命的最后时刻来不及把他的上线告诉姑妈，这也就意味着赖寿章将永远无法回到组织的怀抱。

姑妈说："你放心，让叔宝来带你回组织，姑妈去给你做证，你随时可以回家的。"

赖寿章苦笑了一下。他理解姑妈的好意，可姑妈并不知道隐蔽战线上的规矩，自己和邹叔宝不是一条线上的，在没有组织确定的上下线联系人的情况下，邹叔宝还有他暗中帮过多次大忙的潘雨青他们都无权接受他，而他也不能去要求他们接受，这是共产党在一次次血的教训中形成的组织纪律。

姑妈见堂侄对上暗号后反而神色黯然，就知道他的回家之路远比自己想的要艰难，不禁对这位堂侄心生同情。

"寿章，姑妈不懂组织里的事，但姑妈还有点积蓄，都给你用作盘缠，你尽快离开大埔，走得越远越好，以后再想办法回你的组织。"

赖寿章领了姑妈的亲情，但他说："我要是离开大埔，以后就更说不清楚了，再说这个时候我还不能离开大埔。"至于为什么，他就没有向姑妈细说。

时已深夜，赖寿章起身走进姑父的灵堂，敬了三炷香，含着热泪磕了三个头，然后告别姑妈走了。

3

听说曹站长移师永定，在这一带活动了个把月的民团团首张在林就屁颠屁颠地来见曹瑞瑛了。他闯进站长办公室的时候，曹瑞瑛甚至连铺盖卷都还没来得及打开。

曹瑞瑛对这个只会夸夸其谈的张在林早已不抱什么希望了，就想冷冷地把他打发了。没想到张在林这次还真给他带来一个好消息。张在林说他已经踩到共党通缉犯周成的蛇尾巴了。

张在林这句话一说，曹瑞瑛那张冰一样的脸上瞬间就像被火烤软了似的渗出一点点的人气，他拖过一把椅子让张在林坐下说。

张在林提供的所谓情报就是赤寨村的事。他说赤寨村有家岐黄世家，是一个叫周正清的人开的。他拍胸脯说周正清百分之百就是周成的亲戚，我让一个兄弟扮作要饭的在那蹲了好几天，根本没人找他看病，那肯定是共产党插在赤寨村的桩子，抓住那个假郎中就能顺藤摸瓜找到周成，找到周成可不就破了中共的地下组织了吗?

“那你为什么不把人抓到我的面前来?”曹瑞瑛听了他的叙说嗓门一大。

“我抓了呀。可赤寨有好几百老百姓呢。他们一窝蜂赶来，把人抢回去了。我就一直在赤寨附近蹲守到今天，知道曹站长来了我才赶紧来报告。”

正在这时，马大鋆也到了。曹瑞瑛一见马大鋆连句“一路辛苦”的客套话也没说就直接让马大鋆带一个营去赤寨抓捕共党。

曹瑞瑛骑的是脚踏车，马大鋆骑的是一匹老马，身后的十几个调查科特务、民团团丁和两三百个士兵只能跑步行军。

一个多小时后赶到了赤寨村口，正好被岐黄世家的周正清看见。周正清一眼认出那个光头的民团头目，就知道是他去搬兵来抓自己了。他连忙回身，在屋里找了一挂鞭炮点着了。

村里突然像是机关枪一样地响起了噼里啪啦的声响，刚要进村的官兵们以为有红军埋伏，都卧倒在地上。马大鋆毕竟是个行伍之人，很快就听出那不是枪声。果然，一会儿他就看见有个村民手提着一挂噼啪乱响的鞭炮在村子里边跑边喊：“白狗子来啦，大家快跑进山去!”

赤寨村是红军的基点村，多次遭受过白军土匪和民团的报复性血洗，村民都有了自我保护意识，一听到警报就一下子都从后门跑上山去了。

“他就是那个周正清!”张在林喊了起来。

马大鋆一把抓过身边士兵手上的一挺机枪就是一梭子子弹猛射，周正清应声倒下。拦阻不及的曹瑞瑛冲上前去一看，身中数弹的周正清已经没有了呼吸，他盛怒之下掏出手枪对准马大鋆。

马大鋆还不知道他打死的是个什么人，见曹瑞瑛把枪口对准自己，反而朝着曹瑞瑛的枪口走上前去。

“怎么，想跟我玩枪?”

张在林说了句：“马团长，这个值几十块大洋的共党分子就这么让你一梭子干掉啦。”

马大鋆再看看曹瑞瑛白一阵红一阵的脸色，才知道刚才操之过急了。

“可这也不能完全怪我，你事先没跟我说呀。”马大鋆为自己开脱。

曹瑞瑛收起枪，就朝周正清的家走去。几个特务紧跟着站长。

特务们在周正清家里搜了个底朝天，却一无所获。有个特务就说可能又是张在林谎报军情了，这根本就是个普通郎中。张在林想辩解，可一看曹瑞瑛那吓人的脸色，也只能苦着脸轻轻说了句：“人都打死了，死无对证了。”

曹瑞瑛却在一面补过的墙面上发现了端倪。他找了个硬物，敲开墙面的空鼓，后面果然有个墙洞，里头塞着一团红色的东西。曹瑞瑛的第一反应这可能是中共交通线的联络图之类的秘密，这不是踏破铁鞋无觅处，得来全不费功夫吗?他感觉蓦地一下子血压升高心跳加快了，伸进手去取出那团红色的东西，打开一看，是一块折叠得方方正正的红布，他一看红布上的字，差点昏过去。

当曹瑞瑛从周家出来的时候，马大鋆发现他的脸色比刚才更加难看了。而曹瑞瑛此时心里只想发泄一下又一次失败的情绪，他从紧咬的牙缝里挤出几个字来：“放火，烧!”

马大鋆就想为刚才自己的莽撞找补点回来，立刻下了把村子烧个干净的命令。于是，经历多次血洗的这个小村落，又一次被火付之一炬。

回到永定县城的曹瑞瑛一进门就拍着桌子暴跳如雷。他原本是想抓个活的，却被马大炮一梭子打碎了他的算盘，他连声怒骂小军棍成事不足败事有余。

正痛骂的时候，被骂的人也正好一脚跨进门槛，这骂声就直接让他听见了。

“曹站长，我这是进来呢还是退出呢?”马大鋆一脚在门里一脚在门外地跨在门槛上问了句。

这一问倒把尴尬抛给了曹瑞瑛。毕竟是搞政治的脸皮没有握枪把子的厚，曹瑞瑛马上放下身段，变了口气，请马团长进来喝茶。

马大鋆为摆脱尴尬的气氛，进屋就扯闲篇，说：“唉，曹站长是搞政治的，有个事我想和你探讨一下。这共产党是要吃没吃要穿没穿，可党国以数倍于敌的大兵围剿，一次次都铩羽而归，这说不过去呀。难道真是传说中的那样，朱毛红军都会飞檐走壁?”

马大鋆本是为了缓和气氛随便这么一说，没想到却正中了曹瑞瑛心里的块垒。曹瑞瑛马上掏出那块从周正清家里搜出的红布放在马大鋆面前。

“这就是解开大鋆兄之困惑的答案。”

马大鋆取过一看，红布上歪歪扭扭地写着二十四个字：牺牲个人，努力革命，阶级斗争，服从组织，严守秘密，永不叛党。

“这不就是几句口号吗?”

“对，在你我看来这是几句口号，可对于他们共产党人来说，这就是他们的信仰。有了这般信仰的党，我们能轻易战胜吗?”

马大鋆本来就是个没多少政治信仰的行伍之人，对曹瑞瑛拿一块红布小题大做也没多大兴趣，他就把那块红布往茶几上一扔：“我更想听听曹站长最后一公里决战的玄机何在。”

曹瑞瑛也感觉到自己和这位行伍之人的确是话不投机了，就拿了一张地图摊开，那地图上已经标出了一个个具体位置。他解释说，永定就像一个大麻袋的出口，只要把这个口子扎紧了，就能切断中共通往赤区的咽喉要道，他们就算人人都有隐身术也很难通过这赤白交界的最后一公里。

看地图可是马大鋆的特长。他仔细看完地图和曹瑞瑛在地图上标注的地点后，不得不佩服这个搞政治的人有如此缜密的战术思维。他知道这几乎是掐断了从永定通往赤区的所有通道，他这才理解曹瑞瑛提出最后一公里决战的意义何在，内心折服地向曹瑛竖起了大拇指。

这时电话铃声突然响起，曹瑞瑛一把抓起话筒：“哦，黑子，什么事说吧。”

曹瑞瑛很长时间不插一句话地听着黑子在电话里向他报告着什么。马大鋆感觉这个电话的内容有点重要，自己在此旁听不合适，就轻轻站了起来，向曹瑞瑛做了个“我一会儿再来”的手势就要走。

“请留步，大鋆兄。”曹瑞瑛却突然叫住了他。马大鋆只好重新坐下。

“我听着呢，你接着说。”又听了好一会儿，曹瑞瑛才说，“我只对你说一句，此人的安全和保密上出任何问题，我唯你是问。”说完就挂断了电话，马上对马大鋆说：

“79团在大埔还有两三百号人枪吧?”

“怎么个意思，曹大人是想把79团从大埔连根拔到永定来?”

“临时抽一个排。”

“到底怎么个意思？你就一嘴痛快地说出来行不行?”

“请你派出一个排，护送一个人到永定来，为了安全起见还必须要赖副官亲自护送。”

“是你们调查科的上峰大员吗?”

曹瑞瑛没有说明来者是谁，却给了马大鋆一个无法拒绝的似软却硬的姿态：“我不能让黑子也离开大埔，这件事恳请大鋆兄全力支持。”

马大鋆也只能半明不白地表示：“行，左脚都跨出去了右脚还能不跟上吗？我会给赖副官下达命令的。”嘴上这么说，心里却不免犯起嘀咕，这他妈会是哪方神仙……

第十五章

一颗危险的定时炸弹

1

太阳偏西的时候，电船缓缓驶入茶阳港口。

黑子带着一群便衣早早地站在江岸上。

“黑队长，今天又有什么行动吗?”赖寿章忽然走了过来。

黑子像是吓了一跳地扭头：“你……你怎么来了?”

“我不该来吗?”

“不不，我是说今天没有什么特殊情况，有我这帮兄弟在就行了。”

“可我不得不来呀!”

“有什么事吗?”

赖寿章说：“刚接到马团长的命令，让我带一个排护送一个重要人物去永定，这个重要人物在你手上。”

黑子装作惊讶不已：“有这回事吗?什么重要人物我可一点也不知道呀。”

“不会吧?要不是曹站长的要求，我的团长也不会给我下这个命令。”

“那可能这个所谓重要人物还没到吧。到了我会第一时间通知你的。”

“那我等你消息。”赖寿章说完走了。

黑子一直看着赖寿章的背影，直到电船泊定，旅客下船，黑子才朝前走去。

一个礼帽压得很低，一块大围巾遮住下半张脸，手上提着一口高档牛皮旅行箱的神秘男人走出船舱。

神秘男人下了船，刚走到搜身检查的卡口，黑子手下的两名便衣就带走了神秘男人。

神秘男人被安顿在一个清空了所有散客，又在前前后后布置了许多黑衣人的小客栈里。

黑子伸手想扯下神秘男子的大围巾。神秘男子阻挡了黑子的手，沉沉地说：“我离开南京的时候，徐大老板亲口承诺，本人的人格将会得到充分尊重的。”

“我只想看看阁下的尊容，没有侮辱阁下的意思。”黑子的言语里分明有一种居高临下的蔑视。

“我要是早来几天，也许曹站长就不会放弃大埔移师永定了。”

“什么意思？你是不是不想去永定？”

“我倒是希望曹站长能杀回大埔。”

“你最好别给我出难题。曹站长命令我把你送到永定去，我不会和你商量想不想去的问题，更不会和你讨论我们老板是否该从永定杀回大埔的问题，而是和你敲定一下，是今天、明天，最晚后天，必须动身的事！”

神秘男人咽了口唾沫，然后虽然克制却也寸步不让地说：“对不起，这不是我愿不愿意的问题，而是万一在路上我被人认出来，那南京徐大老板的一番良苦用心就前功尽弃了。恐怕谁也不好交代。”

碰了个软钉子的黑子，只能直说本意了：“那你就把名单给我，我先帮你扫一遍雷就不怕被人认出来了。”

“对不起，名单只能交给曹站长本人！”

黑子有点上火了：“所以曹站长命令我把你秘密护送到永定去，可你又阴阳怪气不想去。我提醒阁下，在大埔应该听谁的。”

“我要听听行程方案，评估一下是否能百分之百保证我的安全才能上路。”

黑子恨不得一个耳光扇过去，可他还是忍住了：“行，我明天给你行程方案，但最晚后天必须起程。这两天你就在这儿待着，别出去！”

“我一步都不会走出这个房间的。”

2

黑子回到办公室，就给曹瑞瑛打电话，要求曹瑞瑛考虑让他亲自把人护送到永定。可曹瑞瑛一向是不喜欢手下要他改变决定的，他要黑子给出足够的理由。黑子只能把对赖寿章的怀疑说了出来，他说不能让一个有嫌疑的人护送这么重要的一个人物。

曹瑞瑛问："你有证据吗?"

黑子说："暂时还没有得到，但我早晚会找到证据的。"

"你要是真怀疑他和中共有牵连，就尽快给我找到证据!"曹瑞瑛说完啪地就挂了电话，脸色铁青，脑子里迅速地把赖寿章的方方面面都过滤了一遍，并没有发现直接的佐证，可特务的本能却让他不能对黑子的怀疑完全无视，他必须要重新考虑是否还让赖寿章护送。

黑子被主子甩了电话，好一阵忘了放下话筒，而放下话筒时的余光一瞥之下，又猛地吓了一大跳，门外不知道什么时候站着赖寿章。

"赖副官，你什么时候来的?"

"刚来。"

"你听见了什么?"

"就听你在打电话说找什么证据。这不算泄密吧?"

"哦，有个嫌疑人我怎么看他都像是共党，可就是找不到证据。"

"黑队长，曹站长不在家里由你做主。可你我各有其主啊，我的主子给我下了命令，我不得不遵命而行吧?"

"我们不就蒋委员长一个主子吗，分什么你我呢。哦，对了，你说马团长命令你什么?"

"昨天在码头上我就跟你说了。"

"哦……呵呵，赖副官别把那个人看得多重，说白了那家伙就是条从中共投诚过来的癞皮狗，不值得你赖副官亲自护送的。你就拨出十个人，装装样子把人送过去得了。"

"好，听你的。什么时候用人打个电话。"赖寿章说完走了。

经过一番考虑，曹瑞瑛像是突然拿定了一个主意，就给黑子打电话，电话费了好一会儿才打通。

“黑子你听好了。我决定还是让赖寿章把他送过来，是人是鬼也正好让他自己现个形。但此人的身份不能泄露给赖寿章，明白了吗？”

“明白！”黑子放下电话就快步离去。他心里是得意的，因为他听出曹老板虽然还是让赖寿章送人去永定，可对赖寿章的信赖显然已经发生动摇了。

太阳直照着头顶，脚下看不见自己的影子。正当午时，潘雨青载着几个散客刚抵茶阳。等客人上岸走了，他拴好船绳，想着这个时候不会有客，就进到舱里准备睡个午觉。可刚躺倒，就有人叫了。

“船老大，有客啦。”

潘雨青当时就听出这是赖副官的声音，赶紧一骨碌起来，钻出船舱一看，赖寿章带着十来个全副武装的士兵押着个戴头罩看着像犯人的男人正向他走来。

“哟，赖副官今天是我的财神爷了，我都几个月没满载过船客了。”潘雨青一出船舱，那个戴着头罩的男人就突然停下了脚步。

赖寿章问：“怎么啦？”

“能不能换条船。”男人声音压得很低。

赖寿章却声音山响：“你看现在就一条船，没地方换去。弟兄们上船。”

潘雨青听了这话，不禁看了看那个貌似犯人的男人，心想他为什么不愿乘我的船？

赖副官一声令下，士兵就扶着男人都登上了潘雨青的客船。

潘雨青发现，那人上船后就急着钻进船舱，他不禁对这人究竟是谁犯起了嘀咕。

赖寿章钻进船舱后坐在此人对面。

“上了船不怕路人了，摘了透透气吧。”赖寿章突然伸手想摘下他的头罩。谁知这人拼命摇着脑袋不让摘，赖寿章就把手收了回来：“行，不想摘那你就罩着吧。”

赖寿章钻出船舱站在船头，对着船尾掌舵的潘雨青问了句：“潘老大，到青溪该天黑了吧？”

“那可不？这是逆水，快不了。”

“那就只能在青溪过夜了。你给介绍个干净一点的客栈呗。”

“青溪这么个小地方，没什么像样的旅社客栈，还就永丰客栈干净一些，老板娘一手菜也做得好。”

“那就永丰客栈了。”赖寿章说。

3

船到青溪天已经黑了。

客船抵岸，潘雨青拴好船绳搭上跳板，一左一右两个士兵扶着男人出了船舱。

透过头罩上两个小小的眼孔，男人看着站在跳板下保护下船人的潘雨青，脚步迟缓了下来。赖寿章把这看在眼里，就走到男人身后说：“天黑，戴着头罩走路不方便，摘下吧。”

男人立刻神经质地脱口而出：“不许摘!”

潘雨青一听这声音突然扭头看向他。男人在经过潘雨青面前时，潘雨青还伸手想扶他一把，男人却加快脚步过了跳板下了船，朝永丰客栈的方向快步走去。

潘雨青看着男人的背影，突然像是意识到什么，心跳骤然加快。

“潘老大，你也不向我要，可我不能忘了付你船资啊。给。”最后一个下船的赖寿章把准备好的钱递给潘雨青。潘雨青有点失神地接过钱就往口袋里塞。

“也不数一下?”赖寿章说。

“赖副官哪还会坑我小船工几个辛苦钱，不用数的。”

“回到家还是灯下数数吧，多了不用还了，少了来找我补就是。”

“行行，我回家数数。”他嘴上敷衍着，心里却已经被这个“犯人”的出现彻底惊到了。

扛着船桨急步回家的潘雨青，远远地就看到倚门等着自己的妻子谢秋莲。他紧走几步奔到妻子面前，没等妻子开口，就说了声“快进屋”。

谢秋莲不知发生了什么，连忙跟着丈夫进了屋。

进了家门的潘雨青怔怔地坐着，半天没有反应。

“青哥，你怎么了?”妻子有点害怕起来。

潘雨青不想吓着妻子，就连忙说：“我没事。真的，我没事。哦……”他突然想起，连忙掏出衣袋里的钱撒在桌上，果然发现票子里夹着一张小纸条。他展开纸条凑到灯下一看，纸条上写着四个字“提防叛徒”。

潘雨青像是胸口被猛砸了一拳。

“果然是他!”

“你说谁?”

“余长庆!”

“余长庆?”

对，一切都表明那个犯人正是去年失踪的余长庆。

余长庆本来和潘雨青同属浦北地下党支部的正副书记，去年七月，余长庆受组织委托，送160块大洋给上海的党中央，可过了约定的时间他并没有出现在接头的地点，也没见他回到大埔，经多方寻找无果，组织判定他是携款潜逃。从此，他就像人间蒸发了一样，再无音讯。可赖寿章的字条指明余长庆已经叛变，只要余长庆一开口，整个浦北地区的党组织就要遭受灭顶之灾!

一阵敲门声让潘雨青从椅子上弹了起来：“谁?”

“雨青是我。”是余疙瘩的声音。

潘雨青连忙开门。余良廷一步跨进门来就说：“雨青，我们得救他呀。”

“救谁?”

余良廷说今天他的客栈来了伙官兵，押着一个犯人。国民党兵抓的那肯定是共产党呀，他们也就十几个兵，能不能调动我们的武装班半道上把他救下来。

“你想救他，我想杀了他!”潘雨青说。

余良廷大吃一惊：“你怎么能这么说。你知道他是谁?”

“他就是余长庆!”

余良廷倒吸一口气，张口结舌半天才缓过来：“余书记？你没弄错吧?”

“一定是他把160块大洋花光了，走投无路后就投靠国民党了。”

“怪不得那个长官让他摘下头罩他死活不肯，原来他是怕被我认出来呀。天哪，余长庆要是叛变投敌了，咱们都会被一锅端啦。”

此时的潘雨青已经冷静下来了：“无论发生什么情况，我们都不能忘了咱们首先是党的交通员，交通员都担负着特殊的使命和任务，没有组织命令决不能轻易出手。这是铁的纪律，也是交通线的生命。”

余良廷急得像热锅上的蚂蚁：“可要是他把咱们都供出去了，还会有一个交通员吗?”

潘雨青想，不管是否对余长庆采取行动，都必须要先向组织汇报，而他的组织上线就是卢清泉。

余良廷回去后，潘雨青才发现妻子一直坐在灶屋里看着自己，就走上前去说：“秋莲，我想和你商量一下……”

“没得商量！你别开这个口。”谢秋莲根本没让他把话说完就表明了态度。

“你看看，我还什么都没说呢，你怎么就……”

“我死也不会离开的!”妻子又堵了一句。

潘雨青想妻子太懂自己了。他原是想劝妻子离开几天，等过了余长庆这道坎再接她回家。可他话还没说，就被妻子拒绝了。潘雨青心里一热，就将妻子拥入怀里：“秋莲，既然你这么说了，我也就对你说实话吧，我恐怕真的遇上大难了。可我是共产党员，我在党旗下宣过誓的，我不能带着你一起离开青溪找安全的地方去逃祸避难。我要是一走，交通线就会中断，这后果是非常严重的呀。”

妻子说：“其实我什么都知道。我大忙帮不了，留在家里给你把个门望个风总可以的。无论你怎么说，我是坚决不会在这个时候离开你的。”

“你为什么这么执拗呢？要是我真出了事，你也……”

“我早有这个准备了！从你把我从汀江里救上来那一刻，我就想好了，生是你家的人，死是你家的鬼!”

那是几年前的事了。秋莲的父母双亡后，她被兄嫂作价卖给了一个年过六旬的有钱人当小老婆。她被强行塞进花轿抬到那老头府上，强摁着头拜了天地，送进了洞房。喝得醉醺醺的老头嘴里小妮子小妮子地叫着关上房门，就迫不及待地要和她干那快活事了，没想到还没扯开她的衣衫，老头突然羊颠病发作起来，口吐白沫倒在地上抽搐不止。她趁这机会逃了出来，也不辨东西南北只是想逃得越远越好，结果逃到了几十里外的汀江边上。想想还是无路可走了，一横心，就纵身跳进了汀江。刚在水中扑腾了两下，一双大手从水底把她托了起来，又把她推到船上。

她说："你救我干什么？"

他说："你这人说话不怕天雷打，说救人一命，胜造七级浮屠呢，我救你倒是救错了？"

她说："你救了我今天也救不了我明天。"

他说："那我就救你一辈子行不？"

听了这话谢秋莲差点失笑，可她忍住了，问他："有老婆吗？"

他说："正好家里缺个管家婆呢，今天该不会是老天指引我来捞一个的？"

这个玩笑没有逗笑她，她很认真地说："那我就跟定你了。"

他听了一下子怔住了，想说几句话哄她回心转意，然后送她回家呢，没想到她认起真了。

她又问："你家在哪里？"

他说："该我问你家在哪里。"

她说："我没有家。你要不把我带回家，我还会跳江的。"

他只能把她带回家，后来就结为夫妻了……

谢秋莲依偎在丈夫宽厚的胸膛上说："青哥，要不是遇上你，我活不到今天，也不会活得这么有滋有味。这回你就是遇到再难的事也一定带着我一起去面对，好吗？"

潘雨青知道拗不过妻子了，只好说："水过山前绕着走，船到桥头自有路。毕竟天还没塌下来，我们还有回旋余地的。"

潘雨青一走进同丰食杂店后屋，卢清泉就迫不及待地说："怎么才来，快把人急死了。"

潘雨青说："泉哥，出大事了！"

“别插嘴，先听我说。”

“不，我十万火急，你先听我说。”

“那你说。”

潘雨青：“那个携公款失踪的余长庆回来了。”

卢清泉惊愕：“余长庆还敢回来?”

“他已经叛变了!”

“什么？你是从哪里得到的消息，可靠吗?”

潘雨青拿出赖寿章递给他的那张小纸条：“你看。”

卢清泉接过一看，小纸条上写着“提防叛徒”。

“这也没有具体指谁。谁给你的?”

“是赖寿章向我们报的警。”

“又是赖寿章？你能相信一个国民党副官……”

“泉哥，没时间向你多作解释了。虽然戴着头罩，可我能百分之百确认他就是叛变的余长庆。”

“余长庆失踪前是埔北党组织的负责人，他的叛变对埔北党组织就意味着灭顶之灾啊!”

“我赶来见你，就是和你商量要尽快通知会暴露的同志们撤离。”

“那我问你，有最大暴露危险的是谁?”

“你!”

“还有你!”

“那你先撤。我已经识破他了就会有办法周旋一阵再……”

“你我都不能撤离!”

“为什么?”

“这就是我要对你说的。昨夜，汕头站派交通员送来紧急通知，一位很特殊的重要人物在今明两天之内就要过境大埔，完成任务之前，大埔、青溪的交通站一个人也不能撤离!”

“既然这样，就算刀架脖子也要先保证过境同志的安全。老天保佑再给我们一点时间!”

“你估计我们还能有多少时间?”

潘雨青说：“余长庆离开大埔的时候还没有建交通站，所以他并不知道交通站的秘密。曹瑞瑛移师永定，余长庆肯定会被送往永定，这给了我们几天的时间，在余长庆见到曹瑞瑛之前我们应该还是安全的。要说还有多少时间，也许两天，也许三天，我就盼着这次的领导同志尽快来，赶紧走，咱们是在和敌人抢时间呀！”

常言说，人心可逆，天意难违。本来余长庆被送到曹瑞瑛手上后，按理曹瑞瑛一定会在第一时间要他交出中共地下党员的名单。可现在不一样了，现在曹瑞瑛移师永定，是为了侦破中共的交通线，切断中共上海和闽西赣南的联络。比起交通线，抓几个中共地下党员就微不足道了。所以他见到余长庆后，首先是要求他说出中共交通线的秘密，谁知道余长庆听了却一脸懵逼，说从没听说过有什么交通线。

曹瑞瑛是何许人也。对一切都抱有怀疑是他这个老牌特务的本性，余长庆越是说对交通线一无所知，他越是认为这是余长庆在向党国要价，就对余长庆的嘴脸瞬间产生了恶感。在他看来，让一个自以为价值不菲的三姓家奴认怂的最好手段，就是让他知道其实你一文不值。

于是，曹瑞瑛就站起来走了。余长庆心里很崩溃，心想万一过青溪的时候被认出来了，我肚子里的这些价值万金的情报真变成一泡屎了，他请求再见曹站长，可他身边站着的两个特务冷冰冰地告诉他，曹站长忙得很。

曹瑞瑛把余长庆这么一晾，反而又给潘雨青他们多留了几天时间。可余长庆终究是一颗随时会爆炸的定时炸弹，他们要抢在定时炸弹爆炸之前完成任务。

第十六章

护送『洋大叔』的艰难险阻

1

潘雨青急急忙忙地赶回家，要妻子谢秋莲帮个大忙。秋莲说："什么帮不帮忙的，你的事就是我的事。"

潘雨青说："有句话得说在前头，我要你去做的事你可能不太愿意，你去了可不能反悔，你一反悔我可是连补救的时间都没有了。"

"我答应了就不会反悔的。"

潘雨青就拉起妻子的手："时间很紧，你先跟我走，船上我再慢慢跟你说。"

原来潘雨青他们万万没想到，这次过境代号是"洋大叔"的特殊人物，是个黄头发褐色眼睛的洋人，从潮安到大埔他是装扮成洋人牧师。早年西方列强在这一带有过宗教活动，大埔县城至今还有教堂和教会医院，一个洋人基督教牧师在大埔出现并不扎眼，可要是一个洋牧师继续前往北面的农村地区，万一在汀江上被巡逻艇截获，那是无论如何也难以自圆其说的。这个洋大叔的过境可给潘雨青和卢清泉出了一个几乎无解的难题。

潘雨青带着妻子的船是顺水，到了水急处他只要把稳船舵，船就会自行。他就趁这会儿把洋大叔的难事简单跟妻子说了说。

谢秋莲听完后说："那你让我做什么呢？"潘雨青这才吞吞吐吐地说："我想……我想让你做一回别人的老婆。"

“青哥。”谢秋莲一听就跳了起来，说，“我真不敢相信这话能从你的嘴里说出来！要是这样，当年是你把我从汀江救上来的，今天还让我淹死在汀江吧。”

潘雨青连忙解释：“秋莲秋莲，你别着急，没这么严重，可这事十万火急，耽误不得呀。”

“就是千万火急，你也不能这么打我的主意！”

“听我说秋莲，不是真让你给别人做老婆，是想用你帮助我掩人耳目瞒天过海，要不然这次任务就要砸在我手上，你不能见死不救呀。”

听丈夫这么一说，妻子才收起了怒色：“可我又不是唱戏的，假扮得不像，把你的事弄砸了怎么办？”

潘雨青听得出来，妻子说这话时，其实已经同意为丈夫的事豁出去了。

“秋莲，你真是老天送来给我当老婆的。”

一身牧师装扮的洋大叔一早就站在窗前抬着手腕在看表。随行的俄语翻译兼交通员叫晴朗。晴朗走到洋大叔身后，用俄语问：“您准备好了吗？”

这个洋大叔可不像之前的大表哥、上海爷叔和千里先生那么好说话，他对交通员提出来的乔装“瞒天过海”计划火冒三丈，卢清泉和晴朗可是费了很大的一番口舌，才说服洋大叔接受交通员的安排。晴朗就怕洋大叔睡一觉后又反悔，所以一大早醒来第一句话就问洋大叔准备好了没有。

“我踏上中国土地的时候就准备好了。”洋大叔操一口俄语给了晴朗一颗定心丸。

晴朗一下子心里就踏实了，说：“那我们走吧。”

晴朗领着“牧师”穿过茶阳大街，走进县城西角的教会医院的时候，身后多了几双眼睛，那是黑子巡街的时候看到了这两个陌生的宗教人士，多了个心眼，就带着几个兄弟一路跟踪到了教会医院，直到他看见医院的院长亲自在大门口恭迎这位洋牧师，他才掉头离去。

院长和洋大叔执手交谈着走进医院，一路走一路交流，又走进病区“巡诊”。当走到一个拐角的病房前时，院长朝前后左右看了看，突然推开病房的门，洋大叔就闪了进去。

洋大叔进来一看，病房里早等着两个嬷嬷和一个戴着大口罩的男医生。

院长把门一关说了声：“动作要快！”

嬷嬷们就上前开始帮洋大叔换下牧师袍，那位男医生掀去面前工作台上的盖布，上面堆着血淋淋的棉花、纱布和夹板。他们谁也不说一句话，只是手脚利索地给洋大叔和晴朗都换上了沾满血迹的破损衣裤，洋大叔头上裹了一层又一层渗出血的纱布，除了两个鼻孔透气，连眼睛也被血纱布蒙住了，腿上还绑上夹板。晴朗的手臂上也套上了石膏，一脸的伤做得很是逼真。两个嬷嬷最后把血迹污渍尽往二人身上乱抹，直到看不出谁是谁。

与此同时，谢秋莲也换上了破衣烂衫，弄乱了头发，一路哭哭啼啼地跟着黄朝华、张超他们几个山里汉子抬着门板急急忙忙赶往教会医院。没一会儿，一行人就用门板抬着个伤筋折骨奄奄一息的男人出了教会医院，往江边急急而去。

洋大叔刚被抬走，卢清泉就进了那个病房，紧紧地握着院长双手：“吕院长，我真不知道该怎么感谢你！”

院长说：“不用谢，这是我内心里很愿意做的一件事，做完这件事，我可以告慰我大哥的在天之灵了。”

“你大哥是红军烈士，我们会永远记住他，也会永远记住你的。”

“虽然有危险，但我还是要谢谢你给我这个机会！”

这整个瞒天过海的计划是卢清泉和潘雨青在见到洋大叔后商量出来的，现在计划已经迈出了第一步，接下来的担子就全压在潘雨青他们身上了，卢清泉只能暗暗祈求老天保佑他们一路顺利了。

2

潘雨青安排妻子假扮伤者的老婆，跟着黄朝华他们去教会医院接人，他就以人家包船的名义等候在江边。没想到黑子带着一帮手下到处乱转，竟然这个时候转到江边来了，远远看见有条客船孤零零地拴在江边，就走上前来。

潘雨青见了黑子连忙打招呼，黑子却黑着脸爱理不理，还让两个兄弟上船去检查检查有没有可疑物品。潘雨青只好往旁边一杵就让他们检查了。两个特务在船舱里翻了个遍，出来向队长摇了摇头表示没有可疑物品。

黑子突然问："天都要黑了你还在这儿等谁呀？"

潘雨青说："是有人包了我的船，雇主不到我也不能走呀。"

"雇主花多少钱包你的船呀？"

"包我船的人当家的从悬崖上摔下去了，送到茶阳医院，医院说救不了了，他们就赶紧来把人接回去，要不然死在外面就连村都进不了了。我看他们挺可怜的，就算了他们来回十二张船票还打了个八折。唉，谁家没个难事呢，您说是不？"

黑子就命令他的手下兄弟们都埋伏起来，他要验证一下船老大说的是不是实话。黑子话刚说完，潘雨青就指着前面说不用藏起来了："你们看，包我船的人这不是来了吗？"

一行人抬着门板向他们走来，谢秋莲扶在门板上，一路哭着过来了。他们抬着门板正要上船，被黑子叫住了。

"这条船是你们包的？"黑子问。

黄朝华说："是的是的，您看，这种时候只能包船呀。"

"给了多少船钱？"

"这老大心善，看我们可怜让了点价，来回算十二张船票。"

黄朝华答的和潘雨青说的完全一样。

黑子就把目光移向躺在门板上那个半死不活的人。

"他是你什么人？"黑子问扶在一旁哭泣的女人。

谢秋莲泣声说："是我当家的。"

"叫什么名字？"

"我当家的叫炳青。"

黑子看了看门板上这个从头到尾纱布缠得看不见五官七孔，出的气多进的气少的半死不活的人，根本不会想到纱布下掩盖的是黄头发褐眼睛的洋人。他见后面还跟着个头缠纱布手打石膏的年轻人，就问："你又是怎么回事？"

晴朗是不能开口的，一开口口音就露馅了，可问到他的嘴上他一下子也装不出聋子、哑巴，正不知如何是好，谢秋莲突然指着晴朗破口大骂：“你现在变成哑巴啦？要不是因为你，你哥怎么会从那么高的悬崖上摔下去！你这个没良心的，人家克夫克父，你是克兄啊，怎么不是你从那上面摔下去呀。”

晴朗被这一骂，也呜呜地哭了起来，这一哭就把回答黑子问话的事搪塞过去了。

“走吧走吧，死在外面抬回去也真进不了村了，就成孤魂野鬼了。”黑子就这样打发了他们。

谢秋莲连忙哭着感谢政府，就叫着丈夫的名字扶着门板上船去了。

黑子挥了挥手也带着手下走了。

潘雨青赶紧解索开船。船至汀江上那片水草丛生的地带后，草丛里驶出几条小船，保持一定距离跟随着。

船行到半道时天就渐渐黑了下来。潘雨青让黄朝华掌舵，自己钻进了船舱。卢清泉已经给他打过招呼，说这个洋大叔不太好相处，一路上要多顺着他一点。果然，他一进船舱，洋大叔一边嘴里骂骂咧咧，一边已经自己动手扯下了裹着他脑袋的纱布。

潘雨青一见连忙上前解释：“洋大叔你听我说，听我说。”可洋大叔听不懂汉语，只是大呼小叫地抱怨着。

晴朗对潘雨青说：“你有什么话对我说，我翻译给他。”

潘雨青就对晴朗说：“虽然过了茶阳一关，可船还要走三十几里水路呢，江上随时可能遇到敌人巡逻快艇盘查，洋大叔千万不能暴露他的肤色。”

晴朗把这几句话翻译给洋大叔后，洋大叔反而更加暴躁，他用俄语让晴朗问问这个交通员，憋死一个共产国际的军事顾问的责任，由谁来负责。晴朗不敢把这话直接翻译给潘雨青，就转了个弯说，洋大叔说快憋死了，需要透透气。

潘雨青知道洋大叔说的远比翻译说的激烈得多，可不管怎么样，他也不能和这位洋首长吵架，于是也尽量耐下性子说：“我理解洋大叔，也可以先拆下头部绷带透透空气，但是万一遇上敌人的巡逻快艇，我要求他必须按我说的做。”

晴朗翻译后，洋大叔就问要他做什么。

潘雨青没有直接回答："我更希望这样的事不会发生，最好什么也不用他做。"说完就出了船舱。

谢秋莲见洋大叔把裹在身上的绷带乱扯一气，就主动伸手要帮他拆去绷带。拆下绷带的洋大叔看清了坐在他对面的是个女人，突然就问她是不是共产党员。

晴朗以为洋大叔会表扬这位大姐几句的，就原意翻译给了谢秋莲。

谢秋莲诚实地摇着手说："不是不是，我还不是共产党员。"

谁知洋大叔立刻把脸放了下来："他们怎么敢让一个不是共产党员的女人参加护送我的绝密行动？这太荒谬了。"

这大大出乎晴朗意料，他就不敢把这话的原意翻译给谢秋莲了。

可谢秋莲还是从洋大叔的语气表情上看出他又发火了，问："洋大叔说什么？"

晴朗说："他没说什么，他就说刚才太惊险了。哦，对了，洋大叔还表扬你太机智了，刚才要不是你指着我又哭又骂把水搅浑了，我只要被逼着开口说话就会露出马脚了。谢谢你大姐。"

"洋大叔没说这么多吧？他是不是对我很有意见？"

洋大叔似乎看出翻译修改了他的原意，就说："朗，我向你宣布一条军人的纪律，我说的每一句话，你都必须按我的原意给他们翻译，否则我会处分你！"

晴朗只好重新翻译："大姐，洋大叔只是对这里的负责人让非党员参加护送任务有点意见。"

"这里的负责人就是我的丈夫。"

"哦，这没什么，大姐别往心里去。"

"我也想对洋大叔说几句话。"

"你说，我翻译给他。"

谢秋莲说："我虽然不是共产党员，可我是一个共产党员的妻子。说实话我这次参加任务，只是……只是为了帮助我这位共产党员丈夫！"说完她起身钻出了船舱。

晴朗把谢秋莲的话原汁原味地翻译给洋大叔，洋大叔顿时怒气泄去一半，也不再大喊大叫了。

“巡逻艇来了！”张超突然喊了一声。

所有人骤然又紧张起来。果然听见前方传来突突突的机动马达声。

潘雨青：“大家别慌！启动预案。阿良阿超，你们两个保护洋大叔下水隐蔽。其余人都扮作船客，到时候万一受到盘问，大伙都机灵点。”

江志良和张超马上站到洋大叔左右。

“发生了什么情况？”洋大叔用俄语说着。

潘雨青对晴朗说：“遇上敌人的巡逻快艇了，首长已经来不及重新变回去了，只能按我们的预案下水隐蔽。”

晴朗把潘雨青的话翻译给洋大叔。

洋大叔听了惊叫起来：“这么冷的天你让我下到水里去？”

“因为来不及把你变回去了，这是没有办法的办法。”

洋大叔问：“我早发现后面还有几条船，那是你的人吧？”

潘雨青说：“对，那是我们的武装护送队，他们在暗中保护您。”

洋大叔说：“既然有武装，一条巡逻艇没有多大火力，为什么不把他们消灭？”

这时巡逻艇已经从前面转过弯了，强烈的探照灯很快就要扫向木船。

潘雨青一急就说：“我来不及解释了，现在无论什么人都必须服从我的指挥。阿良阿超，下水！”

江志良和张超就一左一右挟着洋大叔跳进了水里。这里刚一下水，巡逻快艇的探照灯就唰地射了过来。远远地传来大喇叭的喊声：“停船检查！停船检查！”

跳进水里的江志良和张超一只手挽着洋大叔，另一只手摸到船边上的麻绳环，把一个环交到洋大叔手上，然后将小竹管塞进洋大叔的嘴巴里，洋大叔就能用小竹管透气了。

巡逻艇很快就靠近了，快艇上强烈的探照灯让船上的人睁不开眼睛。军官举着话筒要求船舱里的人都出来。

首先出来的是黄朝华和谢秋莲这对“夫妇”。

“哪儿人？叫什么？”

“我叫黄朝华，青溪人。也跟他一样在这条江上跑船的，今天是带老婆到茶阳看郎中的。”

后面出来的是一个大哥扶着受了伤的弟弟。

“你们，怎么回事?”

“这是我阿弟，从悬崖上摔下来差点没命了，我带他到茶阳教会医院打了石膏。”

军官让两个警察跳上客船搜索，看船上带没带什么违禁物品。两名警察钻进船舱搜了个遍，什么也没找到，就向军官报告后回到快艇上，巡逻艇就开走了。

巡逻艇一走远，潘雨青和黄朝华就趴在船舷上伸手去抓水下的手。水下的三个人浮出水面，江志良和张超在下面托，潘雨青和黄朝华在上面拉，把洋大叔先拉上船来。

洋大叔仰躺在船上，大口大口地喘着气，边喘边吃力地说了句俄语。

潘雨青认为洋大叔又发脾气了，就先给大伙打了个预防针，说：“无论他说我们什么都不许回嘴。”

晴朗笑了，他说：“首长说，你们太了不起了!”

交通员们将信将疑的时候，洋大叔突然用生硬的汉语说了句：“对，我是这么说的。”

3

曹瑞瑛把送余长庆来永定的赖寿章请过来喝茶聊天，聊的话题又全是假大空。

“赖兄，我请教你一个问题。你说当今中国的天下究竟该是国民党执政还是要重新争取共产党合作呢?”

“呵呵，曹兄这个问题可是太大了，我只是个看着脚趾头走路的少尉副官，哪里能回答得了这么大的问题。”

“哈……何止你回答不了，恐怕朝中也没几个人能回答得了啊。”

聊着聊着赖寿章就有点撑不住眼皮了，一身倦意哈欠连天地说：“喝了那么多浓茶，怕晚上睡不着觉了。”

“今晚我就没打算睡觉。”曹瑞瑛这句话里分明机锋暗含。

“哦，看来曹站长还有好戏安排呀？”

“戏是好戏，可戏台不在永定，在大埔。”说完他眼睛看了看办公桌上的电话。赖寿章有一种芒刺在背的感觉，可他一时猜想不出大埔究竟会发生什么事。

大埔街上，黑子正领着便衣特务们迅速地冲进那条小弄，咣咣地捶门。姑妈家的伙计把门一开，黑子就领着人冲了进去。

姑妈坐在丈夫的遗像前，对正在她家翻箱倒柜的便衣视若无睹，一脸坦然。

黑子对手下喊着：“都搜仔细了，别放过一处角落。”

黑子扔下最后一个被拆开的枕头的时候，特务们也都直起腰来向他摇了摇头表示没搜到什么可疑之物。

黑子就有点丧气地走到姑妈面前说：“对不起老人家，最近共产党活动猖獗，我们是例行公事。”

“没事，你们也够辛苦的。”姑妈坦然说。

黑子突然盯着姑父的遗像问：“这是你什么人？”

“是我丈夫，死了好几年了。”

“生前是干什么营生的？”

“南洋做生意的，刚回来就……哎，一说一把泪不想多说了。”

黑子突然爬上凳子朝相框后一看，眼睛蓦地一亮，伸手从相框后取出一本书来，那是本元曲。姑妈沉着应对说：“别的东西你都可以拿走，这本元曲可是我丈夫在世时候的挚爱，你不能拿走它。”

黑子一页一页地翻着，当翻到马致远的那首小令时，发现诗上画着许多杠杠，眼睛就又亮了起来。他把那页递到姑妈的面前：“这些画杠是有什么特殊含义的吧？”

“当然有的。”

“是什么？是一种特别的密码吧？”

“我丈夫在世时最喜欢的就数这首诗，可我不识字，是他一个字一个字地教会我记住这首小令的，从那上面留下的笔痕，你该看得出我一字不识的女人要记住这么一首古诗得花费多少心血。”

姑妈的解释逻辑合理，黑子的怀疑消除了，可他还不死心：“为什么偏爱这一首。”

“我已经告诉你了。”

“你告诉我什么了？”

“我告诉过你我丈夫在南洋从商很多年。”

“这能说明什么？”

“你读读这首小令的最后一句就该明白，一个常年漂泊异乡的人为什么喜欢它了。”

黑子还真念了最后一句：“夕阳西下，断肠人在天涯。呵呵，失敬，失敬。走吧。”

特务们走了，小伙计惊慌地进来，姑妈却像什么事也没发生过似的说：“你明天再帮我一起整理吧，今天早点去睡吧。”

夜过三更，曹瑞瑛桌上的电话才骤然响起。曹瑞瑛却并没有立刻起身接电话，像是有意要折磨一下谁似的让电话铃一声声地响着，继续做完他这一道茶。

“都这个点了还有人把电话打到办公室里来，看来熬着夜的不光是你和我呀？”赖寿章说。

曹瑞瑛嘴角一翘露出的那一丝变化与其说是笑容不如说是杀机，他等的就是黑子的电话。几个小时前黑子向他请示要搜查赖寿章姑妈的家，黑子信誓旦旦说那一定是赖寿章的联络点。曹瑞瑛把赖寿章留在他的办公室里，等着黑子的电话，心想着一个潜藏多年的中共特工就要成为他的一头猎物，这是多么让人心爽的事。一再的失败让他抑郁得直想砸东西，他需要这么一个戏剧性的胜利来平抑内心的狂躁，而这个戏剧性的胜利在他接听完这个电话的时候就会发生，他不想让这个结果来得太快。电话铃足足响了好几分钟后，他才起身去接电话，拿起话筒的时候连手都在微微颤抖。

“不要说废话，直接告诉我结果！”曹瑞瑛给电话那头的黑子发令的时候，声音已经有点被兴奋改变了。

然而，电话那头的黑子却给他当头泼来一盆冷水。

“老板，干净得像一张白纸，什么也没搜出来，看来是我多疑了。”

“啪——”曹瑞瑛就挂断了电话。这时候要是黑子站在他面前，他一定会扇他几个耳光，怎么如此捉弄老板？他的信誓旦旦难道只是为了把他的老板诱上高崖，然后一把将他推下去吗？什么人的心脏能经得起如此一上一下。曹瑞瑛背对着赖寿章好一会儿不能转过身来，他必须找一个台阶下来，否则今晚的戏剧结尾将以他自己出尽洋相而告终。这时他突然想起一个人。

“赖副官，是你千辛万苦把人送来，也晾了他一天一夜了，现在我想请你陪我一起去见见他。”他说的当然就是余长庆。

赖寿章一直坐在茶台前。其实他早把曹瑞瑛从高山下到平地上的情绪变化都看明白了。他的判断就是大埔的黑子终于对他下手了，而目标只有一个，那就是他们跟踪自己而找到的姑妈家。而曹瑞瑛接完电话却又改变了戏码，要他一起去见余长庆，就说明黑子在姑妈家一无所获，他心里也一下子放松了。

赖寿章欲擒故纵地说：“余长庆可是最高机密，我一个小副官还是不去了。你忙你的，我还得去见马团长。”

“赖副官，军政分工不分家。你还是陪着我一起去见见那条癞皮狗吧。”

“既然曹站长这么说，那我就恭敬不如从命了。”

4

这次护送洋大叔，潘雨青还是绕过青溪走多宝坑路线，刚到多宝坑的时候，杨雄初率领的武装班也追了上来。

因为洋大叔太过特殊，再加上余长庆这颗定时炸弹，潘雨青更要充分利用晚上的时间赶路，必须在天亮之前赶到下一站伯公凹。因此，在多宝坑交通小站补充了一点食物后，他就立刻启程。经过三个多小时的野地行军，他们才赶到伯公凹。

一到伯公凹的作坊，潘雨青让邹叔宝先安排洋大叔休息，他自己却毫无睡意地画着接下来的行进地图，地图一直画到瑞金。

“你也去睡一觉吧。”邹叔宝过来说。

“我哪里睡得着。古人说‘行百里者半九十’，剩下的这数百里行程还不知道会遇上怎样的千难万险啊。”

“我们一次次遇险，最后都完成任务了，我一直在想，可能真的是老天在帮助咱们。”

“叔宝兄弟，”潘雨青面色凝重地说，“现在我可以对你说这件事了。”

“什么事呀，脸色这么沉重?”

“余长庆回来了。”

“余书记回来了?”

“没有余书记了，他已经沦为可耻的叛徒了!”

邹叔宝大惊失色。

潘雨青说：“余长庆的叛变意味着你我还有许多埔北的共产党员都已经暴露。”

邹叔宝听了起身就走。

“你干什么去?”潘雨青把他叫住。

邹叔宝说：“伯公凹随时都有危险，可洋大叔还在休息呢。还等什么?立刻转移洋大叔呀。”

潘雨青说：“伯公凹交通站是在余长庆离开大埔之后才建立的，余长庆不可能知道咱们这个秘密小站，伯公凹暂时是安全的。我已经让杨雄初的武装班前行三里，在永定通往青溪的一路上监视敌人动向。我们要研究的是明天，也就是接下去的行程怎么走，一定会非常艰难，风餐露宿恐怕是在所难免。洋大叔是个外国人，没爬过中国的山，更没蹚过中国的水，今天就让他在伯公凹踏踏实实地睡个好觉吧。”

5

见了余长庆后，曹瑞瑛就后悔了，他太不应该把这个活情报这么晾了一整天。他在弄明白余长庆不知道中共交通线的秘密并非谎言后，就相信余长庆的确想为党国立功，并且他也的确有一肚子能助他消灭大埔中共组织的情报。他让人给余长庆送去纸和笔，让他立刻把所有名单都列出来。他忽然想到，清除大埔的中共组织，对中共交通线意味着釜底抽薪，可谓事半而功倍。

走出余长庆的那间秘密小屋，曹瑞瑛让赖寿章回军营驻地，自己直奔办公室。一到办公室他就给黑子打电话，让黑子把手上所有的事都放下，守在办公室电话机旁，一小时后他就会得到所有大埔中共组织的名单。

黑子一听兴奋不已，他说只要有名单，他保证一个不漏把人抓捕归案，他还说，这就让所有人员待命，名单一到，立即行动。可曹瑞瑛说不行。他认为共产党的组织极为诡秘，往往牵一发而动全身，这次缉捕必须统一时间分头展开行动，决不给他们留有一人漏网的机会。曹瑞瑛最后说，等拿到名单，会派一个行动小组，连夜回撤到青溪布控，必须青溪、茶阳等地统一行动。

“是！老板！这回要是再有失手，黑子提头见您！”这个电话就像给黑子打了一针鸡血，让他全身的血液都沸腾起来了。

曹瑞瑛也进入亢奋状态了，他可不管现在几点，撂下电话就对门外喊了声：“都进来吧。”几个随时待命的便衣骨干就进了办公室。

“你们都听好了，明天一早，你们就会接到一项绝密而神圣的任务，这对你们每一个人都是一个千载难逢的立功机会。现在你们马上去把各自的人员全部集结起来，带足弹药，随时待命。”

便衣头头们刚刚领命离去，办公室的电话铃骤然响起。

曹瑞瑛以为是黑子打电话来催要名单了，一把抓起电话：“黑子……啊？老板，是您？”原来打来这个电话的是吕文超。

电话那头的吕文超一头蓬松乱发穿着睡衣在打电话：“谢天谢地，一个小时才打通了你的电话……”

吕文超一句话还没说完，曹瑞瑛就抢过话头："老板，瑞瑛正要向您报告，上峰送来的那个余长庆……"

"先别说那个人了，"吕文超打断了曹瑞瑛，"先听我说当务之急。徐老板刚发来急电，据可靠情报，有个中共重要军事顾问，12号离开上海前往瑞金。我算了一下时间，这几天恐怕正走在大埔到永定之间，你给我放下手头所有事情，全力组织搜捕，决不能让他到达瑞金。对了，这位中共军事顾问有个鲜明特征。"

"什么特征?"

"他是个黄头发褐眼睛的洋人!"

吕文超最后说："这是当前压倒一切的任务，我是鞭长莫及，老弟你可要集所有资源尽一切努力，务必要把这个洋人截获，否则，你我……"吕文超说到这儿电话突然断线了，可吕文超的这个凌晨来电的内容也已经说清了，利害关系也传递明白了，曹瑞瑛当即作出决定，暂停明天的抓捕行动，集全部力量截获那个目的地是瑞金的洋人。

"瑞金、洋人、洋人、瑞金……"曹瑞瑛嘴里不停地重复着，突然哗地一下展开地图，找到瑞金，重重地画了个圈，嘴里还自语着："在这么几百公里之内我要是截不住一个洋人，那我曹某人也只能以死谢罪了!"

6

黑子正一步不离地坐等着站长给他名单的时候，电话来了。曹站长不是给他抓捕名单，而是给他下了一道暂停抓捕行动的命令。像是被泼了瓢冷水的黑子太不愿放弃这次行动了，他刚想在电话里说句什么，可曹瑞瑛根本不给他开口的机会。

"暂停抓捕行动就是为了阻击中共的这位军事顾问，这个洋人有可能刚从你的眼皮底下通过，也有可能还在大埔的某个角落。无论他在哪里，去把他找出来。黑子，你可别再让我失望了！”曹瑞瑛说完这句话就啪地挂断了电话。

黑子一听“洋人”二字，心里就蓦地闪现出昨天他们跟踪过的那个洋人牧师，他去的是城西的教会医院。黑子这一想就把之前的抓捕行动丢开了，带着一帮手下，从茶阳大街上旋风一般扑向教会医院。

可他们在教会医院不但没有找到那位洋牧师，就连教会医院的那个院长也失踪了，黑子这才明白原来这个院长也是中共的人。他不知道的是，院长的失踪正是卢清泉请示上级后，考虑到他的安全把他紧急转移了。

当黑子意识到一个中共要员正是从他的眼皮底下走过的时候，一下子陷入了绝望。他感觉这件事他是无论如何也逃不过老板最严厉的惩罚的，他一生的前程也有可能毁于一旦。支撑他还想扑腾几下的唯一希望就是，那么一个扎眼的洋人是很难逃过他们遍地都是的便衣特务和军警的眼睛的，既然各方没有任何发现洋人的报告，就说明这个洋人很可能还在茶阳。这么一番推理后，黑子一下子又振作起来，他让他的手下全体出动，就是把茶阳镇掘地三尺，也要把这个洋人找出来。

在永定县城，曹瑞瑛的办公室俨然成了作战指挥室，彻夜灯火不灭，马大鋆也在凌晨时分被请了过来。曹瑞瑛在他摊开的地图上，在每个村子的地名上都画上了一个红色的三角形，表示必须要在这些村落道口布下兵力。马大鋆正要去调兵的时候，曹瑞瑛又突然把他叫了回来，指着地图上一个叫桃坑的位置，说：“这是个被疏忽的漏洞，马团长千万不能放过这个小村子。”

果然。当马大鋆和赖寿章率领着一个连的兵力，在天刚亮时就出现在桃坑村口的时候，这个一向看不起特务的小军棍不禁被曹瑞瑛折服了。

“别看这个曹瑞瑛名字不男不女的，做事还真是心细如发，连这么个小山坞旮旯屁股大的村子也没放过呀。这回别说金头发高鼻子的洋人了，就是一条蛇也钻不过去的。”

就在马大鋆进桃坑的同时，潘雨青和邹叔宝他们正护送着洋大叔刚刚翻过一条峻岭，看见了山脚下的桃坑。按计划，他们要在桃坑补充食物再继续前行。

潘雨青远远地发现桃坑空无一人。山里人都起得早，现在天大亮了这个村子里却还看不到一个人影，事出反常必有妖。潘雨青和邹叔宝商量后，果断决定跳过桃坑，直接从山上绕到下一站去。

潘雨青让翻译晴朗把他下面说的话一字不漏地翻译给洋大叔。潘雨青对大家说："这座山脚下的桃坑，原本是我们计划中一个途中休息和补充食物的站点，可现在桃坑情况不明，我决定绕点远路直接往下一站出发。但我要向大家说明的是，大家可能要做好情况会更糟的思想准备，会糟到什么程度呢？那就是通往苏区沿途的每一个村落和道路都被全面封锁，我们将可能被迫穿越荒山野林，我们将面临无路可走、无店可宿，甚至无粮可补的严峻形势……"

一直在听晴朗附耳直译的洋大叔突然脸露不满地插了几句话。晴朗把他的话译给潘雨青："首长问，听你所说的意思，敌人有针对性地布控，难道是首长的行踪泄密了吗？"

潘雨青说："我不敢肯定是否泄密，但我想连桃坑这么小的山村都被国民党军盯上了，我们就不能对别的交通要道心存希望了。何况再高的机密也不能保证不会泄密，为了安全起见，我们只能小心更小心。"

洋大叔又问，作这样的路线改变是否还能让他如期到达瑞金。潘雨青说这不可能了，保守估计，光通过国民党控制区至少会比原计划晚一个星期。

洋大叔一听就叫了起来。经翻译后，大家才明白洋大叔不同意更改计划。他表示他的行程已经被耽误了，不能再延长了。洋大叔还提醒全体交通员，他什么时候到达目的地不是一个时间的问题，而是一个政治问题，他说："敌人正在调集重兵，企图一举全歼红一方面军，而红军队伍里没有真正的军事家，所以共产国际才派我来。可是，我从上海开始已经走了一千多公里，你们却告诉我到达目的地还有一千多公里，而且剩下的一千多公里还无法借助任何交通工具。这还不算最坏，最坏的是连小路都不能走，要通过翻山越岭去瑞金，我命令你必须按原计划保证我准时到达目的地，否则我有权处分你。"

听了洋大叔的这番话，所有人都感到压力倍增，大家都把目光投向潘雨青。潘雨青问晴朗："保证首长的绝对安全，和保证首长如期到达，我该选择哪一头？"晴朗想了想说："当然是首先保证首长的绝对安全。"

潘雨青说："那就请你告诉首长，我执行的也是中共中央最高命令，那就是必须保证每一个过境人员万无一失，除此之外，我不接受来自任何人的指挥，即便我个人会被处分我也得这么干！同志们，现在我宣布几条纪律：一、不走有人走过的路；二、不进有人居住的村，发现炊烟也要绕着走；三、白天不许生火，以免炊烟升起暴露目标；四、夜行不许大声说话，以免引起狗吠而暴露目标；五、昼伏不得去溪涧洗漱，因为接下来我们都会在大山里穿行，而溪涧里的水会流向什么地方我们无法知道，万一在溪涧里落下个什么东西，就可能会顺着溪流漂到山下而暴露我们的行踪。出发！”

洋大叔听完晴朗的翻译后，再也没有脾气了，就跟着队伍在没有路的山林间继续跋涉前进。

7

曹瑞瑛移师永定，天刚放亮，县城又风云突变，传说正在抓捕一个洋人。作为闽西交通大站站长的李叔岩一下子就判断出这是冲着共产国际的军事顾问作的布控。果然，派往永定县城侦察的李寿柱带回了永定的情况，四处设卡，但宽进严出，目标是一个洋人。

李叔岩说：“按照预定计划，我们有位军事顾问的行程应该正好到这一带。从目前的形势判断，曹瑞瑛已经获得情报，在这一带布下天罗地网了。但在这种情况下，我们的交通员也不会知难而退，更不会坐以待毙。那么，他们会采取什么办法绕过敌人的封锁呢?”

李寿柱说：“跟着野兽走，有村也不进。”

“对，他们会在深山里行军很多天，才能接近苏区，可他们不可能带足那么多的干粮。我们闽西大站全线都要立即行动起来，全线策应这次护送行动。”

护送洋大叔的队伍在荆棘丛中艰难行进着。潘雨青和邹叔宝一马当先，为洋大叔开道，杨雄初带着武装班的人员前后拉开一定距离负责警卫。

洋大叔开始还能勉强跟得上，可翻过几个山头，加上没有补充足够的食物，他终于撑不住了，通过晴朗要求休息半天再走。潘雨青就让大伙原地休息。

“青哥，”邹叔宝走到潘雨青身边说，“我们这是进了金丰大山了，和外界也失去了联系，最近也要到上杭县境才可以试试下山的路，这些天只能这么早上看着太阳，晚上背着月亮来判断方向往前走。走上十天半月都不是问题，可人是扛不住饥饿的呀。”

潘雨青说：“我也一直在想这个难题。据说人是从猴变过来的，可猴能靠野果子在深山里活蹦乱跳，人却不能，人还不如猴呢。”

洋大叔问晴朗他们在说什么，晴朗用俄语告诉他：“他们在说人还不如猴的笑话。”

洋大叔一听脸色也和悦起来了，他就冲着二人喊了句话，晴朗马上把洋大叔的话翻译给他们。

“首长说，你们饥肠辘辘都已经走不出绝境了，还能这么谈笑风生，首长说你们真可爱！首长还说你们这种革命乐观主义精神让他很感动。”

洋大叔的这番话一经翻译成汉语说出来，大家的心情也一下子好了许多。

潘雨青把邹叔宝拉到一边说：“叔宝，我有一个判断，情况可能真会比你我想象的乐观。我相信我们不是孤军作战，闽西大站的李叔岩同志一定会想尽一切办法支援我们的。”

邹叔宝说：“可我们在山上走，山下的同志想支援也接不上头。”

“不会，我相信只要山下的同志知道我们在朝着这个方向前进着，他们就一定会有办法和我们接上头的。”

“只怕远水难救近渴了。你看，洋大叔已经饿得走不动了。”

“我们就是轮番背着他赶路，也不能停下前进的脚步。走吧。”

话刚说完，在前面警戒的杨雄初就手上拿着两顶笠帽兴奋地跑来。

“雨青，你看这是什么？”

潘雨青眼睛突然亮了起来：“你看看我刚才说什么了？这是在哪儿发现的？”

杨雄初说："在我们走过的树干上挂着呢。第一顶我还没当回事，再走一段又发现一顶，我就想这可能是……"

潘雨青打断他说："什么可能，这就是我们交通员同志给我们指的路。快往前走，前面一定给我们留着更大的惊喜。"

潘雨青就走到洋大叔跟前说："首长，来，让我背着你……"

"不不不，你们的表情已经让我忘记了饥饿，我又有力量了。向着苏维埃前进!"

晴朗也兴奋地把洋大叔的话翻译给大家。队伍自接上洋大叔后，第一次传出欢声笑语……

队伍前进了不到十分钟，杨雄初又转回头来："前面果然遇到了接应我们的交通员了。"

这个交通员是个脸上不带一丝笑容的人，他从背篓取出一层层叠放着的草药后，把背篓倒过来一扣，倒出一堆番薯饭团等食物。倒完食物他一句话也不说重新装回草药背起背篓就要走了。

"哎，老哥，你还一句话没说呢。"潘雨青把他叫住。

"没让我给你们带话。"

"可我想问问是谁让你给我们送吃的。"

"我不能说，你也不许问。"

"哦，那谢谢老哥。"

老哥一声不吭地走了。

补充完食物后，天已经黑了下来。潘雨青和邹叔宝商量后，决定今夜就在老林子休息一晚。

夜晚的深山老林静得只有几声猫头鹰叫，林子外的武装在轮流担任着警戒任务，林子中间一块空地上，躺着洋大叔和几名交通员。

洋大叔早早就打起了呼噜。潘雨青却翻来覆去合不上眼。

"你也睡不着呀?"邹叔宝往潘雨青身边靠了靠。

潘雨青说："睡不着啊。毕竟不知道前路还会遇到什么困难，洋大叔的安危还都在你我的肩上，心里还是紧张啊。另外，赶路的时候不去想它，可夜晚一静下来，叛徒余长庆就像一座山一样压在胸口，让人喘不过气来呀。”

“我也在想这件事呢。青哥，等我们完成这次护送任务后，恐怕就回不去了，你有什么打算吗?”

“想都没去想过什么打算。等任务完成后再好好想吧。哦，叔宝，你有个好妻子，更有个好家庭!”

“对了，你出来了阿嫂还留在家里呢，你给阿嫂作了安排了吗?”

“我们从茶阳接上洋大叔就直接上路了，哪有时间去安排家眷呀。不过我已经让秋莲去通知余疙瘩和玉莲大嫂了，但愿他们能在敌人行动之前就早早地离开青溪。”

邹叔宝忽然仰面朝天，说：“青哥，你看，有个人在看着我们。”

“伯公吧！对，伯公会给我们带来好运!”

说着说着，二人就沉沉睡去了……

就在护送队在深山老林休整的那个夜晚，山外大路上的车灯如一条长蛇般拉开了好几里，各种大小不一、型号各异的车满载着便衣和军警。车辆都是从永定出发向上杭而去的，这些车辆都是曹瑞瑛以戡乱的名义让永定县政府征用来的。

几个小时前，曹瑞瑛对处于永定和上杭交界的金丰大山作了研究。他无法想象永定县城以及其他所有通道都被严密封锁的情况下，还会连一根洋人的毛都没有被发现，唯一合理的解释就是他们可能走进了金丰大山，而按现在可用的兵力要想进山去搜寻，无异于大海捞针。既然那个洋人的目的地是瑞金，从地理上判断，他们一定会在上杭合溪一带出山，然后通过上杭直奔长汀进入瑞金，而过了上杭，就是赤区了，合溪成了他截获中共军事顾问的最后一道防线，也是他最后的希望。

这么一番分析后，曹瑞瑛当即就作了个疯狂的决定，他要把最后一公里再往前推，推到上杭合溪。他的这个决定开始时遭到马大鋆的反对。马大鋆主要顾虑上杭是赤白拉锯之地，中共赤卫队和小股红军经常会出现在那个区域，而他只有两个营的兵力，一个营已经分散在山区各村把守通道，当天能带走的也就300来人，万一遇上红军部队，交起战来一定会损失惨重。可曹瑞瑛根本不容他考虑战损的问题，他让马大鋆必须在天亮之前赶到合溪，否则放过了中共军事顾问，他们就一起向党国以死谢罪。

马大鋆作为一个中校团长，在一个没有军衔的特务机构小站长面前，居然毫无抗争之力，只能服从曹瑞瑛的指挥，立即带着他的几百号官兵赶往合溪去和先行一步的曹瑞瑛会合。

第十七章

决战在黎明之前

1

在那片总面积四五百平方公里的金丰大山里，每天的日出日落成了走出这片大山的唯一参考，潘雨青他们在看不到边际的深山里一走就是十几天。按今天太阳升起的方向判断，山脉开始向北延伸了，而他们的目的地在东面，这就意味着他们再不出山，就与目的地背道而驰越走越远了。

就在他们转来转去找不准下山方向的时候，树丛里忽然传出一阵野兽出没的声响，把大伙吓一大跳。正当武装人员都围住洋大叔，掏出枪作紧急应对的时候，树丛里走出的却是个看上去只有三十多岁的男人。男人看了看他们，开口说的第一句话就是交通线上的暗号，原来他是山下派来接应的交通员。交通员知道他要找的这伙人早晚会从这儿经过的，就在这儿等了整整两天两夜了。

这位交通员不仅给他们带来了食物，还交给潘雨青一张纸条，纸条上标有下山后的联络点和联络暗号，原来山下已经做好了随时接应他们的安排。潘雨青一下子来了精神，让大伙赶紧吃点东西就继续赶路。

那位前来接应的交通员是个不问不答的闷罐子，他出现后除了对暗号，几乎没怎么出过声。他一声不吭地走在前面带着路，走出好几里路竟没有回过一次头说过一句话。

潘雨青紧走几步追上他：“老哥，我想问你个事。”

闷罐子这才扭过头来瞪了潘雨青一眼，显得有点不高兴地说：“我才19岁，我叫你老哥还差不多。”

“哦，对不起，”潘雨青连忙改口，“那我该叫你老弟。老弟你叫什么名字？”

“丘老八子。”

潘雨青以为他不愿告诉真名，就解释说：“我只是问问你的大名，有个事方便招呼。”

“我爹娘就给我起了一个名，就叫丘老八子。”

“噢，知道了，这名字好记。丘同志，太阳都快下山了，不知道合溪离这儿还有多远？”

“太阳落山就到了。”

“哦，那快了。丘同志，一会儿到了合溪，我想分批下山探探情况，必须保证山下百分之百安全我们才能让洋大叔下山。”

丘老八子说：“我早想好了，我先下山，镇上没有狗你们才能下山。”

“那太好了。我派两个同志跟你一起去吧。”

“我是合溪人用不着保护，我一个人下山就行了。”

潘雨青想了想说：“那行。哦，那我们约个暗号。”

丘老八子说：“要是镇上有白狗子，我就在镇口烧一堆火，你们看见火堆就先别下山。”

潘雨青说：“要是天黑后还看不到你的信号，我们就直接下山了。”

丘老八子说：“我先走了，我会一路上给你们留下路标，你们跟着路标，就能走到合溪了。”说完他如履平地似的先走了，潘雨青他们就一路上按着丘老八子留下的路标前进。

2

曹瑞瑛以剿共的名义征用了永定县的车轮子，前一天刚天亮的时候赶到了合溪，他把指挥部设在进出合溪的咽喉要道上。他的想法是，即便中共分子不来撞自己的大网，也能把他们困死在那没吃没喝的金丰大山里。

马大鋆带着一个连随后赶来，一到合溪他就先去见曹瑞瑛。走进指挥部的时候，曹瑞瑛正趴在桌上聚精会神地在一张地图上画着，马大鋆就放轻脚步上前，伸着脖子在曹瑞瑛身后想看看他在画些什么。

“除非他们都长着翅膀，否则绝对过不了合溪的。”曹瑞瑛突然说。

“你跟谁说话?”马大鋆以为曹瑞瑛没发现他站在身后，可指挥部里又没别人。

“跟你呀马团长。你来看看，合溪可是这一片金丰大山的唯一出口。”

马大鋆尽找好听的话来满足曹瑞瑛的虚荣心：“你看看，曹站长后脑勺也长着眼睛，那个洋人就是孙悟空变的也休想从曹站长身边溜过去，合溪必是他们的终点!”

曹瑞瑛这才放下地图转过身来：“马团长比我预计的时间早了半天，辛苦了。”

马大鋆一时也辨不清这个老特务是在对他褒奖还是贬损，就没接他的话。

曹瑞瑛又不知所云地说：“捡了芝麻丢了西瓜那是蠢人，可我曹瑞瑛没那么蠢！我是西瓜、芝麻都不能丢!”

马大鋆说：“我明白了，你是想说，这条从外国游进苏区的大鱼是西瓜对吧？那么芝麻又是什么呢?”

曹瑞瑛拍了拍黑色中山装的左上衣口袋说：“那个余长庆交给我的一份秘密名单，还揣在我的口袋里没有示过人。”

马大鋆一听就嚷了起来：“我的曹大站长，你居然把这份名单视作芝麻？我的赖副官跟我说过一嘴，我就想，这回不但你追了两年的那个周成要落网了，整个大埔县的地下共产党组织恐怕都可一锅端了，可你居然把这视作芝麻，你这可真让我费解啦。”

“相比这个中共军事顾问，那些共党分子顶多也就是小鱼小虾。”曹瑞瑛口气坚决地说，“抓捕这个共产国际的军事顾问，可是党国最高层下的命令，截获这个洋人不仅对整个剿共大业有着象征意义，还能让中共和所谓共产国际之间产生猜疑而陷于更大的孤立，这才是政治！当然，那些共党分子，我也一个都不会放过。”

“我明白了。曹站长是要先抓住中共的这个洋顾问，再杀个回马枪回去清除名单上的共党分子，中共交通线也就彻底被掐断了。”

可能又是几天没睡觉了，曹瑞瑛的眼睛里充满着血丝，透着饿狼对着猎物的那种可怕神色。马大鋆心想，这家伙就像个赌徒，早晚会输得倾家荡产的。

3

丘老八子从山上下来，在山脚边拨开草丛，取出上山时藏好的一副粪桶担子，他挑着粪桶担子，就像刚忙完农活的农民收工回家。可刚走进镇口，就被突然闯出来的几个便衣拦住了。

“站住！干什么的？”

丘老八子前天上山的时候镇子上还没有便衣特务的，可他上山这两天，合溪镇已经被国民党便衣特务占领了。

“挑着粪担你说我会是干什么的？上地里浇完粪回家呢。”

“你是这个镇上的人吗？”

“我要不是镇上的，挑着粪桶担子谁家门口也不让我过呀。”

“你家住哪儿？”

丘老八子指了指前面一处低矮的茅屋。

便衣警告他小镇戒严了，回家后别随便出来乱走，就放他走了。

太阳落山后的茅草屋里像黑夜一样，丘老八子心想要赶紧点一堆火给山上的人报警，否则他们天黑后一下山就自投虎口了。他从灶孔里摸出一盒火柴揣进怀里，然后从灶间抱起一捆干柴火就走出门去。

丘老八子把柴火堆在门口，又加上一些干草，正掏出火柴要点燃，突然一支冷冰冰的枪口顶住了他的脑门。

“你想干什么?”

“焚灰呀。明天要给地里的蚕豆苗上灰肥呢。”

“你要敢点火，就把你当共党分子毙了你信不信。”

丘老八子连连说：“我信我信，反正小老百姓的命都由着你们当泥巴捏的。”边嘀咕边进门去了。可他一跨进门槛，就急得大汗都流下来了。他跟潘雨青约定，要是镇上有敌情，就点一堆火，要是见不到火，天黑后山上的人就会下山，现在天正经黑下来了，一刻也不能耽误了。他突然横下一条心，取出火柴，点着了家里灶下的柴火。柴火一点燃，火势迅速上蹿，又烧到了茅屋的屋顶，屋顶很快被烧穿，火苗冲天而出。

丘老八子见火光冲天了，才大呼大喊着“救火呀、救火呀”从屋里逃出来。

便衣和军警们迅速围了过来，所有人都站在门外看着茅草屋很快就被烧成灰烬。

丘老八子赖在门口地上，呼天抢地喊着：“完了，完了，这下我只有讨饭一条路了，我的阿爸阿妈呀。”

一把手枪顶在了他的脑袋上，丘老八子别过脑袋看见一双狼一样的眼睛正盯着他。

“你是在给谁报信?”曹瑞瑛声音不高却透着一股让人后背透凉的狠劲。

丘老八子知道被狼识破了，也死定了，心一横反而破罐子破摔了：“你没听见呀，我在给我阿爸阿妈报信呢。告诉他们，儿子要来和你们团聚了，这也不许呀?”

砰！曹瑞瑛这一枪是有意避开致命的位置，打在丘老八子的肩胛骨上。

一阵钻心的剧痛，丘老八子嘴里喊着你打死我吧，痛得在地上打起滚来。

曹瑞瑛还是那么轻声轻语地说：“要想少受点活罪，就告诉我，山上是不是有一个洋人?”

“我说，我说。”丘老八子像是要屈服了。

曹瑞瑛就把枪口从丘老八子身上移开，蹲下身子，显得和和气气地说：“你看看，早说也不会挨这一枪了，现在说好歹能捡回半条命。”

丘老八子感觉身上的血快流光了，连说话的声音也提不高了，不知轻轻地说了句什么。

曹瑞瑛没听清，就凑近去和颜悦色地问：“你说什么?”

丘老八子眼睛斜了斜，像是要看清曹瑞瑛面容。

“我记住你了。”

“什么?”

丘老八子突然用最后的余力大声地喊了出来：“我记住你这副鬼相了，我先去见了阎王爷，让他判你下十八层地狱!”

曹瑞瑛一连扣动了好几下扳机，直到他那把枪里的子弹都打完。

枪声传到山上，潘雨青他们立刻明白镇上发生了什么。刚才大火冲天的时候，他们就退回到山上，潘雨青和邹叔宝判断着丘老八子可能遇险的时候，突然传来枪声。

潘雨青对洋大叔的翻译晴朗说：“请你帮我们记住这个人的名字，他叫丘老八子，他是一位忠诚的共产主义战士，党的优秀交通员！请你告诉洋首长，务必请他报告给党中央。”

洋大叔听完晴朗的翻译后，从地上站了起来，向前走了几步，朝着那个火光的远处行了一个庄重的军礼。

潘雨青掏出丘老八子交给他的联络图，图上标有合溪镇一家接头户的位置和联络暗号。可现在合溪镇上已经有了敌情，即便山下有人接应，他也不敢带洋大叔下山。

“同志们，”潘雨青说，“我们已经走进绝路了，为了首长的安全，我决定原路返回。”

潘雨青的话经晴朗翻译后，洋大叔当即质问潘雨青：“是要把我送回上海吗？可我的目的地在瑞金!”

潘雨青说：“不会把首长送回上海，但此路不通了，我们要另寻出路。我相信，闽西大站的李叔岩同志一定随时在关注着我们的行程，只有在山外的策应掩护下，我们才能顺利把首长护送到瑞金。”

经过这半个月的同甘共苦，洋大叔已不像开始的时候那么执拗了，听潘雨青这么一说，他就表示理解，开始从原路返回了。

没走出几步，忽然从合溪镇的南面传来激烈的枪声，潘雨青就让大伙原地隐蔽，再看看情况。

那枪声正是闽西交通大站李叔岩亲自率领的一支二十几人的武装小分队发起的偷袭。在战斗发起之前，李叔岩就宣布，这次作战的目的不是消灭敌人而是吸引敌人，一旦把敌人从合溪镇吸引出来，就往镇东方向边打边撤。

枪声一响，马大鋆一下子就从枪声里听出是小股共军，仗着他手上有一个连的兵力，就亲自率领官兵出击，一心想把这送上门来的小股红军包了饺子，让自己今后在曹瑞瑛面前也能把腰板挺直一些。心里有了那么点小九九，他没和曹瑞瑛商量就一路追击而去了，心想抓不到活的抬几具尸体回来也能让曹瑞瑛知道谁也不是吃素的。

曹瑞瑛听到枪声往南而去，立刻就判断出这可能是中共的调虎离山计，这表明他们山上的人要下山了。他心生一计，命令他的手下便衣们都在镇北隐蔽起来，他自己也走进了路边的一处塌了顶的破屋，站在黑暗中的窗前等待着目标来撞他的枪口。

4

光凭渐渐远去的枪声还无法判断出合溪镇上是否安全，潘雨青让邹叔宝带队，自己只身摸进镇子去找那个接头户。临走前，他和邹叔宝约定，要是镇子上安全，他会升起一盏伯公灯，邹叔宝必须要看到伯公灯才能下山。

潘雨青刚要走又想到什么，回头对邹叔宝说：“联络图上标着镇北和镇西两个入口，山下的接头户住在西边。我们说定了，看到伯公灯后，你们必须从西口进镇。”

潘雨青借着黑夜的掩护，不走现成的路，沿着一条小河流，从西边的入口摸进镇子。可他刚进镇就被曹瑞瑛发现了。虽然月光黯淡，可曹瑞瑛还是一眼就认出了这个经常在茶阳码头拉客的船老大。一个走水路的人从山上下来，就什么也不用猜了。可为什么只有他一个人？那个洋人才是曹瑞瑛今天要捕获的猎物。曹瑞瑛让一个手下暗中去跟着这个船老大，但再三交代不能打草惊蛇，一定要等那个洋人现身才能动手。

潘雨青按着联络图的路线，找到标示接头户的方位，果然发现只有一户人家的门缝里透着极弱的光亮，他就上前，按三长两短的节奏敲了敲门。屋里黯淡的光亮立刻就灭了。潘雨青等了片刻后，就听见门内问找谁。

“我找不到大舅家了，想问问路。”

“谁是你大舅？”

“他姓姜，美女姜。”

门就开了，潘雨青一闪身进了屋去。

“真是伯公灯照着我到你家门口的。”潘雨青没想到这么顺利就找到接头户。

“听你的话也是客家人？”

“不是一路人不进一家门，我是青溪的。”

“跟着我。”

接头户带着潘雨青从后门出，几个转弯后，就到了镇子后山脚下的一条小溪边，小溪水面上漂浮着一个竹筏。

接头户说：“顺着水，十五六里就是上杭碧沙，那里会有人接应你。快走吧。”

“要走的人还在山上没下来呢。回屋细说。”

潘雨青和接头户又回到黑屋子里，两个人在黑暗中好一会儿没说话。接头户就着急了。

“人不还在山上吗？你快让他们下来呀，天一亮就走不出去啦。”

“点亮伯公灯。”潘雨青说。

“点灯干什么？”接头户问。

“看到伯公灯他们就下山。”

“哦，好，那我点起来。”

接头户刚划亮洋火，就被潘雨青噗地吹灭了。

潘雨青说：“等等，我感觉镇上太安静了。让我去街上转一下，确保万无一失，你再点亮伯公灯让山上看见。”

“那你快去快回。我等你回来再点灯。”

潘雨青刚要开门，忽然又停步回头问：“万一我回不来呢？”

“你回不来计划就歇了呗，我也不敢自说自话把伯公灯点出去呀。”

潘雨青说：“这个镇子不大，深更半夜要是哪个角落有人唱歌全镇都能听见吧。一会儿你要是听见我的歌声就赶紧把伯公灯点出去，明白了吗？”

接头户说明白了。

潘雨青就轻轻推开门走了。

那个曹瑞瑛派的跟踪潘雨青的便衣特务，拐了个弯就把人跟丢了，这可是要被老板往死里整的失误啊。这家伙正在附近来来回回，急着想重新找到目标的时候，反而被潘雨青先发现了他。潘雨青马上判断出曹瑞瑛已经在镇子里张网以待。可今晚要是不把洋大叔护送过合溪镇，明天情况一定会更加严峻，现在唯一的办法就是要让藏在暗处的便衣特务都现出身来，才能准确判断形势，在混乱中找到机会。主意既定，潘雨青不再躲躲闪闪，而是直接堂而皇之地走上大街。

潘雨青一走上大街，就被曹瑞瑛发现了，但他并不急于行动，一直看着大街上那条黑影朝着他走来，一直到他们两人只隔着一扇窗的时候，潘雨青突然在外面站住了。曹瑞瑛悄悄掏出枪，打开了保险。

街上的潘雨青突然朝着曹瑞瑛藏身的废屋窗口走了过来，曹瑞瑛立刻从窗子后退开，一会儿就传来水浇地的声音，原来潘雨青是到断墙外面撒了泡尿。

潘雨青撒完尿，刚要走回大街，忽然发现身后已经被好几支枪口对着了。一声破门的吱唧声响，曹瑞瑛从那所废屋里走了出来。

潘雨青不惊反喜，因为把他们引诱到明面上来正是他的目的。

“哟，曹站长，是您哪？”潘雨青惊呼一声。

曹瑞瑛依然是那么细声细语：“船老大，你这趟拉客拉得可是有点远哦。”

“呵呵，呵呵。”

“你叫什么？”

“我姓潘……”

“潘雨青！”曹瑞瑛之所以能反应这么快，是因为他不止一遍地看过余长庆给他列出的那份名单，名单上，潘雨青的名字排在前三位。

“哟，曹站长能叫出我的名字，真是荣幸。”

“他在哪儿？”

“谁？”

“你的客人，你从茶阳就接上的客人。”

“跑船的长年载客，我不知道曹站长问的是……”

“一个外国人！他在哪儿？”曹瑞瑛像是一下子失去耐心地吼道。

潘雨青就来了个一问三不知。

曹瑞瑛终于彻底爆发，用手枪的枪把对着潘雨青的脸上就是狠狠一击。潘雨青惨叫一声，脸上立刻开了花，鲜血滴在脚背上，他感觉像冬天的冰水一样凉得彻骨。

“既然都说开，我也用不着瞒着你了。”潘雨青忍着剧痛说，“是有个外国人，可我不能告诉你。”

“好！那就让我看看你长着多硬的骨头！”说完他向身边的手下们一示意，四五条大汉就像恶狗一样扑上去一顿撕咬，潘雨青感觉到整个人都被撕碎了似的东一块西一块被扔了一地。

曹瑞瑛在潘雨青贴在地面上的脑袋旁蹲下身子，又以他那令人毛骨悚然的语气说：“这不好受吧？但这还没完，你早说就早完。”

潘雨青忽然哭了起来：“对不起曹站长，我实在不能说呀，我要是说了，他们就当我是叛徒，我还是没的活呀。”

“你不愿当叛徒，那我就成全你当个忠臣，让你现在就死！”说着就用穿着皮鞋的脚往潘雨青的脸上猛踹，一脚又一脚，直到他自己累得喘不过气来，而地上那个几乎无气可喘了才停了下来。

潘雨青经这一番急风暴雨般的摧残，心想自己这张脸一定连老婆都认不出来了。好在脑子还是自己的，他心里早有了计划。可他的对手是曹瑞瑛，这可是只狐狸，自己说的每一个字都不能给他留下破绽。潘雨青此时几乎连痛都不觉得了，脑子里想着的就是他的计划。

"让他起来!"曹瑞瑛一声吼，几个手下立刻上前一把将潘雨青从地上提了起来，摁跪在曹瑞瑛的跟前。

曹瑞瑛把脸凑得很近:"你听好了。你的命就像一只蚊子一样在我的手心里，我只要两个手掌轻轻一拍就没了，你明白吗?"

"明白不明白总是一死了，你不如一枪把我打死了吧。"

"那就太便宜你了。我有个更好的建议，你把那个外国人交给我，我放你一条生路，这样的交易你我两不亏，怎么样?"

潘雨青想，这要是答应早了，没准这只狐狸反而会起疑心，就摇了摇头，一副听天由命的样子说:"是人谁不怕死，我也不想死呀，可我要是用那个外国人的命来换取自己的命，就是今天你放我一条生路，明天我也是爹娘不认没的活路的。更何况……"

"更何况什么?"

"更何况我只是个打前哨的，洋人身边有十几个带枪的保镖，我也没办法和你做这交易呀。"

曹瑞瑛对这句话倒是信了，就缓了缓语气问:"那你这半夜三更一个人跑到镇上来干什么?"

"他们派我来打前哨，要是镇上安全，他们就镇西头……"说到这儿他像是突然意识到说漏嘴了连忙改口，"哦不，镇北头，他们就从镇北头……"

没等潘雨青把话说完，曹瑞瑛就对身边便衣头目下了命令:"快，快去守住镇西口!"

那个便衣头目提醒说:"老板，他不是说从北……"

"我说西!"曹瑞瑛最痛恨的就是手下自作聪明来纠正他的错误，就怒吼了起来。那个小头目哪敢再多说什么，带着手下就奔镇西口去了。

"暗号是什么?"曹瑞瑛问潘雨青。

"没有暗号。"

"你来打前哨，要是没有约定的信号山上的人怎么行动?"

"这我真的不能再说了。"

曹瑞瑛又挥手用枪把往潘雨青脸上砸了一下，潘雨青立刻体验到什么才叫钻心之痛，他就顺势惨叫了几声。

曹瑞瑛冰冷的枪口再次顶在潘雨青脸上的伤口上:"告诉我暗号是什

么?”

潘雨青像是终于熬不住地招了：“唱一首歌。”

“唱什么歌?”

“摇船歌。”

“唱!”

“我不能唱。”

曹瑞瑛顶在他脸上的枪口就开始左右旋转着使上劲了。

潘雨青“啊”的一声惨叫：“我唱我唱……”

“唱！放声地唱!”

潘雨青实在熬不过去了，只好扯起嗓子唱了起来：“因为无米过三餐，手掌竹篙来撑船，上水撑得肩膀肿，下水踏得脚底穿……”

曹瑞瑛从潘雨青唱着山歌时的眼神里，读到了这个共党分子心里分明还在盘算着什么，他猛地清醒过来，这是潘雨青在给他玩声东击西。他立刻命令他的手下们转向镇北。

当潘雨青貌似被迫唱起山歌的时候，那个接头户就点起伯公灯，打开后门，把伯公灯挂在屋后的菜地里。

山上的邹叔宝他们看到一片黑暗中突然亮起一颗豆大的亮光，那是伯公灯，也是潘雨青下的行动命令。邹叔宝立刻按之前商量好的方案，让杨雄初带着几个队员下山从镇北头方向运动，目的是要造成他们果然要从镇北头过境的假象，等杨雄初他们吸引了敌人注意力的时候，邹叔宝就和晴朗带着洋大叔从西口而入。

这时候，追近北口的杨雄初他们像是发现前面有埋伏，突然掉头往回跑了。曹瑞瑛他们在黑夜下也看不清有没有一个洋人在里头，五六个黑影掉头一跑，他们就从暗处冲了出来，边开枪边追了上去。

就在镇北口响起枪声的时候，在接头户的引领下，洋大叔、晴朗和邹叔宝三人已经上了竹筏顺水而去。

从北口传来枪声的那一刻起，潘雨青就知道计划成功了，绷紧的身体一松，人就像虚脱了似的昏了过去……

等他醒来的时候，发现自己被绑在一所祠堂的柱子上，身边有两个便衣在看着他。他知道从合溪顺水而去，过了十五六里外的上杭碧沙，洋大叔他们就安全了，而现在他还被绑在合溪的祠堂里，说明洋大叔他们已经顺利过境了，他不禁轻轻说了一句："胜利了！"

祠堂的大门被推开了，一个穿着国民党79军军服的军官，带着两名士兵走进祠堂，对那两个看守说："奉马团长命令，把这个共党分子带到79团军营去关押。"

潘雨青听着这声音有点耳熟，就强睁开眼皮看了看，跟两个看守说话的这个人不是别人，正是闽西交通大站交通员李寿柱……

第十八章

曹瑞瑛之死

办公室里静得掉根针都能听见。

曹瑞瑛无声无息地倒在地上，当然他还活着。从那双看上去空空洞洞像是蒙了一层纱一样的瞳孔里，可以看出其实他脑海里正在放着电影——合溪，那个鬼地方成了他一辈子也无法抹去的耻辱：我明明布控得滴水不漏，怎么就让一个洋人神不知鬼不觉地溜过去了呢？我这么一个党国的精英，怎么会栽在一个粗俗的船老大手上？最讽刺的是，一个识不了几个字的粗俗之人居然摸透了我这个党国精英的心思，故意在唱歌的时候卖了个破绽，造成我的误判，把手下都赶到镇北口。结果，和几个黑夜下的影子交了一阵火，影子很快无影无踪了。而等我意识到上当了，带着人马回到镇西搜捕的时候，却在一间人去楼空的老屋后门菜地里发现一盏还亮着的小马灯，小马灯的火苗像一张对着他嘲笑的人脸，告诉他大鱼漏网啦。

粗俗的船老大把他这个党国精英彻底击败了。更让他觉得耻辱的是，当他要让那个船老大承受戏辱一个党国精英所带来的全部后果的时候，看守却告诉他，船老大被79团的一个连长带走了。而79团团长马大鋆恰好在这个时候也是空手而归，还大言不惭地说他差点就把一股红军包了饺子，这个小军棍是白忙活一整夜还没明白他是中了中共的调虎离山之计。而小军棍更没明白的是中共的套路，他们从来不见长于单打独斗，而是四两拨千斤，指东打西让你防不胜防。

回到永定县城后的曹瑞瑛，不止一次地想掏出枪来对着自己的脑门扣动扳机，一了百了算了。可他不甘心就这么认输，毕竟他那件中山装的口袋里还有一份名单，名单上的二十多名中共地下党员及其家属足够弥补他这次失败了。想到这儿他一下子又振作起来，从地上站了起来。还没等他整好衣装，一个手下慌慌张张地闯进来向他报告说，那个余长庆被打死了。

曹瑞瑛对一条癞皮狗的死活毫无兴趣，只是随便问了句：“谁打死的？”手下说是79团赖副官开的枪。

曹瑞瑛一听脱口吼了出来：“马大鋆！”

马大鋆正好一步跨进门槛：“怎么？曹站长以为我也通共？”

“他是你的副官。”

“情况我知道了。我自己去把门户清理干净，然后你想怎么办就怎么办吧。”说完就转身走了。

这时候的曹瑞瑛真有一种十面埋伏、四面楚歌的感觉……

就在曹瑞瑛回到永定的第二天早上，赖寿章向马大鋆请假说要去买点永定土特产带回去孝敬年迈的姑妈。事实上他是想去早年在那儿听过闽西特委领导李叔岩报告的地方碰碰运气，要是能再遇上李叔岩，就能给他证明身份，他就能回归组织了。

可没想到，他刚走到那家过去的万斗布庄门口的时候，忽然发现叛徒余长庆也在那家老布庄门口东张西望。

他连忙装着挑选土特产，前后左右观察了一下，发现余长庆是带着尾巴的。他就当作偶遇一样地上前和余长庆热情地打招呼。余长庆见了赖副官也没防备，就说这里以前是中共的一个办事处，不知现在……他话说到这儿突然看着布庄目瞪口呆。

赖寿章顺着他的视线朝布庄里一看，大吃一惊，里面走出来的正是他要找的李叔岩和化装成小伙计的潘雨青！此时他要是不当机立断，李叔岩和潘雨青必然来不及脱逃，此念一转，他就毫不犹豫地掏出枪朝余长庆连开数枪。

枪声一响，街上大乱起来。赖寿章想混在混乱的人群里出城，可他很快就被十几个便衣追进了一座废祠堂里。便衣可能是在等着上峰的命令，没有立刻发起进攻。不一会儿，马大鋆率领的大批人马赶到了，里三层外三层地把祠堂围了个水泄不通。

马大鋆向赖寿章喊话，要他投降。赖寿章从隐蔽处站了出来，面对着无数的枪口。

马大鋆说："你我兄弟一样有些年头了，你知道我最痛恨的是背叛！"

赖寿章说："团座，我没有背叛，我也不会背叛。"

马大鋆有点歇斯底里地喊道："你什么时候成了共产党？"

赖寿章像是对组织叙述履历："赖寿章，男，1905年生人，1926年加入中国共产党，'四一二'后受命潜伏。因上线被害，与组织失去联系，致使我有家难归。今天我终于不用再隐藏共产党员的身份，并以此履行我当初的入党誓言。"

砰！砰！砰！马大鋆向他连开三枪，赖寿章轰然倒下，他脸露微笑弱弱地说了句："回家了。"缓缓闭上了双眼……

余长庆留下的那张名单成了曹瑞瑛最后一根救命稻草。他给黑子打了电话，又让马大鋆率部速往青溪，展开全面抓捕。

曹瑞瑛精神崩溃了，躺在担架上，他脑子里抹不去地又放起了一幕幕电影：击毙赖寿章后，他立刻下令抓捕名单上的共党及其家属。行动开始后，他就守在电话机前等着各路捷报。电话响了，他一把抓起话筒，黑子报告说，不知什么环节走漏了风声，他们晚了一步，名单上的卢清泉等六名共党分子都跑了，他当时就把电话机砸了个粉碎；半小时后又传来马大鋆的报告，说他们赶到青溪的时候，桌上的茶水还在冒着热气呢，可人都跑光了。这他妈哪里是报告？那是报丧！他把屋子里的一切都砸光了，然后，他就躺在担架上了……

曹瑞瑛一病不起，被送到上海养病数月。1934年9月，他再次主动要求重回潮汕地区的时候，所有中共交通站却几乎在一夜之间全部撤离了，这一撤离秘密就全变得公开了。原来他们曾经有过怀疑却又被蒙骗过去的诸如华富电料行、同丰食杂店、永丰客栈、伯公凹纸作坊、万斗布庄等等，都是大大小小的中共交通站。而现在，全都人去楼空，那些伪装成各行各业人士的中共交通员就像空气一样消失得无影无踪。昨天还有过急风暴雨，翻起过巨浪的韩江、汀江就像什么也没发生过一样归于风平浪静了。

曹瑞瑛抑郁而死……

尾声

轰轰烈烈的中央红色交通线，在中国共产党的特殊时期，担负起了特殊的使命。交通员们凭着一腔赤胆忠心和高超的斗争智慧，成功突破了国民党蒋介石声称“不给赤区粒米勺水之接济，片纸只鸟之通过”的严密封锁，在1300多个日日夜夜里，从白区采购了数十吨的食盐、药品、布匹等物资，源源不断地输入苏区，为根据地红军取得一次次反“围剿”战役的胜利作出了极其重要的贡献。在这条3000公里的交通线上，交通员们先后护送了200多位中央领导人和党的重要干部从上海向苏区转移，其中党的重要领导人有：周恩来、刘少奇、邓小平、叶剑英、董必武、陈云、王稼祥、任弼时、邓颖超、瞿秋白、李德等，并创下了所有被护送的领导同志毫发无损地安全到达苏区的奇迹。

在中央红军长征前夕，党中央作出决定，全线撤离沪港粤闽赣红色交通线，无数交通员几乎在一夜之间或回内地，或往苏区参加长征。

中央红色交通线，是党的历史上的一个奇迹，也是无数无名英雄谱写的一首历经百年而不朽的英雄壮歌！

图书在版编目(CIP)数据

绝密交通线 / 钱林森，城光著. —北京 ：红旗出版社，2022.1
ISBN 978-7-5051-5148-2

Ⅰ.①绝… Ⅱ.①钱… ②城… Ⅲ.①长篇小说-中国-当代 Ⅳ.①I247.5

中国版本图书馆CIP数据核字(2021)第217751号

书　　名　绝密交通线
著　　者　钱林森　城　光

总 策 划	袁锦贵		
责任编辑	丁　鋆	装帧设计	观止堂_未氓
责任校对	沈云才　吕丹妮	责任印务	金　硕
出版发行	红旗出版社		
地　　址	北京市沙滩北街2号	邮政编码	100727
	杭州市体育场路178号	邮政编码	310039
编 辑 部	0571-85310806		
E - mail	rucdj@163.com	发 行 部	0571-85311330
图文排版	杭州兴邦电子印务有限公司		
印　　刷	杭州高腾印务有限公司		
开　　本	710毫米×1000毫米	1/16	
字　　数	319千字	印　　张	19.25
版　　次	2022年1月第1版	印　　次	2022年1月第1次印刷
ISBN 978-7-5051-5148-2		定　　价	68.00元